【楔子】

祝您擁有美好的一生

「好吧，先生，我這樣問：你下輩子還想當人嗎？」

中年男子眼神渙散地看著我，依然維持著乍看有些憂傷，再看只讓人覺得寒磣的表情，良久才應道：「啊，可以選喔？」

「當然啊，投胎不一定要當人，一般來說只要是動物都可以。」我盡量裝出和善的表情。最近的客戶盡是這種無精打采又搞不清楚狀況的傢伙，今天忙到現在實在是累壞了。

「那……可以選貓熊之類的嗎？」中年男子眼中閃出些微的亮光，「像那個圓仔，每天可以睡那麼久，只要偶爾起來吃吃竹子或者在地上滾來滾去就好了，越是笨手笨腳越被人稱讚可愛，根本就是躺著賺。這樣的人生，不，貓熊生好像也不錯啊？」

「很抱歉，你這輩子的生命點數只有三千四百二十三點，想投胎當貓熊，至少要五萬點以上才能參加第一階段的海選。」

「呃……」中年男子徹底喪氣了，「原來我連一隻貓熊的十分之一都還不如。」

你才知道！我心裡這樣暗想，臉上勉強擠出職業性的笑容：「其實投胎為人的最低點數是三千五百點，你原本也是不夠的。不過最近公司正在推一個優惠活動，只要滿三千點以上的客戶都可以參加『再世為人大樂透』，中獎率百分之百，普獎可以投胎到中產新貧家庭，至少也有參加獎。」

「可以當人但是很窮是吧。」中年男子乾笑兩聲，「這樣到底算是幸運還是不幸？」

「投胎為其他動物，固然相對單純很多，不過當人還是具有較大的可能性。就算是出身新貧階級，還是可以力爭上游。」我刻意慎重地道，「幸或不幸，命運就掌握在你自己手上。」雖然這段公司規定的宣傳話術已經講了不知幾千遍，但每次說完，都還是有種欺騙消費者的感覺。

中年男子稍稍振奮起來，頻頻點頭：「平心而論，我這輩子確實蹉跎了不少時間，也沒做什麼好事，投胎條件不好沒有話說。不過下輩子一定要拚拚看。」

這種三分鐘熱度的覺悟我見得多了，也不當一回事，趁他還在興頭上，趕緊把Pad推過去：「那麼就請你在螢幕上點一下輪盤抽獎吧。」

「這麼快？」中年男子顯得有些措手不及。

「年底前參加『再世為人大樂透』，增開頭獎十名，保證投胎到身家十億的家庭喔！」我差點衝口說出其實是今年的投胎績效還沒達標，拜託配合一下。

「我是沒什麼偏財運啦，頭獎大概也輪不到我。」中年男子黯然道，「不過反正我這輩子也沒有什麼好留戀的，全部砍掉重練也好。」

我心想這傢伙還算好騙，不像那些抵死不肯喝孟婆湯投胎的，非要拿出什麼「最終圓夢專案」來對付才行。

「不過，」中年男子一開口，我心底微微揪了一下，以為他要變卦了，幸好他說的是：「我希望下輩子可以做點有意義的工作，當叢書編輯真是太沒營養了，每天加班編一堆賣不掉的爛書就算了，夾在作者和老闆中間兩面不是人，長時間坐著對健康也不好。我不過才五十幾啊……」他雙手合十祝禱一番，然後怯生生地點了螢幕。

我暗暗吁了口氣，輕鬆地問道：「那麼現在就為你送上今天的主廚孟婆湯，有奶油酥皮、信州味噌、老菜脯雞湯三種口味，請問你要哪一種？」

「老菜脯雞湯！」中年男子忽然興奮起來，「小時候我媽最常煮這個，好久沒喝到了！」

「好的，那就一份老菜脯雞湯。你運氣不錯，這個口味平常很少提供，今天的主廚剛好是客家人，所以才準備了。」我俐落地在Pad上點了送餐鈕，服務生隨即推門進來將湯放在中年男子面前。

中年男子疑惑道：「我以為孟婆是一個老太婆？」

「就像東坡肉，現在不論江浙菜、川菜還是台菜餐廳都提供，也不是蘇東坡本人煮的囉。」

「噢。」中年男子不再言聲，百感交集地看著孟婆湯，終於舀起一匙送進嘴裡，臉上顯得百味雜陳。他忽然抬頭，淚流滿面地道：「一半老菜脯配一半新菜脯，很道地的做法。這湯跟我媽做的一模一樣，我好想她，我真是個不孝子。」

我看著他原本就十分渙散的眼神變得更加迷離，知道孟婆湯的效力發作了。

「對了，我剛剛抽獎抽到什麼……」中年男子恍惚地問，「那我下輩子還會當客家人嗎？我還會遇到我媽嗎？」話還沒問完，他的身影已逐漸稀薄淡出。

「等你出世就知道了。」我在觸控面板上的結案鈕輕輕一點，衷心微笑起來，「祝你擁有美好的一生。」

紅豆達人

女兒啊，不要再守著這一鍋了

「我覺得最奇妙的是，人生越乏味，或者過得越悲慘失敗的，往往越不願意喝孟婆湯。」我道。

「說穿了就是三個字──不甘心。越不甘心，就越是死死抱著一堆莫名其妙的執念，所以才沒有辦法重新面對自己的人生啊。」老貓道。

我和老貓坐在小公園的長椅上，啃著起司火腿三明治聊天。老貓是我同期受訓的同事，和我一樣當轉生業務經理，每天中午我們都會一起吃午餐。

「呔，每天都吃這種東西，一點幸福感也沒有，還什麼九十九元幸福套餐呢。」老貓把吃了一半的三明治丟進垃圾桶，沒好氣地道。

「沒辦法啊，薪水就那麼多，想吃好一點也吃不起。」我道。

「你戶頭還有錢嗎，改天吃頓好料的？」

「沒有，」我搖搖頭，「我下來好一陣子了。一開始家人還比較認真，每年都燒幾筆進來，後來慢慢就少了。」

「都是這樣的，說什麼永恆的追思，轉個身就把你忘了。」他一如往常發起牢騷，「沒錢就算了，工作也難做，幾乎每個客戶都不肯喝孟婆湯，理由千奇百怪──早上我才處理一個案子，九十歲來報到，硬說自己從八十二歲開始老人癡呆，臨終時完全失智，所以不需要喝孟婆湯。喵的咧，恁爸這麼好騙，算得那麼清楚還說什麼失智！」

「最近越來越多人不肯喝孟婆湯了，真不知道為什麼。」我嘆道。

「還不是因為來了一狗票什麼人權律師、社運領袖，在那邊鼓吹爭取『轉生者人權』，上面還真買他們的帳；客戶有人權，業務員就沒人權？我喵！以前多方便，鐵鍊一捆，鼻子一捏，湯灌下去就結案了。現在牛頭馬面法警司和黑白無常特戰隊大量裁撤，很多人調到轉生組當業務員，簡直就跟從暴力討債集團轉到銀行的客服部門一樣，誰幹得下去啊。」老貓有些憤世嫉俗起來，「也不看看隔壁的『無神信仰和諧社會企業集團』多有魄力，想抓就抓想灌就灌，那才有競爭力！我們呢？卻只會搞那個蠢到爆的『最終圓夢專案』，而且還是ＢＯＴ！」

「其實上面也有他們的苦衷，現在信奉傳統民間信仰的人急速減少，我們的客源正在快速流失。市面上提供相同服務的公司那麼多，基督教、回教還有各種新興宗教都在搶客戶，不提升整體服務品質實在不行。」我望著遠處悠悠飄走的白雲，淡淡地道，「而且我們也得指望著拿到足夠的積分，好升上去成仙。客戶跑光，仙界瓦解，咱們也沒好處。你總不想永世做遊魂吧？」

「上面就是靠這一點吃定我們這些約聘僱人員，連健保也不給。老實人就活該幹到死，喔不，幹到魂飛魄散。我喵！」

再怎麼抱怨，下午還是要回去上班。我努力裝出職業性的笑容，對眼前的客戶道：「大姊，妳要不要參考一下我們新的合約方案，只要綁兩輩子的合約，最近促銷的投胎物件都可以打折喔！」

「什麼兩輩子的合約？」這位一直心不在焉又始終臭臉的大姊，敷衍似的問著。

「也就是說，只要妳同意接下來兩輩子都接受本公司服務的話，妳就可以選擇超過現在點數可以選的投胎對象啦。」我俐落地伸指在Pad上滑動，「譬如說這隻河馬，體型好，保證壽命四十年，原本需要八千點，搭配合約方案的話只要兩千五百點喔。」

「河馬？」大姊勃然大怒，「你該不會是看我胖，故意拿什麼河馬來諷刺我吧！」

大姊完全說中了，我確實是因為瞥見她鐵桶似的腰身，才反射性地點了河馬的。這下惹怒客戶，績效又要大大扣分了，趕緊隨口唬爛：「不不不，大姊妳誤會了，河馬是很受歡迎的選項啊，這個，嗯，河馬成天泡在水裡皮膚都不會皺，許多喜歡泡澡的客人試過都說很棒呢。」

「我才不要當什麼河馬。」大姊恢復原本的臭臉冷冷地道。

「妳不喜歡也沒關係，我再幫妳介紹其他項目。」

「我不要投胎。」

我心中一驚，暗忖不妙，最近等候轉生者數量太多，已經超過冥界的法定收容標準，陽間的出生率也一直拉不起來，上頭嚴令這個月的業績必須成長兩成以上……我遂道：「大姊，妳在這裡待太久的話，陽氣真元消耗太多，對下輩子不是很好。這個方案很難得，妳再參考看看啦。」

大姊忽然長嘆一聲，搖搖頭卻不說話。

「妳該不會是有什麼心願未了？」
大姊忽然抬頭道：「不行，我非回去一趟不可。」
「大姊愛說笑，妳人都到這裡了，有什麼大事比得上投胎的良辰吉時？」
「我瓦斯爐的火還沒關。」
我失笑道：「妳放心，妳府上沒失火，一切平安。」
「不行啦，我一鍋紅豆熬到一半，放著不管就前功盡棄了。」大姊愣愣地出神，「我煮了二十年紅豆泥，『紅豆達人牛奶剉冰』也算是觀光街上有名的，最後這一鍋沒煮好，太砸我的招牌了。」
「大姊在陽世直到最後一刻都守在鍋子前面，真是令人敬佩。不過該放下的還是要放下，後面的事情就讓後面的人去操心吧。妳只要喝了孟婆湯，就可以安心去了。」
我心生一計，點選Pad上的送湯鈕，服務生隨即送上一碗紅豆湯。我無比誠懇地道：「本公司知道妳是紅豆達人，特地為妳準備了紅豆孟婆湯。」
大姊眼睛一亮，取湯匙舀了，端詳一番後卻將湯匙丟回碗裡，大聲道：「這紅豆都滾破了，完全不行！煮的時候要全程看著，翻攪要小心，才不會攪破豆子。」大姊劈哩啪啦說將起來：「不要說是紅豆湯啦，我煮的紅豆泥，湯汁收乾、豆子透爛，每一顆的外型都還是完整的。人家說要用筷子攪才不會攪破，我偏偏用長柄勺，煮得比誰都漂亮。秘訣是什麼？我也不怕告訴你——勺子要盡量壓到鍋底，可是又不能碰到鍋底，要保持剛剛好一公釐的距離慢慢攪動……」大姊說到這裡，忽然悲從中來，落淚道：「我一直以為自己還年輕，最近才剛開始教女兒煮紅豆，這下沒人教她了。我只有這麼一個寶貝女兒，她以後該怎麼辦呢？我實在是放心不下啊。」

「好啦，大姊別哭了，妳要不要看看家裡的狀況？」

「可以看喔？你怎麼不早說！」大姊驚喜。

「請跟我來。」我起身帶路，領著大姊從後門穿過走廊，前往「望鄉台5D劇院」，心下嘀咕：「每個人都看，我幾點才能下班啊？」

「算一算我幾十年沒進電影院了。」大姊忽發感慨，「荳子讀國中的時候還會叫我帶她去看電影，我都說要顧店沒空。早知道跟她去看個幾場也好。」

「荳子？」

「我女兒叫作洪荳芢。」

「嗯，聽起來很適合她。妳有兒子嗎？」我心想兒子該不會叫洪荳內吧。

「沒有，我只有一個女兒。她出生後不久，她爸就……就走了。」

「真是遺憾。」我領大姊入場，關上場燈，開始放映。

黑畫面白字卡：「冥河忘川有限公司呈獻」。震撼音效。3D文字迅速向觀眾飛出，像是要打到人。

「哇啊！」大姊側身閃躲：「夭壽喔！」

登登登登，氣勢驚人新聞片頭音樂，畫面切到棚內美貌女主播。

主播：「大姊您好，歡迎收看今天的『望鄉台』特別報導。」

畫面右上角打上「獨家」字樣，下方大標：「大姊死守火候，孝女繼承湯鍋」，下方跑馬燈：「紅豆達人雖倒下，剉冰老店不歇業」，右方跑馬燈：「投胎綁約優惠誘人，轉生者爭搶『拚命』！」

主播：「大姊來報到後，家中狀況如何呢？請看本台記者深入現場最新連線。」

畫面切換到觀光街，記者一邊倒退走，一邊舉起手掌向後一比：「記者現在所在的位置就是天龍市知名的觀光街，捷運通車後更是每天人潮不斷。」

快速搖晃切換畫面：人群、車流、排隊人龍、各種攤販。

記者：「胡椒餅、鮮果汁、牛雜湯，觀光街上名店人氣一家比一家旺。不過內行食客最愛的，還是這一家有二十年歷史的——紅豆達人牛奶剉冰。」

畫面上大大「紅豆」兩字，迅速向後拉遠鏡頭，現出騎樓下的不鏽鋼推車冰果攤。

大姊驚呼：「啊！這是我們家的店！」

記者：「看似簡單的紅豆牛奶冰，吃起來口感大不同。」

畫面切換成正在吃冰的食客。

戴眼鏡的宅男：「他的紅豆很綿密，跟別家的不一樣。」

上班族粉領食客掩嘴咯咯直笑，身子向後傾斜像是要逃走：「真的很好吃！」

日本觀光食客表情誇張：「歐一系捏！好漆！」

記者：「騎樓下的小攤子，一做二十年，幾乎全靠紅豆達人洪媽媽一人。」

播出黑白處理歷史畫面，大姊挖紅豆泥放在冰上。

大姊道：「啊，這是我！」

記者：「每天從開張到打烊，手上的勺子沒停過。」

食客大排長龍，大姊不斷挖紅豆泥，一碗又一碗，臉超臭。

我打岔問道：「大姊，妳賺這麼多，幹嘛還不快活？」

大姊道：「忙都忙死了，哪裡快活得起來。」

記者：「小小一碗紅豆冰，做起來卻不簡單。每一鍋紅豆餡都必須加水兩次煮到收乾，連續攪拌三小時，這是紅豆達人洪媽媽的獨門工夫。洪媽媽過世之後，很多老客人都擔心再也吃不到好吃的紅豆冰了，幸好她的獨生女兒決定繼續經營下去。」

一瘦弱少女端冰給客人。大姊喚道：「荳子！」

我道：「妳女兒好瘦，跟妳一點都不像，真的是妳生的嗎？」

大姊道：「沒禮貌！我年輕的時候也很妖嬌美麗，如果你每天顧火三小時，又在攤子前面站十個小時，你一定比我還胖！」

濫情配樂揚起，洪荳芒在湯鍋旁攪拌，手上包著紗布，驚呼：「糟糕，又焦了。」

大姊急道：「妳勺子下太淺了……妳手怎麼了，是燙傷嗎？」

洪荳芒用力過猛，滾燙的熱湯濺在手臂上，她尖叫一聲，勺子失手掉進湯鍋。洪荳芒蹲在鍋旁抱著膝蓋嚎啕大哭：「媽，妳的紅豆怎麼這麼難煮啊。」

大姊亦哭道：「荳子，不要再煮了！」

洪荳芒站起身來，淚流滿面地拾起湯勺：「媽對不起……妳以前叫我學我都不肯學……如果我早一點學會的話，妳就不會累倒了……」

大姊痛哭道：「荳子，乖女兒啊！」

畫面忽然變成雪花雜訊，隨即切回棚內。主播：「很抱歉，由於衛星訊號不穩……畫面接收……今天的新聞就……凡事請看開放下……」畫面再次變成雪花雜訊，隨即關閉，場燈亮起。

我心中暗罵：「靠，BOT的東西也未免太爛了。」

大姊急道：「不行，我一定要回去一趟。」

我道：「大姊，妳這是何苦。」

大姊止淚，堅定地道：「頭七不是可以回家嗎？我來這裡七天了，我要回去！」

觀光街上人山人海，天氣晴好，陽光把人行道磁磚縫裡殘留的汙水照耀得光芒閃動。大姊在街上緩緩走著，劉姥姥進大觀園似的不住張望，既感動又迷茫。

「我從來都不知道在這條街上散步感覺這麼舒服。」大姊感嘆道。

「大家頭七回來上面都這麼說，失去了才知道珍惜啊。」我道。

「我從這條街兩邊都還是一層樓老房子的時候就來擺攤了，那時路旁有很多違建，小吃店一家一家慢慢開起來，到最近幾年忽然熱鬧得不得了。現在回來一看，才發現真的變了很多，平常都沒注意到。」

「越是身邊的事情，往往越容易忽略。」

「到了。」大姊指著騎樓下的攤子。剉冰攤子前面大排長龍，員工們沒時間說話，只能不住地剉冰、舀紅豆泥、倒煉乳，一盤盛過又一盤。

「以前妳每天都這樣賣剉冰啊？」我問。

「中午開賣，晚上十點收攤。除了過年休息五天，幾乎全年無休。」大姊沮喪地道，「真不敢相信，我就這樣挖紅豆挖了二十年。捨不得吃、捨不得穿、捨不得休息、捨不得去玩。一個朋友也沒有，連女兒都差點不理我。」

「往好處想，起碼妳自力更生，不和人往來也少了很多是非衝突啊。」

「可是我並不快樂。」大姊搖頭道，「沒想到我就這樣過了一生。」

「那妳一開始為什麼要賣紅豆冰？」

「一開始是因為荳子爸走了以後，我要養家，除了煮紅豆什麼都不會，就這樣賣起來。賣冰真的很好賺，你沒聽說『第一賣冰，第二做醫生』，我用賣冰賺的錢，在附近買了一間房子呢。」大姊說著自己的豐功偉業，語氣中卻殊無歡喜之情。「其實也是因為整天從早忙到晚，可以忘記荳子爸的事情，日子比較好過，久而久之習慣成自然……本來還以為再過幾年就可以退休享享清福，沒想到你們這麼快就把我叫走了。」

「大姊功德圓滿，提早畢業，可喜可賀。」我隨口敷衍一番，轉移話題道，「好啦，我們去妳家看看。」

我們來到一間老公寓的客廳。房子坪數頗大，但十分老舊，牆上粉刷早已皸裂泛黃，角落處處積滿擦不掉的油垢和灰塵，幾件藤木家具像是從垃圾堆裡撿回來的似的。

客廳臨時布置成靈堂，法師對著神壇誦念佛經，陪念的家屬只有三人，荳子領頭跪在前面。大姊感慨道：「要不是妹妹帶著外甥來助念，荳子就太孤單了。唉，荳子啊，往後妳一切都得靠自己了，媽媽走得太早，真對不起妳。」

法師正在誦念《佛說阿彌陀經》：「……又舍利弗。極樂國土。有七寶池。八功德水。充滿其中。池底純以金沙布地。四邊階道。金、銀、琉璃、玻璃合成。上有樓閣。亦以金、銀、琉璃、玻璃、硨磲、赤珠、瑪瑙、而嚴飾之……」

大姊疑惑：「啊這經是在念啥，我聽攏無。」

我道：「是說極樂世界什麼都是用金銀珠寶堆砌而成的。」

「這麼好喔，可以住在一堆金銀珠寶裡面！」大姊忽然用質疑的眼光瞪著我道，「那我怎麼沒有去那邊？我該不會是被你們騙了吧？」

法師又念道：「舍利弗。若有善男子。善女人。聞說阿彌陀佛。執持名號……一心不亂。其人臨命終時。阿彌陀佛。與諸聖眾。現在其前。是人終時。心不顛倒。即得往生阿彌陀佛極樂國土。」

我解釋道：「聽見沒，要念佛才去得了啊。」

大姊聞言，趕緊合十反覆誦念：「南無阿彌陀佛，南無阿彌陀佛！」

「大姊，妳平常念佛嗎？」

「挖紅豆都挖不完了，哪有那個美國時間念佛。」

「那就對啦，如果妳平常念佛，那麼報到的時候就會是由『佛光普照有限公司』幫妳服務啦。臨時抱佛腳尚且沒用，何況妳臨終才抱佛腳。」

「我哪知道這種事，下次才不要選你們公司。」大姊醒悟道，「這麼一說，法師幫我念經沒用，荳子豈不是白花錢？」

「有用！至少念了家屬心安嘛。」我說，「何況我們公司和『佛光普照有限公司』都是『東方轉生聯盟』的會員，點數可以互換。」

一時法事圓滿，法師辭別而去，大姊的妹妹和外甥也先離開，只留下荳子在靈堂。荳子看著大姊的遺照，傷感地說：「媽，妳今天有回來嗎？我很認真幫妳念經喔。這幾天我也都有繼續煮紅豆，雖然我一直失敗，手也燙傷了，可是我不會放棄。因為這是妳留給我最重要、也是唯一的東西。」

「我留給女兒的東西，怎麼會只有一鍋紅豆？」大姊呼號起來。

荳子強忍著淚水道：「我現在一閉上眼睛，腦中就浮現妳在鍋子前面煮紅豆的背影，這是我對妳最深的記憶。」

「妳只記得這個？我背面肥肥的難看死了，妳記一點比較好看的啦！」

「媽，我以前太不懂事了，還嫌妳每天只會賣紅豆冰。現在才知道，妳能堅持二十年，把我撫養長大，讓我讀書，是多麼了不起的一件事！」

「憨女兒，煮紅豆太辛苦又太無聊了，妳趕快找點別的事情做吧！」

「媽，妳聽得到嗎？」荳子對著遺照殷切地問。

「聽得到聽得到！」大姊激動回應，好像荳子聽得見似的。

「這鍋紅豆是阿嬤傳給妳，妳又傳給我的，我絕對不會放棄這鍋紅豆！」

「邁啦，我歹命啊！」大姊嚎啕大哭，「我不管，我要跟荳子見面，否則絕不喝孟婆湯，也絕不投胎！」大姊非常堅持。

「好吧。」我暗暗嘆了口氣，「這原本是不行的，不過剛好最近我們公司在推『最終圓夢專案』，讓像大姊這樣的優良客戶能夠完成心願，放心而去。」

「真的嗎！我要參加！」

「好的，歡迎參加『最終圓夢專案』！」我取出一頂繡著「Dreams Come True」字樣的紅色棒球帽戴上。

「這樣就開始了嗎？我以為會更有氣魄一點，至少放點音效和乾冰什麼的。」

「經費有限嘛，服務好比較重要。」我提高聲音，「現在就讓大姊和荳子見面！」

場景一轉，大姊來到荳子夢中。是的，讓陰陽兩隔的親人見面最好的方式就是託夢。

一團混沌夢中，景象越來越清晰。

荳子努力攪拌著一鍋巨大無比的紅豆湯，攪著攪著，湯鍋變成一個環形水池，將荳子圍在其中。四面看去，紅豆湯之海一望無際，而圍著荳子的鍋緣越擠越小，火氣越來越熱。荳子滿頭大汗，益發無助，眼看就要痛哭起來。

突然間，摩西將紅海「唰」地分開，喔不，是紅豆之海自己裂開，渾身赤裸的大姊踩在一片大貝殼上浮現出來。風神鼓起腮幫子在一旁吹風點火，美食之神則正準備將一件廚師袍披在大姊身上，但畫面凝結，衣服始終沒披上去。至於這究竟是一幅怎樣的情景，請讀者千萬不要想像。

「啊，是紅豆達人的誕生！」荳子眼中閃動著希望。

大姊尷尬地看著自己的身體，心想有必要搞成這樣嗎？荳子卻已迫不及待地問：「紅豆達人，請教我煮紅豆的秘方吧！」

大姊張口欲語，卻發現自己說不出話。荳子焦急道：「紅豆達人，妳為什麼不願意教我？是不是在怪我以前不肯學？」大姊趕緊搖頭，指著自己的嘴，自己也不知道在比畫什麼。她靈光一閃，伸出三指比了比。

「三……三個字！」荳子驚呼。

大姊點點頭，伸手指著紅豆湯之海。荳子喜道：「紅豆鍋！」大姊點頭如搗蒜，又伸出三指比了比。荳子大受鼓勵：「接下來三個字！」

大姊想比「不要煮」，雙手揮舞打叉，然後做持勺不住攪動狀。荳子恍然大悟：「不要停！我懂了，妳要我千萬不要放棄，一直煮下去就對了！」

大姊一拍額頭，心中吶喊：那ㄟ安捺！

「你騙人！」大姊蒲扇般的大手一揮，拍掉我頭上的棒球帽。

「大姊息怒……妳先穿好衣服再說……」我趕緊把帽子撿起來戴好，不敢瞧上一眼。

大姊氣沖沖地將廚師袍拉好，質問道：「這算哪門子的託夢，為什麼我不能講話？」

「照規定就是這樣，可以現身託夢，但是不能講話。」

「豈有此理！」

「就像健保也有分給付和自付啊，要跟陽世親人講話是加值型服務，要自行負擔另外計點的。」

「你不早說。」大姊怒氣未消，「那趕快再給我託夢一次，我要和荳子講話。」

「大姊啊，」我嘆道，「費用很貴的，會從妳的投胎點數中扣。反正妳喝了孟婆湯之後就什麼都忘了，為了跟女兒講幾句話，影響下輩子一生的幸福，值得嗎？妳可要想清楚。」

大姊聞言稍一猶豫，咬牙道：「不跟荳子說清楚，她這輩子就不幸福。要扣什麼鬼點數就扣吧！」

「好吧。既然大姊有心，我們一定完成妳的願望。歡迎使用本公司的進階付費服務——『真・最終圓夢計畫』！」我取出一碗紅豆孟婆湯，遞給大姊。「大姊，這是一碗延遲發作型的孟婆湯，妳喝了之後會先到荳子夢中，並且可以暢所欲言。等妳想講的話都講完，孟婆湯的效力才會發作。」

大姊疑惑地看著湯碗道：「一定要先喝嗎？該不會又有什麼奇怪的阻礙吧？」

「不會的，妳放心喝下去，想對荳子說什麼話都能說得清楚明白。」

大姊深吸了一口氣，咬牙將湯喝下，頓時進入幽暗的夢境。

黑沉空蕩的舞台上，大姊和荳子相對而立，兩盞聚焦的強力燈光各自照著她們。四周漸次亮起，出現嘈雜的人聲，場景變成二十年前的觀光街，兩旁建築低矮許多，許多後來知名的店鋪仍是攤販，大姊的紅豆冰攤子就是其中之一。

大姊和荳子環顧四周，一齊驚呼道：「啊，好懷念。」

「我們紅豆達人就是從這裡開始的。」荳子把著大姊雙臂道：「媽，我不會放棄，一定會把紅豆煮好的。」

大姊感動地道：「荳子，媽不要妳煮紅豆。做這個又辛苦又無聊，妳這麼年輕，隨便做什麼事情都好，找一點有意思的來做吧。」

「不行，這是妳煮了二十年的紅豆鍋，我不能丟掉。」

「我煮紅豆是迫不得已，為了守著這一鍋紅豆哪裡也去不了，親戚朋友面前說起來，也不是什麼驕傲的職業，我不要妳過這樣的人生。」

「我覺得很驕傲啊！紅豆達人現在是網路熱搜的名店耶！」荳子急道，「以前我比較叛逆，妳叫我放學以後幫忙顧攤我都不肯，可是我現在很後悔，如果那時候來的話，我就可以跟妳多相處一點時間，說不定妳的身體也不會這麼早就弄壞掉……哇……」荳子說著便痛哭了起來。

大姊拍著荳子的背，安慰道：「妳有這個心就好了，不一定要煮紅豆啦。」

「可是……」

「妳聽我說。」大姊打斷她，嚴肅地道，「有件事我一直騙妳，本來想過兩年再跟妳說的，沒想到還來不及開口就先倒下了。」

「什麼事？」荳子瞪大眼睛。

大姊道：「從妳懂事開始，我就跟妳說妳爸死了，我為了養家才賣紅豆冰。其實妳爸根本就沒死，他只是跟別的女人跑了，到大陸去做生意沒有回來。我沒日沒夜守著一鍋紅豆，是因為沒辦法面對被拋棄的事實，只好靠這樣自我麻痺。荳子，妳明白嗎，媽實在是很沒用才一直煮一直煮啊！」

「才不是這樣！」荳子一抹眼淚，看著大姊道，「我早就知道爸沒死，國一的時候他就有來找過我了。因為這樣我那時候才會叛逆的。」

「妳那時候就知道了？」大姊一愣，「那妳怎麼都沒跟我說？」

「我就想看妳什麼時候才要跟我說啊。那時候真的是很氣耶，被妳騙那麼久，還要我去顧攤子，想到就覺得很過分。我還想說，怪不得我們從來都沒有去掃墓，原來妳都在騙我。所以那個時候我都不想理妳，蹺課跟同學去逛街，補習費也拿去買東西，就是不想回家幫忙。」

「對不起……」大姊滿懷歉意地道，「我不是故意要騙妳的。只是妳爸落跑的時候，我很氣憤也很傷心，恨不得他真的死了，所以才這樣告訴妳。我也常常在想，什麼時候告訴妳事情的真相，但都沒有適當的機會。」

荳子道：「爸給我很多零用錢，還問我要不要去他那邊，說要讓我讀最好的學校，以後去他的公司上班。」

大姊詫道：「他這樣說嗎？那妳怎麼想？」

荳子道：「有一天晚上，我幾乎已經決定了。我要離開這個家，離開這鍋永遠煮不完的紅豆。可是半夜裡看到妳煮紅豆的背影，那麼專心，那麼認真，忽然明白妳並沒有做錯任何事。我們家變成這樣都是爸害的，我如果去他那裡，那就和他一樣背叛了妳。在那之後，我就來店裡幫忙了。」

大姊淚流滿面，哽咽道：「對不起……」

「媽妳不用道歉啊，我覺得妳很了不起。」荳子抱住大姊，「妳用紅豆養大了我，守住了我們一家。媽，謝謝妳。」

大姊緊緊抱住荳子：「乖女兒，我的乖女兒。」

荳子堅定地道：「因為這樣，所以我更要把妳的紅豆繼續煮下去。我要把它變成『我們的』紅豆！」

大姊道：「妳真的長大了，這麼懂事，媽好高興。」大姊的身體逐漸變得透明，發出光芒。「我的時間到了，不能仔細教妳怎麼煮，但是我相信妳一定會自己找到方法的。妳想煮紅豆也好，哪一天不想煮了也沒有關係，我只希望妳快快樂樂、平平安安……」

荳子不捨地抱著大姊：「媽，我愛妳。妳放心去吧。」

「我也愛妳，妳要保重……」大姊稀薄的身影緩緩淡出，四周繁忙的街景倏然跟著消失，只剩下舞台上方兩盞聚焦燈光，隨即也逐漸轉弱、熄滅，終於變成徹底的黑暗。

場燈亮起，5D劇場內空無一物，只有空調的氣流聲隱隱回響著。

我走出劇場，強烈的陽光刺得睜不開眼。稍停一會兒適應了，才能夠取出Pad，在螢幕上點下「結案」。

「大姊，祝妳擁有美好的一生。」我輕聲道。

【間奏曲】

3C控之非死不可

「請問這裡有WiFi嗎？」接待室門打開，進來一個3C控，劈頭就問網路的事。他戴著一副粗黑框眼鏡，緊緊把著手機，顯得心神不定，東張西望但眼神渙散。

「先生啊，現在不是上網的時候吧。」

「不行，我不上網會死！」

「好吧，這裡有free WiFi。」我還能怎麼說？

他連忙問道：「帳號密碼是什麼？」

「帳號是Have a good life；密碼是Just drink it。」

他彷彿得救了似的，趕緊在手機上輸入帳號密碼，接著老僧入定般操作起上網軟體，好一會兒才抬起頭來問道：「Facebook上的動態怎麼都沒有更新，一直停在昨天？」

「因為你昨天來這裡報到，所以無法再接收陽間的訊息了。」

「啊？這樣啊，那怎麼辦？」3C控一時手足無措。

「你應該會找到一些往生的親友，把他們加進好友就可以看到陰間的動態更新。」

3C控聞言更不打話，隨即低頭滑起螢幕，一時驚喜連連：「是爺爺、三姨婆、七姑奶奶，誒，還有小學同學菜頭也在。」他一個又一個加著臉友，彷彿我並不存在，又像是不知道自己已經往生了似的。

他興沖沖道：「太酷了，打個卡先——『冥河忘川有限公司』，這什麼鬼地方？」

「就是本公司，負責提供轉生服務。」

「附近有沒有比較好玩的地標啊？」

「那就是望鄉台5D劇院囉，可以在這裡看到陽間的狀況，是很熱門的設施。你想要去看一下嗎？」

「哇咧，電量不足！」他驚呼一聲，摸遍身上的口袋之後，抬頭媚笑道：「我沒帶電源線，你有沒有行動電源？」

「請用。」我從抽屜取出行動電源遞給他，他俐落地插在手機上。

「怎麼FB加朋友都沒回應，狀態顯示為已轉生是什麼意思？」

「代表已經投胎離開冥界了，所以無法回應你的邀請。」

「嗄？那多沒意思。」他忽然眼睛一亮：「誒，菜頭同學接受我的交友邀請了。」

「這代表他也跟你同時來報到。」

「這樣啊？二十年沒聯絡了，沒想到在這裡遇到。」他送出一張巨大的笑臉圖案。對方很快地回覆一個巨大的笑臉。

他尚在自得其樂，我還是得按程序問：「你對此生有什麼遺憾嗎？」

他完全沒聽到我說的話，忽然舉起手機自拍了幾張照片，隨即上傳。

我又問：「請問你對來生有什麼特別的期待嗎？」

「等一下，我還沒TAG好。」

「先生你的點數還不錯，要不要搭配最新的升等方案？」

「升等？好啊。」他持續心不在焉地玩著手機，顯然根本就沒在聽。

我心想算了，這時把孟婆湯端到他面前，說不定他問都不問就喝了。於是點了送餐鈕，服務生隨即端了湯進來。「這是本日的主廚特製羅宋孟婆湯，請你享用。」

「啊，這麼好。正想說有點餓了，馬上就有東西吃，你們服務不錯嘛。」這湯顯然引起他的興趣，「是羅宋湯啊，好香。」他立即舉起手機前拍後拍、左拍右拍，不時調整湯碗的角度，又拍了許多照片。「好喝！」他歪著頭用左手舀了一匙湯送進嘴裡，目光不曾離開手機，右手拇指熟練地持續滑動著，把湯的照片傳到網路上，口中喃喃念著正在輸入的文字：「這戰鬥民族的湯就是不一樣……」

砰！

3C控連同他的手機化成一團煙霧，就此消失在虛無中。

萬年考生

七年寒窗無人問，一舉考上卻往生

「我不服，我要求撤銷這項處分！」一面皮焦黃的乾瘦男子義憤填膺地道。

「啥？」我愣了一下。

「根據《行政程序法》第一一一條，『行政處分有下列各款情形之一者，無效：一、不能由書面處分中得知處分機關者。二、應以證書方式作成而未給予證書者。』你們隨隨便便把我抓來這裡，說什麼我已經死了，事前都沒有通知，違反行政程序！」乾瘦男連珠砲似的說完，拳頭虛弱地在桌上敲了一記。

「很遺憾，冥界不受陽間的法律管轄。」我說。

「第一〇二條規定：」他逕自滔滔不絕地背誦道：「『行政機關作成限制或剝奪人民自由或權利之行政處分前，除已依第三十九條規定，通知處分相對人陳述意見，或決定舉行聽證者外，應給予該處分相對人陳述意見之機會……』我要求陳述意見、舉行聽證，我要求你們撤銷說我已經死掉的處分啦……」乾瘦男越說聲音越微弱，最後絕望地趴在桌上。

我點開他的檔案看了一下，他今年三十五歲，研究所畢業、服完兵役後短暫工作了幾個月就辭職，然後連續七年參加公務人員考試，原來是個萬年考生。

「先生，你相當曲解這項法規啊。何況這不是行政處分，而是你的陽壽已盡。請你往前看，好好規畫一下來生吧，我會盡力協助你。」

「來生？」他從桌上抬起頭來。

「是的，我們會依據你此生累積的點數提供投胎的選擇。公司最近推出幾個優惠方案，內容都相當好。我看一下──有了，這個非常適合你：『萬年考生填鴨特惠方案』，只要你選擇投胎為鴨子，下輩子的累積點數加倍計算喔！」

「投胎？那是怎樣？」他茫然道。

「你選好投胎的對象後，喝下孟婆湯，就可以毫無牽掛地展開全新的人生了。」

乾瘦男驚道：「那不就把這輩子的事情全部忘光光？我辛辛苦苦讀了七年書，怎麼可以就這樣洗掉！」

「你考什麼？」

「一開始是司法特考，後來轉高考，後來又轉普考。」他聲音越來越微弱，「連初考也去考過。」

「越考越簡單嘛，那你考上了嗎？」

「這……」乾瘦男被這句話擊潰，「沒……沒有。」

「那就是啦，恕我直言，你這輩子實在也沒什麼好可惜的，趕快展開新的人生才是對你最有利的選擇。」我點選送餐鈕，服務生隨即推了一輛餐車進來，俐落地將脆皮烤鴨、銀芽炒鴨肉和鴨架酸菜湯共三道菜擺好。「太幸運了，今天是烤鴨三吃，搭配鴨架酸菜孟婆湯，一整年裡還不一定吃得到一次哪，真是託你的福！」我忍不住取一張餅皮，塗上甜麵醬，包上大蔥和脆皮片鴨送進嘴裡，心中讚歎道，真是世間少有的美味。

乾瘦男取過大湯匙，撈起滿滿一瓢湯，還帶著一塊鴨骨，失落地道：「這就是我一生的寫照嗎，唉。」他將湯匙端近眼前，眼看就要喝下，忽然卻將湯瓢往海碗裡一摔，恨恨地道：「我不甘心。」

我用紙巾擦擦嘴角，問道：「你有什麼遺憾嗎？」

乾瘦男道：「高普考今天放榜，沒想到我卻在天亮之前離開了人間。我想看一眼榜單，知道自己究竟考上了沒有。」

「那有什麼問題，去望鄉台5D劇院，走！」

黑畫面白字卡：「冥河忘川有限公司呈獻」。震撼音效。3D文字迅速向觀眾飛出。登登登登，氣勢驚人新聞片頭音樂，畫面切到棚內美貌女主播。

主播：「考生朋友您好，歡迎收看今天的『望鄉台』特別報導。考友來報到後，最關心的莫過於今年到底是否榜上有名，我們馬上連線現場記者來關心。」

畫面切到考試院國家考場外的人行道上。記者：「又到了放榜的日子，每年這個時候，總是幾家歡樂幾家愁。有道是十年寒窗無人問，一舉成名天下知。呃，現在考上公職是不會『天下知』啦，但也是一個鐵飯碗穩穩捧在手裡。」

畫面上人潮洶湧，從人行道溢滿到馬路上，紛紛引頸企盼。大門內走出幾個工作人員，手上捧著一疊白紙，張貼在外牆的公告欄上，群眾挨挨擠擠地一擁而上，瞇著眼睛從頭仔細尋找，不時有人爆出歡呼，和一同來的親友把臂雀躍不止。

我疑惑道：「現在放榜不是都上網公告，一查就有了啊，幹嘛來這裡人擠人。」

乾瘦男道：「你不知道，放榜還是要看到榜單才有fu。」

畫面拍攝榜單前面大字：「ＸＸＸ年公務人員高等考試三級考試暨普通考試典試委員會榜單」。

記者：「到底我們的考生朋友今年有沒有考上呢？」

畫面在榜單上移動，無數名字不斷閃過，正額錄取榜單跑完，接著是增額錄取。

乾瘦男雙手不斷搓著，非常緊張。我問：「這名單是按什麼排列？」乾瘦男道：「按成績。」我道：「所以越往後機會越渺茫囉。」他嚥了一大口口水，沒有說話。眼看鏡頭逐漸接近榜單末尾，卻依然沒看到他的名字。

就在榜單尾端，鏡頭忽然在倒數第三個名字停格，迅速拉近：「4012xxxx 宋焅亞」。

記者：「恭喜！恭喜考友金榜題名！」

我道：「好小子，真是千鈞一髮。雖然是吊車尾，恭喜你總算考上啦。」一轉頭，卻見乾瘦男失魂落魄，身體幾乎要垮掉似的愣愣瞪著榜單，完全說不出話來。我在他肩膀上一拍：「振作點，這不是考上了嗎，七年的努力總算有代價，你應該高興啊。這也就可以放心地去了吧！」

乾瘦男忽然哭喪道：「怎麼會這樣，怎麼會這樣啊。」

「怎麼啦？」

「你知道我怎麼死的嗎？」

「呃，我記得檔案裡說是交通意外。」

乾瘦男欲哭無淚，五官擠在一處，像有一隻蟾蜍緊緊抱在臉上：「昨天放榜前夕，我想到今年八成又沒考上，非常沮喪，帶了一手啤酒想到河堤上解悶，過橋的時候被超速的車子撞上……結果我居然考上了，這是怎樣啦！」

「所以你如果沒考上會比較甘心嗎？」

「也不是這樣說啦。」乾瘦男雙手抱頭虛弱地喊叫起來，「唉，七年寒窗無人問，一舉題名卻往生，怎一個冏字了得。」

「所以說人不要隨便放棄希望。」

「你不懂啦，我努力了那麼久，就是為了這一刻，結果一點考上的喜悅都感受不到，太讓人不甘心了。」他抬頭望天，「如果能夠當面接受大家的恭喜與祝福該有多好。」

「可以啊，按規定頭七那天是可以回陽間去看看的。」

「真的嗎！」乾瘦男眼睛一亮，「太好了，趕快讓我回去，我要去補習班看看。」

「補習班？你不回家嗎？」

「回家也只能看到靈堂吧，我想接受的是大家的祝福啊。」

「原來如此。」我撥動 Pad 上的時鐘，帶著乾瘦男來到頭七那天的補習街。

窄窄的補習街兩旁停滿機車，各種小吃攤林立，柏油路熱得冒煙。街上人來人往，在各家補習班鑽進鑽出，彷彿這個世界有永遠也考不完的試。

我們在一家規模龐大的連鎖補習班旗艦店前停步，大樓外牆上整面包覆著巨大的廣告：「大江大海教育集團」「雄霸全國，教育權威」「專辦！國家・公職・高普・地方考試保證班」。

乾瘦男：「啊，沒想到還能回來這裡，才過幾天，卻真是恍如隔世。」

我指著廣告問道：「不是說保證班，怎麼你七年都沒考上？」

乾瘦男：「那是說，今年沒考上明年可以免費再回來讀，一直讀到考上為止。」

我詫道：「所以你在這裡讀了七年？」

「對啊。」乾瘦男理所當然地點點頭，說罷熟門熟路地進門上樓。

補習班教室裡擺滿連排長桌，天花板上幾十支日光燈散發著涼冷的光線，電源安定器嘶嘶嗚叫。現在不是上課時間，教室前方卻有幾個學員聚在一起聊天。

「啊，雞排哥、薯條、水煎包大家都在。」乾瘦男忘情地迎上前去，我順著一看，裡面三人各持一份吃食，果然是雞排、薯條和水煎包。

「那你的綽號是什麼？」我問。

「蔥抓餅，我每天都要吃。」

「聽起來真不健康。」

「方便又省錢嘛，每天忙著上課、讀書，哪有時間吃太複雜的東西。」乾瘦男不無感慨地在一張椅子上坐下，顯然是他七年來不變的位置。

雞排哥道：「我今年真的只差一點點就考上了啊，多年來最接近的一次，真是可惜。不過如果不用再回來這裡，感覺也有點怪怪的，呵呵。」

薯條和水煎包連連點頭：「雞排哥是我們永遠的班長，這個班上沒有你多不習慣。」

雞排哥道：「聽說教行政學的老黃要退休了。唉，雖然他講的黃色笑話十年如一日，可是我每次聽都還是覺得很好笑，呵呵呵。」

薯條道：「對啊，幸虧教英文的波霸奶茶還在，只要有她的低胸洋裝和短裙，我就還有在這裡活下去的理由，呵呵呵呵。」

乾瘦男和三人一起發出銀鈴般的笑聲：「呵呵呵呵呵！」

「不過我們今年失去了一位戰友。」水煎包望著乾瘦男的位子道，「蔥抓餅奮戰七年終於考上了，可惜他卻沒有機會親眼看到上榜的榜單。」

「無論他是因為考上還是往生，總之他都結束了補習班生涯。沒想到他在我們之中，實踐了『生涯補習班』的壯舉，讓我們為他默哀。」雞排哥說完咬了最後一口雞排，薯條叼了最後一根薯條，水煎包則把最後一顆水煎包整個塞進嘴裡，眾人一時無語。

乾瘦男看著空蕩的雙手嘆道：「好想吃蔥抓餅啊。」

沉默不到一分鐘，雞排哥忽然「霍」地起身道：「日子還是要過，書還是要讀。刷個牙先。」薯條和水煎包也跟著起身，紛紛從身旁的行李袋取出牙刷、牙膏、牙線和牙杯，趴噠趴噠趿著拖鞋往廁所去了。

我讚歎道：「你們還真是以班為家。」

「在這裡生活慣了不覺得，繞了一圈回頭來看，忽然覺得好空虛啊。沒想到我就這樣過了一生！」乾瘦男看著空蕩的教室，懵懂地道：「我本來以為只要一年，頂多三年就可以考上。誰一開始就想當萬年考生呢？」

「你為什麼這麼想當公務員？」

「剛退伍的時候我曾到一般的公司上班，但是薪水才兩萬多，又經常每天加班到半夜，做了幾個月就快爆肝了，只好辭掉。回想起來，當初想考公職，是因為我太太說，我一定要有正當職業、穩定收入，否則就要跟我離婚。」

「你結婚了啊，真看不出來。」

「沒禮貌，我也是研究所畢業，原本前程似錦。」他頓了一頓，又道，「我想來想去，只有公家單位的鐵飯碗最穩定，待遇合理，又不用一天到晚加班，所以才開始報考。」

「可是你整整考了七年，占了你生命的五分之一耶。你都不會想做別的事嗎？」

「這樣一年又一年過去，我可能已經習慣待在補習班了吧。老實說，如果我還活著，今年上榜以後要開始上班，可能還會覺得有些害怕。」乾瘦男眼望遠方，「其實我是不敢面對自己的人生，我太沒種了。早知道生命這麼短，不如早點豁出去。」

我心下暗道：其實人都知道自己終有一死，該做什麼就要去做，生命長短根本不是問題。不過我不評論客戶的想法，只按公司規定的話術道：「沒關係，你可以重新開始，下輩子好好努力就是了。」

「喝了孟婆湯不就什麼都忘了，也無法記取教訓，下輩子未必會更好。」乾瘦男流淚道，「再怎麼說我今年畢竟是考上了，我好想讓小美知道，我終於辦到了。」

「所以你們後來離婚了？」

「唉，我考到第三年沒上，她就搬回娘家去了。這樣拖了一年之後，可能她家人覺得我太沒出息，畢竟還是離了。可是我一直希望能夠和她破鏡重圓，她也始終沒有別的對象，說不定她還在等我。」乾瘦男說到後來，竟有些語帶悲憤。

我看看錶，反正今天也無法準時下班了（唉，我也是責任制），不如成全他。於是取出那頂繡有「Dreams Come True」字樣的棒球帽戴上，道：「本公司最近剛好提供『最終圓夢專案』，讓客戶圓滿心願、安心而去。我這就讓你託夢，和小美見上一面！」

一團混沌夢中，景象越來越清晰。

這是天龍市最負盛名的宋記烤鴨餐廳，開放式的廚房裡，乾瘦男穿著廚師袍，在裡面焦頭爛額地從架上取下鴨子、推鴨子進烤箱又取出，一刻也不得閒。

隔著乾淨明亮的大片玻璃之外，小美和先生、小孩一家坐在最近的位子，欣賞著廚房裡的一切。先生和小孩面目模糊，但顯然一個斯文親切，一個乖巧可愛。乾瘦男心中詫道：「小美什麼時候跟別人結婚生小孩了？」但即便如此，他還是想：「我要做出最好吃的烤鴨給他們一家吃，要讓小美露出滿意的笑容。」

正思忖間，點菜單如雪片般飛來，連綿不絕地竟有幾十張之多。抬頭時，架子瞬間無限延長，鴨鴨相連到天邊。而身後唯一一個烤箱卻溫溫吞吞地始終無法將鴨子烤好。

經過漫長的等待，鴨子好不容易終於烤成漂亮的金黃色，乾瘦男趕緊將烤鴨取出，誰知就在這一瞬間，烤鴨卻「咻」地一下全身長出羽毛，振翅起飛，一邊呱．呱．呱地高聲鳴叫，繞著廚房飛了兩圈，乾瘦男伸長了手臂不斷撈抓都抓不到，鴨子忽然「嘩啦」一響撞破玻璃窗逃竄而去，只留下幾根羽絨緩緩飄落。

回神時，乾瘦男已站在小美一家桌邊，看著滿桌碎玻璃，滿心沮喪，想要道歉，張大了嘴卻無法說話。

然而小美一家卻歡呼道：「烤鴨來了！」乾瘦男低頭一看，桌邊料理推車上，安然放著一隻金黃焦脆的完美烤鴨，等著片皮上菜。他連忙拿起刀叉，正要片向烤鴨，卻發覺手上拿著的是一本厚厚的《行政學概要》。錯愕之餘把心一橫，依然拿書向鴨子片去，那書竟像刀子般鋒銳，漂亮地片下薄薄一片又一片——卻不是鴨肉，而是畫滿鉛筆記號的答案卡。

小美拿起六張答案卡，一一送進閱卷機，螢幕上隨即跑出成績：「國文64分，行政學概要93分，法學知識與英文82分，行政法概要90分，政治學概要71分，公共管理概要85分。總成績：80.80分。未達錄取標準81.00分……」

夢境消退，燈光大亮，乾瘦男趴在5D劇院的舞台地板上痛哭：「為什麼我烤熟的鴨子就是會飛走啊。」

「夢為心境。現實中的小美並未再婚，夢中卻有家人。這其實是你潛意識的投射，希望和小美共組家庭，過著幸福美好的日子。而你想提供她美味的烤鴨，片下來的卻是考試的答案卡，夢其實是在告訴你，考試並不能為小美帶來幸福。」

乾瘦男氣憤地道：「這不是託夢嗎？這些並不是我想跟小美說的話啊。」

「這畢竟是小美的夢境。託夢是兩個人潛意識的交流，當然也會攙入小美的想法。也許這就是小美想要告訴你的話。」

「我為了她努力不懈，她卻毫不領情嗎？」乾瘦男萬念俱灰。

我額頭上瞬間浮現三條線：「不是這樣解讀吧，她是勸你不要太過在意考試的事。」

「我們是研究所同學，感情很好，我當兵一年多她也沒有兵變，我一退伍就結婚。當我決定要辭職考公職的時候她舉雙手贊成，還說無論我花兩年、三年考上都沒關係。她就是希望我考上公職，和她一起過著穩定的日子啊。」他嘆了口氣，「我耽誤了她這麼多年，真是對不起她。」

「好啦，難過也沒用。」我拍拍他，「不如這樣，我帶你上去吹吹風、曬曬太陽，把心情整理一下，忘了這一切重新出發吧。」

我們來到河堤邊，天氣晴好，盛夏之中雖然炎熱，但也顯得萬事萬物都十分光明。乾瘦男非常享受地仰頭向天，感嘆道：「每天待在冷氣房裡，都忘了曬太陽是這樣一件美妙的事情。我下輩子一定要常常曬太陽，好好享受大自然。」

「那你可以考慮一下貓、烏龜或海豹。」

「啊？」

「這些是最喜歡曬太陽的動物。」

「貓跟海豹還可以，烏龜就算了，呵，呵。」他乾笑幾聲，忽然瞪大眼睛：「咦，這就是我出車禍的地方嘛，剛才都沒發現。」他向前一指：「那邊，那好像是小美。」

河的另一邊，一個穿著黑色上衣和牛仔褲的女子緩緩走著。乾瘦男拔足飛奔上橋，我急喊：「別跑太快，魂魄會散掉的！」乾瘦男聽而不聞，拚命跑去，我只好盡量快步跟上。

那女子也走上橋面，向著橋中央走來。

「小美！是我呀！」乾瘦男衝到女子面前，拚命揮手，對方當然看不見他。

小美站在橋中央的人行道上，呆呆看著飛馳往來的車流，嘴唇動了一動，似乎欲語還休。乾瘦男急道：「妳是來看我的嗎？妳說話啊，不說話我怎麼知道妳在想什麼？」

小美嘆了口氣，轉身憑著欄杆眺望寬廣的河面。陽光下，河岸草地綠得發亮，水面波光粼粼，幾隻鷺鷥悠悠飛過。她自言自語道：「好奇怪，這幾天我一直沒有你已經走了的真實感，有時候覺得你好像還在旁邊不遠的地方。」

「對啊，我就在這裡啊。」乾瘦男持續不斷揮手。

「應該是我們分開太久，所以沒看到你也覺得沒差吧。」

「這……」

小美忽然氣憤道：「我幹嘛還來這裡悼念你呢？你這個不負責任的傢伙，滿腦子就只有考試，不去找一份工作養活自己，也不經營家庭生活，我早就該把你徹底忘得一乾二淨。」

乾瘦男急得額頭冒汗：「我準備考試就是為了有穩定的工作和收入，和妳一起過著幸福的日子啊。」

「我根本就只是來悼念自己的青春，悼念那些和你一起浪費掉的時光。」

「怎麼會這樣，難道妳都不記得一點開心的事嗎？」

小美無奈地長嘆一聲，忽然噗嗤一笑道：「我昨天夢到你變成烤鴨師傅，想弄烤鴨給我吃，結果煮熟的鴨子飛了，後來還變成答案卡。你到那邊以後，還是這麼記掛著考試的事情嗎？」

乾瘦男道：「雖然來得晚，我終於考上啦，考上啦！」

「不過昨天作了這個夢，才知道你一定還很惦記我。我以前曾說想去吃宋記的烤鴨，沒想到你還記得，而且特地回來託夢想請我吃。」

乾瘦男尷尬地道：「啊，我不……老實說我已經忘記妳想吃烤鴨的事了……」

小美低頭，看見欄杆和橋面間的縫隙裡長出一朵小紫花，將花摘下放在手心：「你以前最會逗我開心了。你沒錢買花，就從路邊摘這種小花藏在口袋，忽然拿出來給我。雖然摘的時候都被我發現，可是我收到還是很開心。」

「我……做過這種事嗎？」

「可是你執迷於考試以後，就再也沒送過我一朵花了。」忽然一陣清風吹過，小花柔弱地顫動了幾下，從小美手上輕巧地飛出去，霎時不見蹤影。小美眼眶泛紅，哽咽道：「你太可惡了。」

「哇！」乾瘦男抱著我痛哭：「我要再託夢一次，我要讓她知道不是這樣的。」

「那麼，歡迎使用本公司的進階付費服務——『真・最終圓夢計畫』！」

黑沉空蕩的舞台上，乾瘦男和小美相對而立，兩盞聚焦的強力燈光各自照著他們。四周漸次亮起，出現嘈雜的人聲，場景變成草山大學後門的情人坡，眼前好一片展望，天上星光熠熠，山下則是天龍市的輝煌夜景。

「啊，好漂亮！」小美驚呼，「讀書的時候我們最常來這裡了。算一算，竟然已經十年沒來了。」

乾瘦男急著道：「小美，我考上了，我今年終於考上了。」

小美失望地道：「你還是滿腦子只有考試嗎？」

「考上以後就不用再考啦，何況我都是為了妳啊。」

「明明是你自己要考，怎麼推給我？」

「當初妳也很鼓勵我去考嘛。」

小美氣道：「那是因為不希望你整天無所事事，或者毫無規畫地接一些沒前途的案子，所以才贊成你去考試。可是你一考七年，反而蹉跎更多時間。我就不懂，第三年沒考上時我叫你放棄，你為什麼就是不肯？」

「那一年分數很接近，我想說只要再拚一下明年一定會上。」

「那第四年你為什麼又沒上？」

「那時妳要跟我離婚，我哪有心情準備嘛。」

「說來說去難道都是我的錯嗎？我看你根本只是用考試當藉口，貪圖在補習班的安逸，不肯出去面對現實而已。」

「我雖然考得次數多了點，但考上了就可以安穩一輩子，還是很合算。」

「一輩子？結果你這輩子究竟安穩了幾天呢？」

「對……對不起，我確實太沒出息了……」乾瘦男氣餒之餘，忽然激動起來，「但是妳了解萬年考生的心情嗎，年復一年都只差臨門一腳的那種不甘心，還有怎麼考都考不上的挫折感。一直用家裡的錢我也很心虛啊，可是越是這樣，越覺得沒有拿出成績怎麼能交代得過去？」

「考不上沒關係，我們從來沒有因為這樣怪你。但是你不懂得適可而止，才是我們生氣的原因。」

「我常想，我又不是不夠聰明、不夠努力，莫非考不上就是我的宿命嗎？」乾瘦男沮喪地道，「我甚至有幾次想到要結束自己的生命，以謝家人，也是對宿命發出一點無言的抗議。」

「這樣想才真的是沒出息！」小美掉下強忍許久的淚水，道：「考不上也許是你這輩子命中注定，但是人生並不是只有考試一條路啊。」

乾瘦男聞言悚然：「妳說得對，就算考上又怎樣，我已經失去太多了……」

小美忽然驚呼：「你的身體，怎麼變透明了？」

乾瘦男看看自己逐漸淡出的身影，百感交集地道：「我託夢之前喝下了孟婆湯，現在時間到了。看來這輩子再也沒有機會補救對妳的虧欠了。」

小美急道：「你別走，我還沒和你說完呀。」

「好好照顧自己，早點忘了我吧。」

小美抱住乾瘦男，哭道：「我知道你還是愛我的，也從來都沒有討厭過你。你今天回來找我、帶我來這個地方，就表示你真的很在意我。」小美抱住乾瘦男，哭道，「你看，這星空和夜景還是和以前一樣漂亮！」

「謝謝妳，小美。」乾瘦男抱著小美，看見地上的一朵小紫花，想彎身去摘，卻已虛弱得無法動彈。他一咬牙，仰天高喊：「把我的點數都用光吧，全部用來祝福小美！」

夜空中驀地一閃，一顆巨大的流星瞬間劃過。接著又是一顆、兩顆、十顆、百顆，滿天落下瀑布般的流星雨，宛如銀河倒懸、星海決堤，壯麗得不可思議。大地被星光照耀得如同白晝，兩人在光瀑中映成一對緊緊相連的翦影。

不知過了多久，星芒倏地落盡，四周陷入徹底的黑暗。場燈亮起，5D劇場內空無一物，只有空調的氣流聲隱隱回響著。我眼底還留著流星群鮮明的殘像，每一眨眼彷彿就看見光瀑奔流。

我心下嘆道：不要隨便把點數用光啊，這下你只能去當書蟲蠹魚了。我取出Pad，在螢幕上點下「結案」。

「考生朋友，祝你擁有美好的一生。」我輕聲道。

冥河忘川有限公司

【間奏曲】

紙紮師傅的遺憾

「先生，你有一批貨到了，請你簽收一下。」我道。

「貨？我都來冥界報到了，怎麼會有人送貨給我？」那人大惑不解。

「就是你家人燒給你的囉。」

「這樣啊。」他頓時滿心歡喜起來，「所以燒東西給死人真的有用！那我家人都燒了什麼給我？」

我看了一眼簽收單，乖乖，東西還真不少：三層透天豪宅一棟、賓士ＳＬＫ跑車一輛、私人噴射機一架、麻將桌一組（附麻將）、五十吋液晶電視一台、iPhone 6S 一支、Canon EOS 5DS 單眼相機和鏡頭一組、威士忌一箱、配槍保鑣兩員、奴婢僕童一對、38Ｅ波霸辣妹兩枚……

「38Ｅ波霸辣妹兩枚？」我疑惑道，「一個就夠了吧，你要兩個幹什麼？」

「說起來有些不好意思。」他搔搔後腦，賊忒嘻嘻地道，「我生前很想體驗一下３Ｐ是怎麼回事，但一直沒膽嘗試，所以拜託家人燒兩個辣妹下來——光是這兩個，外面可以賣到七萬塊呢。」

「你家人真捨得，燒了這麼多東西給你。」

「因為我本身就是做這個的嘛。其實這些大部分是我自己紮的，當醫生宣判只剩幾個月的時間，我就想說紮了一輩子紙，總要為自己留下一點什麼。尤其這兩個辣妹，更堪稱是我的嘔心瀝血之作。」他興沖沖地在觸控螢幕上簽好名字，迫不及待地問，「東西在哪裡？」

「請跟我來。」我推開後門，引他穿過長長的走道來到提貨倉庫。恍如巨蛋體育館似的挑高寬敞倉庫裡，擺滿各式各樣剛配達的物品。紙紮師傅看得眼花撩亂，好奇地問：「這麼多東西，你們都不會搞混喔？」

「難免啦。雖然我們有國內所有頂尖物流業者往生之後來協助開發管理系統，但是多數人燒東西給冥界的親人時，常常沒說清楚寄件人和收件人姓名，主要是燒的時候心不在焉，或者口不應心，所以無法順利交寄。」

「喔。那我聽說燒東西的時候，要默念：『請地藏王菩薩作主，讓親人某某某領收。』這樣念真的有用嗎？」

「唉，說起來地藏王菩薩也挺辛苦，原本祂是在冥界推動救濟事業的，但是大家都託祂轉交貨品，祂老人家慈悲心腸又不好意思拒絕，就只好苦了祂自己。」

「祂一位菩薩忙得過來嗎？」

「你有所不知，『地藏慈善事業基金會』是冥界最大的國際ＮＧＯ啊，成員有數千名呢。而且因應龐大的遞送業務，還另外成立了『地藏慈善物流基金會』哩。」我領著他到提貨處，將序號傳送給物流士，很快地物流士就操作天車將他的貨櫃吊出來。

貨櫃打開的瞬間，紙紮師傅大失所望：「嗄！怎麼都是紙做的？」

「這些本來就是紙紮呀！」我走到賓士SLK旁，稱讚道，「你的手工真的很好耶，不愧是『PRO』。不必擔心，它們都可以使用喔，要不要試試看？」

他半信半疑地打開車門，小心翼翼地坐進駕駛座，轉動鑰匙，賓士「轟！」地一聲發動起來。他驚喜地道：「嘿，嘿嘿！真的可以用耶，沒想到紙紮的車可以承受我的體重，還可以發動！」一邊說著，眼角便止不住飄往那兩個波霸辣妹，一副嘴角流涎的樣子。

「靈魂沒什麼重量，當然撐得住。」我禮貌性地笑道，「不過你大概沒有太多時間享用。」

「為什麼？」

「我看了一下資料，你符合本公司最近推出的『限時轉生方案』，七十二小時內喝下孟婆湯投胎，轉生點數可以一點二倍計算喔。」

「那如果我想多待幾天呢？」

「每超過法定轉生時限一天，將扣百分之十的留滯點數，太不划算啦。」

「是喔。」紙紮師傅非常沮喪，「我把人生最後幾個月都花在紮這些東西上面啊，都沒用到的話，那我豈不是『裝孝維』。」

「轉生點數的每一點都是你這輩子辛辛苦苦做功德累積來的，而且直接影響到下輩子幸福與否。相較之下這些東西不算什麼啦。不用可惜，東西都可以賣掉換成點數喔。」

「大家都忙著投胎，啊是要賣給鬼喔。」

「冥界別的沒有，就是鬼最多啊。譬如像我們工作人員，還有一些因案暫時無法投胎的遊魂，還是有使用需求的。」

「原來如此。」他點點頭，忽然想起來，「對了，我家人應該有燒一大筆錢下來，也可以買點數嗎？」

「忘了那筆錢，就當沒這回事吧。」

「怎麼行，我準備了十億元冥幣耶，難道沒有正確匯到我冥界的戶頭嗎？」

「匯是匯進來了，十億元冥幣跟陽間的新台幣十元差不多。」

「怎麼可能！」

「大哥，你想想，陽間燒紙錢燒了一千多年，匯入太多引起惡性通貨膨脹，冥幣早就貶得一文不值啦。」

「好吧，這樣我明白了。不過這些東西沒用過一次實在叫人太不甘心。」他眉頭一撇，帶著狠勁道，「七十二小時是吧！我在時限內一定回來。寶貝們，上車！」

兩個紙紮38E波霸辣妹聞聲，直接從門上跳進敞篷跑車後座。紙紮師傅扭開威士忌瓶塞，狠狠灌了一口，在哈哈長笑聲中猛踩油門衝了出去，瞬間變成遠處小小一點。

「嗶——」他隨即在倉庫出口被交通警察攔下。

嗯，酒駕、超速，加上三個人都沒繫安全帶，這下他的點數有得扣了。

電視編劇

連日記都全是編造的謊言

「糟糕了，鐵定要開天窗了啦！」尖臉戽斗、戴著黑框眼鏡、滿頭花雜長髮的男子神經質地低吼著。

這種以為自己一往生天就要塌下來的案主我看得多了，也不以為意，比了比桌上的骨瓷茶具道：「你別急，先喝個茶。既然來到這裡，就把心情放寬吧。」

「你沒看過《台灣昇龍霸》？你不懂事情的嚴重性，這檔戲一年為電視台賺進兩億！一旦開天窗多少人急得要跳樓了！」他起身搓著手繞來繞去，「可是今天晚上要拍的戲，我劇本一個字都還沒寫，到時候演員是要怎麼演啊？」

「你的劇本當天才寫啊？節目沒有備檔嗎？」

他語帶不屑地道：「沒常識。鄉土劇要切合時事，劇本當天寫、當天拍、當天晚上就要播，這樣才會貼近社會脈動！」他伸手在頭髮裡猛搔，「沒想到我竟然死在汽車旅館裡面，而且劇本還沒寫完。」

「汽車旅館？」

「當然是閉關趕稿啊，你以為我帶美眉開房間啊？」

我心想這人八成不會爽快地喝下孟婆湯。雖然我對鄉土劇沒什麼興趣，但去看看拍攝現場也不錯，於是問：「你想不想看一下陽間的狀況，看看劇組怎麼反應？」

「喔？」

「按規定，轉生者可以到本公司『望鄉台５Ｄ劇院』張望陽間情景。」

「劇院啊！」編劇眼睛一亮，顯然迫不及待。

我們來到劇院，很快看過千篇一律的新聞片頭，切到記者現場連線。

記者：「這裡是八點檔鄉土大戲《台灣昇龍霸》的攝影棚，正準備錄製晚上要播出的第四百二十一集。本來每天都緊湊錄影的片廠，卻因為編劇忽然往生而陷入一片混亂。」

一群人焦頭爛額，如熱鍋上的螞蟻。

女兒演員：「怎麼辦，沒劇本怎麼演啊？」

大兒子演員：「本來就已經演得霧煞煞了，這下又更不知該如何發展了。」

媽媽演員：「本來每天演也不覺得劇本有什麼重要，現在沒了劇本倒真麻煩。編劇老大啊，你還真死得不是時候。」

編劇嘆道：「這些演員平常都沒把我看在眼裡，現在終於知道我的重要性了。」

「大家是在驚啥？」驀地一個低沉渾厚的聲音傳來。畫面迅速一轉，切到一名肥壯男子，乃是本劇的製作人，他霸氣吼道：「反正劇情就那麼回事，眼睛閉著都能演。你們平常也都自己改台詞改情節，哪有差！」

爸爸演員：「沒錯，恁爸不是給人嚇驚大的，不過是死個編劇，有什麼了不起？不要讓隔壁台的《砂石人生》看笑話！」

畫面迅速一轉，切到導演。原本閉目中的導演忽然眉毛一抖睜開眼睛。

導演：「洪哥說得對，大家即興演出，把故事拖下去！」

畫面拍攝爸爸的臉部特寫，然後快速切換媽媽、長子、媳婦、女兒、次子等，人人眼神堅毅。

眾人振臂：「好，即興演出，讓觀眾看看咱們硬裡子演員的厲害！」

編劇錯愕道：「這，不會吧，沒劇本也要演？」

我問道：「現在故事演到哪了？」

編劇道：「父子翻臉、婆媳不和、長子外遇、次子墮落、媳婦勾搭上的老情人是家族事業的死對頭、女兒論及婚嫁的對象竟然是自己同父異母的哥哥！」

我嘆道：「這樣沒差吧，隨便找前一檔連續劇的劇本來接著演就可以了。」

「沒禮貌，這可是我嘔心瀝血之作，寫到命都沒了。他們怎麼可以這樣隨隨便便就演下去？」編劇頗為沮喪。

「不然呢，你希望他們真的開天窗嗎？」

「也不是啦。」

「對了，我很好奇，為什麼劇名叫作《台灣昇龍霸》？」

「這是講一個武學家族，人人習武求道的故事。」

「可是他們看起來跟武學一點關係也沒有啊。」

「通常只有前十集會跟原始設定有關，後來就開始演家族恩怨和企業鬥爭。」

「太欺騙觀眾了吧。」

「這是常識！你沒知識也要有常識，沒常識也要看電視，電視觀眾本來就愛看這些！」編劇理所當然地堅持道。

畫面切到導演。

導演：「我們先整理一下劇情，大家各自報告現在自己的哏是什麼。」

爸爸：「我剛發現罹患大腸癌。」

媽媽：「我的重度憂鬱症一直好不了。」

長子：「我的漸凍人發病已經超過兩百集，最近才終於開始惡化了。」

媳婦：「我跟老情人接吻，結果被傳染愛滋病。」

次子不以為然：「我說過好幾次了，愛滋病不會透過接吻傳染的啦。」

眾人不耐：「齁，你很煩耶，這是連續劇又不是宣導短片。」

導演十分疑惑：「那現在誰失憶？」

眾人面面相覷。

製作人：「現在沒人失憶。」

導演：「沒人失憶？怎麼可能，這太不正常了！」

眾人紛紛點頭。

製作人：「前面長子、媳婦和外遇對象都輪流失憶過啦，現在沒人失憶。」

導演靈光一閃：「有了，這點子太絕了，我真是天才！執行製作馬上去給我搞一台小巴來，就這樣演！」

鏡頭一轉，所有演員全都坐在一台小巴士上，車子奔馳於陽光明媚的林蔭山路中。開始錄影。

長子：「哇，今仔日天氣著好。我們好久沒有歸家夥仔一起出來迌迌了呢，攏係阿慧的好安排，咱才有這個機會。」

媳婦一臉嬌羞欣慰，媽媽瞥了媳婦一眼，卻按著後腰大聲呻吟起來。

媽媽：「我的腰，唉呦。這車的椅子捺也這麼硬啦，不知係誰人訂的車，好像調故意要給我創治。」

「好啊啦，妳嘛減講兩句。」爸爸：「講實在話，咱家最近風風雨雨太多了，能夠親像今仔日這樣出來夠，大家和以前同款快快樂樂，我真歡喜。」

畫面忽然切到司機側臉，他十分驚慌。

司機：「害啊，沒擋仔，車擋袂條了！大家扶誒好！」

驚呼聲中，巴士衝出道路，一陣天旋地轉間，仍清楚拍攝每個人驚恐的表情。翻滾非常久，大概可以讓車子滾落三公里遠。畫面終於恢復穩定，拉成遠景，小巴翻落在一處崖下。所有的人都被拋出車外，但奇蹟似地都只有輕傷。

爸爸臉上抹著番茄醬似的血痕，緩緩抬起頭來看著身旁的媽媽。

爸爸：「恁係誰人？這是啥米所在？」

媽媽：「恁係誰人？這是啥米所在？」

長子、次子、女兒、媳婦、司機異口同聲：「恁係誰人？這是啥米所在？」

爸爸：「我係誰？」

媽媽：「我係誰？」

長子、次子、女兒、媳婦、司機異口同聲：「我係誰？」

爸爸抱頭：「啊，我失憶了！我想不起來，我頭殼好痛！」

媽媽抱頭：「啊，我失憶了！我想不起來，我頭殼好痛！」

長子、次子、女兒、媳婦、司機紛紛抱頭，異口同聲：「啊，我失憶了！我想不起來，我頭殼好痛！」

畫面暫停，進廣告破口，台語歌主旋律飄入，畫面打上大紅色書法字「台・灣・昇・龍・霸」，接著播放廣告。

編劇近乎崩潰，蹲下身子抱頭痛呼起來：「天啊，我頭好痛！」

我趕緊按著他肩膀問道：「怎麼了，難不成你也失憶？」

「失憶你個頭。什麼鬼，這樣也能演，哪有讓所有人都失憶的啦！怎麼這樣惡搞我的戲！」編劇無語問蒼天。

「我覺得挺好的啊，看來他們可以繼續演下去，你也不用擔心開天窗的事了。」

「原來我這麼可有可無啊，那我幹嘛每天拚命寫劇本寫到爆肝往生？這到底是為了什麼？」編劇心灰意冷地道，「這下我開始考慮要喝孟婆湯了，我要忘記這一切。」

我心下竊喜，但職業第六感隨即告訴我，事情沒那麼順利。

「不，我不甘心抱著這樣的最後記憶告別此生，太窩囊了。」果然不出所料，編劇緩緩抬起頭道：「我想回家看看。」

編劇頭七這天，我帶他回到陽間的家。這是在天龍市中心的一區日治房舍群，端的是鬧中取靜。古樸的黑色雨淋板木牆、銀灰屋瓦，和夾道的百年麵包樹交融為一體，令人心神舒爽。

編劇雙手插在牛仔褲口袋裡，一邊哼歌，顯得頗為開心。

「恕我直言，在我帶過的客戶裡面，很少有人回陽間時能像你這樣輕鬆自在的。」

「是嗎？」編劇顯得有些漫不在乎，「回到家當然高興。你不覺得這條街很美嗎？這裡到處都充滿了我和家人的回憶呢。」

「那你和家人的感情一定很好囉？」

「那當然！」

我們走到一間日式舊舍門口，編劇一彈手指，愉快地道：「我回來啦。」

忽然一本厚厚的墨綠色精裝書從窗內飛出，落在院子裡的一堆書和文件上。編劇詫道：「這是我的日記本呀，怎麼丟在外面？」

一個國中生走出屋外，撿起那本日記，問道：「媽，這是爸的日記耶，一起跟著燒掉真的好嗎？」

編劇緊張起來：「燒掉？千萬不可！」

一名中年女子從屋內陰影裡走出來，沒好氣地道：「日記？我看那根本是他的劇本吧。當時明明是他死纏爛打地追我，你看看裡頭怎麼寫？好像是我拚命倒追他似的。其他的事情也都是這樣，專門編一些不存在的好事，自己做過的鳥事爛事當然一點兒也不提。這種東西不燒掉要留著幹嘛？」

「可是再怎麼說這都是爸……」

「不許你叫他爸！」女人叫道，「自從你生下來他就沒照顧過你幾天，我跟他離婚之後，他更是幾乎沒來探望過你，這種人不配做你的爸爸！」

我轉頭問道：「所以這是你前妻？」

編劇臉上閃過一絲尷尬，隨即抹去，聳著肩膀道：「我看她大概是還愛著我，所以無法面對我忽然離去的事實，只好拚命把對我的記憶醜化。這在心理學上叫作『認知不協調』。」

編劇走進屋子，熟門熟路地繞到臨著院子的書房，只見滿屋子到處堆滿了一摞又一摞列印的稿子，都有半人高，顯然是許多劇本。

他兒子走進來，隨手拿起一本劇本，道：「我還來不及認識爸爸，他就走了。也許我可以從他寫的劇本來認識他。」

他前妻哼地一聲道：「全都是謊話，都是垃圾，你讀不出任何東西的。」

他兒子認真地讀起來：「摔花瓶、打耳光、互扯頭髮……」他拿起另一本：「摔花瓶、打耳光、被卡車撞飛……」他刻意拿起較遠處另一摞裡的一本：「摔花瓶、打耳光、捏爆奇異果……怎麼寫來寫去都一樣啊？」

他前妻道：「反正他就是那幾招，所以我說趁早燒掉趕快回家。都已經離婚那麼久，他死了還要我來整理這些東西，真是倒楣透了。」

編劇看著滿屋的劇本，臉上萬分感慨，喃喃地道：「摔花瓶、打耳光、扯頭髮……沒想到我就這樣過了一生……」

「咦，這是什麼，感覺和其他劇本不太一樣。」他兒子拿起一份慎重裝訂的劇本翻了起來，「三幕舞台劇——這是一個關於塗抹記憶的故事，一個自以為能夠改變命運卻徹底迷失自我的故事。」

「《人生筆記本》。」他前妻一反先前的憤怒，默默點起一根菸，深深吸入後呼出一大團煙霧。

「是的，《人生筆記本》，我的生涯代表作。」編劇不知何時也點起了一根菸，目光深邃地抽了起來。

他前妻道：「這是小毛託他寫的。」

編劇道：「一點不錯。」

他前妻道：「小毛不知道哪根筋不對，哪個編劇不找，竟然找他？」

編劇對我解釋道：「小毛是我戲劇所的同學，畢業後一直苦哈哈地待在舞台劇團，三年前他忽然來找我，要我幫他寫一個劇本。我猜可能是舞台劇經營不易，所以想借我的名頭寫個會賣座的戲吧。」

他兒子興味盎然地翻著：「好像很好看耶。」他直接翻到最後，忽然大感失望，「怎麼沒寫完？」

他前妻沒好氣地道：「他哪有那個美國時間好好寫一齣舞台劇。我看，他肥皂劇寫太多，已經才思枯竭，寫不出像樣的劇本了。」

編劇怒道：「妳就會唱衰我。小毛明明是因為知道我的才華和名氣，所以才千拜託萬拜託，非要我寫不可。只是鄉土劇每天寫得連滾帶爬的，又不能中途停止，只好先把舞台劇擱著。」

我好奇問道：「好像很有趣，這究竟是個什麼樣的故事？」

編劇專注地抽了一口菸，漫不經心地道：「故事是這樣的——」

阿福是一個平凡的孩子，由離婚的父母輪流扶養長大，過著雖然沒有什麼值得誇耀、但也無從挑剔的普通生活。有一天，阿福隱約聽說自己其實是領養來的孤兒，跑去詢問父親，父親告訴他：「孩子，你就是我親生的，不要有任何疑惑，不要相信任何謠言。」阿福又去詢問母親，母親說：「孩子，想不到你知道了自己的身世還願意認我為母親，我很感動。但以前的事都過去了，我們向前看，不要追問吧？」

阿福不知道自己是誰，在朋友面前總有一種說不出的自卑感，他覺得非常孤獨。二十歲生日那天，阿福撿到一本筆記本，封面寫著《人生筆記本》。翻開來一看，扉頁上印著非常簡單的規則：「在筆記本上寫下你對一個人物的設定，他就會按照你描述的樣子和關係出現在現實中，成為你人生的一部分。同時，原本的某一個親友，將從你的人生中徹底退出，成為陌路。」

阿福起先不以為意，把本子隨手擱著。後來偶然和女友小花吵架，一時出於無聊，在筆記本上創造了一個女朋友，氣質出眾、美貌大方，而且深愛著阿福。就在阿福設定完人物，闔上筆記本的瞬間，那完美的女友便已依偎在他身邊，千依百順，對他照顧得無微不至。

阿福沉浸在幸福中好一段時間，偶然在等公車時遇到小花，才想起來已經很久沒有和她聯絡。然而當他上前打招呼時，小花卻完全不認識他，還以為他是想搭訕的無聊男子。一切果然如筆記本的規則所言，完美的新女友取代了小花。不過反正小花也不怎麼樣，阿福並不覺得可惜。

見識到筆記本的神奇威力，阿福試著又創造了幾個角色。剛開始小心翼翼地從比較不重要的朋友開始換起，很快地，越來越多的完美朋友為阿福的生活帶來極大轉變。他到處受歡迎，有各種用不完的資源，並且大大拓展了人生視野。於是阿福越發不可自拔地，把身邊的親戚朋友一一置換掉。甚至於，某些設定得不夠理想的親友，還能夠一改再改、一換再換。最後他甚至換掉養父母，為自己創造了極度富裕且無比幸福的家庭。

直到有一天，阿福驚覺，在所有的親朋好友中，自己是最遜的一個，和完美的眾人相比，自己簡直一無是處。即便大家都衷心愛他，對他好得沒有話說，但這卻使他倍感痛苦。更可怕的是，他忽然意識到，這些被他創造出來的人物，沒有一個記得他從前的事情。所有人的記憶都只從被創造出來的那一刻開始，在此之前一片空白。

而真正最驚悚的是，阿福猛然發現，自己已經將所有認識的人全都置換掉了，再也找不到任何一個陪伴他經歷過童年與青春的「真・正・的」親友。也就是說，阿福二十歲以前的人生，不復存在於任何旁人的記憶裡。

阿福擁有了完美的人生，但卻陷入了更深的孤獨……

編劇說到這裡停了下來，叼著菸默默無語。

我讚歎道：「太精采了，這是我聽過最棒的舞台劇腳本。我迫不及待想要知道結局是什麼。」

「沒有結局。」他聲音細若蚊蠅。

「什麼？」我沒聽清。

「我還沒寫完，故事就停在這裡。」

「你怎麼能這樣？這麼棒的故事，比什麼鄉土劇有意思多了。」我指著滿屋子的電視劇本，「你花那麼多時間寫那些垃圾，卻沒空把最後的結局完成？」

「別說了。」編劇在菸灰缸裡把菸屁股狠狠摁熄，像在殺死一隻令人厭惡的小蟲。

我覺得渾身不對勁，忍不住想亂扭一通：「故事只聽一半真叫人彆扭，你可不可以把結尾想出來告訴我？我有一些點數的配額，可以幫你加一加，另外還有幾個不錯的投胎標的，原本是要保留給ＶＩＰ的，也可以讓你挑選。」

「謝了兄弟。」編劇嘆了口氣，「不是我不肯完成，但我想了很多種版本的結局，都沒有一個令我滿意。」

「再想想嘛。」

「想不出來。」他搖搖頭。

這時他的前妻已在院子裡丟了一堆日記和文件，對兒子說：「今天先這樣吧，把這些滿紙謊言的日記燒一燒，其他劇本什麼的就讓垃圾車來載走。」她撕了一張紙當火煤點著，塞進文件堆底下，火苗一開始燒得很慢，但醞釀了一會兒之後忽然瞬間熊熊燃起。

「滿紙荒唐言，一把辛酸淚。」編劇看著奔逃也似竄上空中的黑煙，自暴自棄地道：「燒吧，把日記都燒光吧，反正這些記憶也不再對任何人有意義了。」

「日記就算了，但你的故事結局……」我還不死心。

編劇道：「小花說得沒錯，我寫了太多肥皂劇，把自己磨壞了。我真的是江郎才盡，不可能編出理想的結局了。」

「小花？」

「就是我前妻。」編劇淒然一笑，「罷了，把孟婆湯端上來吧，我沒什麼可留戀的，這就上路去，求個痛快！」

「誒——慢著慢著，大哥你別衝動！」我若沒聽到結局，今晚怕是睡不著了。

「怎麼？」

我硬拗道：「你不是說劇本是小毛委託的嗎，受人之託忠人之事，沒寫完就這麼一走了之，太留遺憾了，這孟婆湯怎麼喝得下去呢？」

「不會啊。」

「太會了！」

「奇怪，你的工作不就是讓我喝孟婆湯嗎，怎麼反過來不讓我喝？」

我靈機一動：「對了，不如這樣，你給小花託個夢，讓她把劇本交給小毛，小毛既然是搞劇場的，說不定可以想出結局來。」

「不用這麼麻煩，小毛手上有這份劇本。」

「那就太好啦，你直接給小毛託夢，還可以跟他討論。」

「沒用的啦，他是舞台監督，不搞創作。何況這是我的劇本，別人想的結局對我來說沒有意義。」編劇沉吟了一下，似乎有些動搖，「不過你說到小毛，我很久沒見他，確實挺掛念的。我能看他一眼嗎？」

「當然沒問題！」為了得知結局，我很樂意加班陪他。

「小毛在劇團當舞台監督，他們今天晚上有演出，白天在國家戲劇院整排。」

「好，這就走。」

場景一轉，我們來到國家戲劇院。

白天的戲劇院感覺和演出時很不相同。舞台上工作人員忙進忙出，而印象中總是十分熱鬧的觀眾席，此刻空空蕩蕩的，格外有種「什麼東西還在沉睡」的不均衡感。

「上工了！」擴音器裡忽然傳出一個中年人低沉的嗓音。

編劇指向舞台正前方，觀眾席第一排前擺著兩張桌子，上面放了一盞小檯燈和厚厚一本工作冊，桌子後面有個人拿著麥克風指揮。

「那就是小毛。」編劇道。

小毛理著平頭，髮色花雜，戴著度數深重的膠框眼鏡，穿一件棉布格子長袖襯衫，搭配牛仔褲，氣度沉穩非凡。

「我看他並不小啊？」

「『小毛』是我們老同學在叫，劇場裡人稱毛哥！」

「他待在觀眾席第一排幹嘛？」

「舞台監督的工作是掌握演出的所有流程和技術細節，開始整排的時候，他會照 Run Down 上的記號，指揮燈光、音效、布幕、道具和演員上下場。」

正說著，觀眾席的燈光倏然全黑，伸手不見五指，只有遠處幾盞逃生指示燈幽幽地亮著。

觀眾席第一排工作桌上的檯燈忽然「啪」地亮起，毛哥已穩穩坐定。全然的黑暗中，只見毛哥兩片眼鏡映著燈光，不時閃爍。

毛哥開始對著麥克風說話，但並未開啟擴音，而是透過無線耳機傳到工作人員耳中。於是在觀眾席裡，便只能聽見毛哥細細碎碎的聲音在偌大的空間中隱隱迴盪。仔細聽時，才能偶爾聽清楚他在說什麼。

「《鬼島啟示錄》國家戲劇院第四十一場演出，場燈暗，開場音樂進，音效進，大幕起，舞台燈亮，大寶上……」

隨著毛哥的指示，音樂、音效、燈光、大幕依序操作，演員也登場排演。開幕場景就是一陣狂風暴雨，演員呼天搶地，彷彿宇宙就要崩裂。而在嘈雜的音樂和音效空檔中，依然不時可以聽見毛哥細碎而堅定的指揮。舞台上的操作越是複雜快速，他越是不動如山，猶如滔天巨浪中一隻不沉的孤舟。

排練到一半忽然停了下來，似乎是燈出了問題，小毛對著麥克風問了幾句，又按著耳機聽了一會兒，明快地道：「那就換。」

就這樣演演停停，逢山開路遇水架橋地逐一排除問題。既然是技術排練，演員也不一定把台詞講全，尤其是遇到大段獨白時，往往學著錄音機快轉似地含糊唬弄過去。彼此之間更不時玩鬧起來，把當天的時事編進台詞裡，或者故意互糗鬥嘴，嘻嘻哈哈地好不愉快。

而小毛像是看慣兒孫玩鬧的阿公似的，始終穩重地指揮著排演的程序。

「唉——」編劇忽然長嘆一聲，「這些年我都錯過了什麼？」

我問：「你以前待過劇場嗎？」

「豈止待過，我就是劇場出身的。剛畢業時，我和小毛一起加入劇團，我寫劇本，他本來想當導演，很快轉到後台。其實他也很有才華，多年來我一直想不通，他為什麼願意放棄創作，只做技術？」

「做技術不好嗎？」

「也不是啦，只是我覺得，能做創作的人應該都會想要持續創作吧。」

「那你後來跑去寫肥皂劇，算是持續創作嗎？」

編劇一時語塞，望著小毛黑暗中的剪影，竟暗自哽咽起來。「我一直以為，等賺夠了錢，到時候愛寫什麼戲就寫什麼戲，甚至還可以成立自己的劇團，沒想到一腳踩進去卻越陷越深。我背棄了當年的約定，背棄了我們的夢想……」

他默默流淚，我一語不發。過了一會兒才問：「要不要給小毛託個夢？」

一團混沌夢中，景象越來越清晰。

幽暗的國家戲劇院大舞台上，立著許多木偶，各自穿戴著不同的戲服，卻都一樣沒有臉孔和表情，遠遠望去彷彿一片焦枯的樹林。

舞台中央一盞燈光微微亮起，聚焦照射著的那尊「木偶」緩緩動了起來——原來那不是木偶，而是編劇。他表情茫然地四顧張望，並且開始走動，穿梭在木偶之間。

編劇用舞台劇的念腔道：「小花，妳記不記得，當年我們第一次牽手，就是在這滬尾小鎮的港邊。那一天，我們翹課騎摩托車來，下了一點雨，天空陰陰的，河水濁濁的。我還記得正在漲潮，河面幾乎淹上碼頭，遠遠看去水面只是微微起伏了一下，浪頭到岸邊卻忽然湧高，濺起好大的水花，許多人都被潑成落湯雞。幸虧我眼明手快，一把把妳拉住，才沒有潑濕。從那一刻起，我們的手就再也沒有放開過了。」

舞台上除了編劇，沒有任何動靜。他轉身看著代表女友的木偶，伸手搭在它肩上，女友瞬間活動起來，開口說話：「滬尾？我沒和你去過滬尾呀，而且我也不叫小花。」

編劇望著遠方，自顧自地道：「那是我們剛上研究所的事。縱然一轉眼已經二十五年過去，但我記得那天全部的細節，雨絲的細密、微風的冰涼，還有妳溫軟的小手，這一切，都像是昨天一樣。」

女友嬌嗔：「研究所？寶貝你一定是記錯人了，我們去年才開始交往。」

編劇道：「不是我記錯，而是妳沒有記憶。這『人生筆記本』真是一個可怕的詛咒！原本我還以為這是美夢成真，只要在筆記本上設定好人物，我就能在現實中擁有完美的情人、親人和友人。沒想到我創造出來的人物卻沒有任何記憶，只是一堆空洞的軀殼。」

女友：「軀殼？你這樣說太傷人了，我也是個活生生的人，會快樂會傷心，而且對你無微不至，你為什麼要這樣說我？」

「妳會傷心？那麼妳哭給我看。」

女友聞言，沒有五官的面容上，忽然像是打開水龍頭一般嘩啦啦地流下水來。編劇嘆了口氣，把手從女友肩上拿開，它頓時像斷了電似地停住不動。

編劇轉身拍了拍另一尊代表老同學的木偶，道：「小牛，記得我們高中時每天打球打到天黑的事？」老同學：「高中？我們念同一個高中嗎？」編劇把手鬆開，老同學隨即停格；編劇遊走在每一尊木偶旁，伸手一按，木偶就活動說話，鬆開手，木偶就恢復死寂。

編劇雙手一攤，仰天嘆道：「在這個世界上，到底還有誰記得我，記得我們一起經歷過的人生？」

一盞強力的暖色聚光燈亮起，打在舞台角落，原來是小毛在四樓觀眾席後方的燈控室操作燈具。光圈移動到女友木偶身上，奇蹟發生了，木偶變成了真人，變成了編劇的前妻小花。她臉泛紅光，俏皮地握住編劇的手道：「你什麼時候再帶我去滬尾玩？」

編劇驚喜萬分：「妳的手好柔、好軟……妳記得滬尾的事！」

光圈倏然跳到另一邊的老同學木偶身上，它也變成真的小牛，豪爽地拍著編劇的背道：「怎麼樣？這個星期天回我們的高中去，打全場！」編劇難以置信地睜大眼睛看著小牛，開心地道：「打全場，回我們的高中去！」然而回頭看著小花時，沒有光線照射的小花已變回木偶。

光圈輪流打在不同的木偶身上，它們都在光暈中獲得生命，然而一旦光圈離開，又隨即恢復成木偶。編劇跟著光圈跑來跑去，和親友們匆忙地說話。但是光圈越動越快，編劇應接不暇，跑得上氣不接下氣。後來光圈更失控地全場亂打，被照到的親友甚至還來不及開口又變回木偶。

編劇停在舞台中央，雙手撐著膝蓋，大喊：「小毛——」

聚光燈猛然熄滅。

編劇在舞台上不斷喘息，偶然幾滴水珠滴落在地板上，也不知是汗水還是淚水。

淡淡的煙霧中，一人從舞台側邊緩緩走到他面前。編劇詫異地抬頭：「小毛？」

小毛看著編劇，沉穩地道：「這齣戲的結局是什麼？」

編劇死命搖頭：「沒有結局。」

「每個故事都有結局。」

「我寫不出來。」

「你當然寫得出來，你是班上最有才華的一個。」

編劇無奈地道：「我真的寫不出來，我想過好幾種結局，譬如說用橡皮擦把筆記本上的設定擦掉，所有的人都不見，但原本的人也沒回來，主角孤零零地活下去；或者一把火把筆記本燒掉，毀滅一切……總之怎麼寫都不好。」

「什麼樣的結局都好，你決定一個就是了。」

編劇望著空無一人的觀眾席，道：「你饒了我吧，反正我馬上就要喝下孟婆湯忘記一切投胎去了，有沒有結局又有什麼關係呢？不然這樣，你幫我想一個結局。」

「這是你的故事，結局只有你能決定。」

「無所謂，我把版權讓給你，隨你怎麼改。你可以想得誇張一點、煽情一點、熱鬧一點。反正當初你就是想要一個能賣座的劇本，那就盡量商業化吧。」

小毛伸手敲敲那尊代表「老同學」的木偶，道：「你是這麼想的嗎？我太失望了，你竟然不知道我找你寫劇本的用心。」

「你的用心？」
「你是真不懂還是假不懂？」
編劇撫著頭，疑惑道：「我一直以為你是因為劇團不好經營，想借我的知名度，弄一台賣座的戲。」
小毛在編劇肩上重重一拍：「同學啊，我是看你的人生被埋沒在肥皂劇裡，所以才委託你寫劇本，想喚醒原本的你啊！」
「喚醒原本的我！」編劇大出意外。
「沒錯，喚醒那個才華過人、熱情洋溢的你。」
編劇深受震撼，說不出話來。
小毛道：「所以你必須自己完成這齣戲。」
「我做不到……」
「你只是在畏懼、在逃避，其實答案很簡單，就在最初的地方。」小毛轉身走下舞台，一面說著，「我們這就繼續往下演。」
編劇愣在舞台中央，腦中一片空白，不知過了多久，四樓的聚光燈「啪」地一閃，照在他身上。隱藏式耳機裡傳來小毛的指令：「恢復表演，演員開始動作！」編劇仰頭看著，眼中只有一道刺眼的光芒。
「答案就在最初的地方。」他從懷中掏出筆記本，快速地翻閱著，「一切就是從這筆記本開始的，我在上面寫滿了自以為是的美夢，妄想著這樣就可以得到完美的生活。可其實那全都是謊言，我建築了一座謊言的城堡，然後把自己關在裡面。」

他拍拍女友木偶，又拍拍老同學木偶，絕望地大笑起來：「哈哈哈哈，我就這樣被自己監禁在謊言和虛假的監牢裡！」他從懷中掏出打火機，晃地一下點著，把筆記本放在火苗上方，準備點燃。「燃燒吧！燒毀所有的謊言！」

然而他望著小小的火苗，始終沒有把筆記本移近，最後鬆開打火機，丟下筆記本廢然道：「謊言並不能被燒毀，燒掉筆記本，我失去的也不會再回來了。」

這時編劇的身影開始變淡，託夢前喝的孟婆湯效力開始發作了。「怎麼辦，來不及了。」編劇焦慮地四處張望，手足無措。他猛然抬頭大喊：「小毛，幫我！」

聚光燈瞬間亮起，打在女友木偶身上，它頓時變成小花。

「這是我最後的機會了。」編劇真情地看著小花，深吸一口氣，牽起她的手道：「小花，我要走了。在走之前，我要向妳道歉，我不是一個好情人，更不是一個好丈夫。我也要謝謝妳，在我一文不名的時候那樣相信我，又把孩子照顧得那麼好。我們曾經擁有許多美好的回憶，是我自己不懂得珍惜。」聚光燈從小花身上移開，小花又變回木偶。

聚光燈移到老朋友木偶身上，它頓時變成小牛。編劇握拳在小牛肩窩裡搥了一下：「謝謝你總是這麼支持我，每次我難過的時候都聽我抱怨、帶我出去解悶。很抱歉這些年都沒有跟你聯絡……」聚光燈移開，小牛也變回木偶。

聚光燈一一照射在各個木偶身上，變化成許多親朋好友，編劇對著眾人大聲道：「謝謝大家，謝謝你們陪我度過這一生！我的一生並不完美，充滿缺憾，但我現在明白了，和大家一起創造的回憶，是我真正最值得珍惜的東西。」

「碰！」地一聲，所有的木偶忽然崩解開來，喀拉喀拉碎散了一地。掉在地上的人生筆記本轟地一下自燃起來，爆出一大團蕈狀雲般的熱焰。火光消失之後，舞台陷入一片黑暗與寂滅。

良久良久，彷彿有些動靜，仔細聽，原來是一道潺潺的水聲。那聲音越來越大，逐漸成為一條充滿激流和浪花的溪水。

舞台燈漸次全亮，舞台上擠滿了人，有小花、兒子、小牛、父親、母親，還有全部的親朋好友，人人手持花束。

編劇已不在台上，他僅存的一縷淡薄身影，和我並肩坐在觀眾席的正中央。

小毛站在人群最前面，向著觀眾席踏出一步，朗聲說道：「今天，我們齊聚一堂，一同懷念我們最好的親人、最好的朋友。我們永遠都記得他！」

舞台燈再次倏然熄滅，場中也再無任何聲息。

「編劇老兄，祝你擁有美好的一生。」我輕聲道，在無邊的黑暗中。

【間奏曲】

地獄博物館

「現在我們來到『閻羅殿』，這就是古時候往生者報到的第一站。」我對著一群參加「陰曹地府一日遊——地獄博物館知性之旅」行程的觀光客解說道。

冥界怎麼會有觀光客？這是因為有些往生者因故暫時無法投胎，比較常見的情況是生命點數的計算有疑義，正在打官司審理，所以在此等待。

而為了提升這些客戶對本公司的品牌認同度，公司推出許多休閒旅遊方案，地獄博物館之旅是其中最受歡迎的項目之一。我們業務人員都必須輪班擔任館內的解說。

我對眾人道：「大殿上的龍椅就是以前閻羅王的位子。位子上面那塊『你終於來了』的匾額，乃是玉皇大帝御筆親題，已經有兩千年的歷史。這大殿的氣氛是不是相當肅穆呢？大家可以想像一下從前往生者來到這裡，等待宣判時的忐忑之情。」

「請問一下，」一位穿著夏威夷衫的大叔問，「現在閻羅王不在這裡辦公了嗎？」

「是的，在民主化和國營事業民營化的風潮下，陰曹地府改組為冥政部，轉生局則轉型成冥河忘川有限公司，閻羅王變成冥政部長，他的辦公室也移到新建的聯合辦公大樓去了；同時呢，隨著人權觀念進步，舊有的刑罰一律取消。如此一來地獄失去用途，拆掉又太可惜，就作為重要文化遺產保留下來，改以博物館型態經營。」
我指著身邊一個玻璃櫃道：「大家請看，這就是從前的『生死簿』，上面註明了每一個人的壽命長短，時間到的時候，閻羅王就會派出黑白無常或牛頭馬面上去陽間拘提。這裡展示的生死簿有漢代竹簡、宋朝活字版印刷，也有地獄結束營運前，用點陣列表機印的最後一本生死簿。」

眾人挨上去圍觀，那生死簿上密密麻麻都是姓名年籍和最終裁判，一片朱墨爛然，彷彿昨天才寫上去似的。一位大媽好奇地問：「現在還有生死簿嗎？」

「當代人口多，資料龐大，用紙本太不方便，也不環保。」我點了一下旁邊的觸控式螢幕，「現在都已經電子化啦，輕輕一點，東西都在上面；好了，我們今天的行程有點緊湊，請大家跟我前往下一個展間。」

我們來到一個學校大禮堂似的空間，裡面擺滿了許多牙科診療床。牆上有許多黑白照片，也有幾個電視螢幕正在播放紀錄片。玻璃櫃裡則展示著各種拔舌用的器具，陳舊鏽黑，顯得年代久遠。我道：「這裡是『拔舌地獄』，相信大家都聽過相關的傳說，如果在世時毀謗他人、亂嚼舌根，就會被判到這裡來接受拔舌之刑。」

「請問牆壁最上面掛著『23』數字的衣服是什麼？看起來好像退休背號喔。」一名全身穿著NBA球迷裝、頭戴棒球帽的青年問道。

「沒錯，那是傳奇拔舌員『牛爺』的員工編號，他生涯一共拔過四百萬根舌頭，以一百年的服務年資、每年兩百五十四個工作天計算，平均一天要拔一百六十根。為了紀念他前無古人的成就，所以把他的員工編號除役，並且入選地獄名人堂。」

「嘩，平均三分鐘一根！」遊客中一位數學老師馬上計算出來。

「一般來説拔舌都是躺在椅子上拔的，牛爺傳奇之處在於發明了站立式拔舌法，受刑人排排站好，嘴巴張開，他手起舌落，一個一個拔去，效率驚人。牆上這張照片就是他工作的實況。」黑白照片中一群受刑人忐忑地張著嘴，牛爺正在施展絕技。

前方走來一位年長的志工，我眼睛一亮，大聲道：「我們太幸運啦，今天的導覽志工竟然就是傳奇的牛爺本人！」牛爺雖然退休多年，滿頭銀髮依然梳得一絲不苟，戴著一副斯文的細銀邊眼鏡，和藹地揮手招呼，猶如鄰家老先生一般毫無架子。

牛爺指著展間中央一張牙科椅道：「這是體驗區，有興趣的朋友可以試躺看看。」眾人隨即一擁而上，央求牛爺拿著拔舌鉗作勢用刑，並輪番躺在床上誇張地擠眉弄眼，彼此拍照、上傳網路，不在話下。

一位瞇瞇眼的中年男子並不上前拍照，獨自背著手繞看，忽然指天畫地、憤世嫉俗地道：「我覺得啊，其實應該要恢復地獄這些酷刑，治亂世用重典嘛！你看陽間那麼多人作奸犯科，關個幾年就出來了，法律根本沒有嚇阻作用。要讓他們統統下地獄！該拔舌的拔舌、該下油鍋的下油鍋，我跟你保證，不用幾年什麼治安問題都解決了！」

「沒錯！壞人就是應該要教訓！」眾人一片附和之聲。

瞇瞇眼男受到鼓舞，更加大聲道：「現在社會太講『自由』，太講『文明』，太講『人權』，講得都太超過了，反而毒害我們這些善良的小老百姓，根本就是本末倒置。我說啊，壞人你還跟他講什麼人權！」

眾人叫好：「說得對！」還有人胡鬧起來：「凍蒜，凍蒜！」

但是也有人吐槽：「你別那麼鐵齒，要是照以前的標準，說不定你也逃不掉。」

瞇瞇眼男眉頭一皺，賭咒似的道：「我這個人行得正、坐得穩，就算來到陰曹地府也沒什麼好怕的。」

吐槽那人道：「那好，這裡有台試算機，你來算一下，看要拔幾次舌頭？」

瞇瞇眼男一臉不屑：「我無愧於心，何必搞這玩意兒。」

「你一定是不敢！」吐槽那人不肯放過。瞇瞇眼男受激，刻意大動作地捲起袖子道：「算就算，誰怕誰！」他把手臂伸進試算機，不料警鈴隨即響起，螢幕上顯示：「搬弄是非、嘴砲不休，判決拔舌。」

瞇瞇眼男雙手亂揮：「這一定是哪裡弄錯了！司法不公，政治迫害！」眾人拍手起鬨：「拔舌！拔舌！拔舌！」吐槽那人得意地道：「現成牛爺在這裡，你好福氣！」

牛爺笑吟吟地道：「既然如此，那大家都來算一下。」他在試算機上隨手一點，頓時警鈴大作，螢幕上跑出一長串名單。「按以前的標準，現場每一位都得拔舌的呦。」

眾人不由得「啊」地一聲，下巴全都掉下來，正所謂瞠目結舌。說時遲那時快，只見傳奇的牛爺身形一晃，左飄右閃，迅捷地向前奔去，我待要阻止已然不及。一連串悶哼聲中，舌頭掉了滿地。

「嗚嗚！」「呃呃！」眾人摀著嘴說不出話來，沒頭蒼蠅似的到處亂跑。

我跌足道：「牛爺，你老毛病又犯了！」

「哎呀，你瞧我這是。」牛爺搔搔後腦，「職業病，職業病。」

「我們又要被客訴了啦！」我附耳小聲說道。

「誰叫我看到張開的嘴就停不住呀。」牛爺一臉天真無邪。

我嘆了口氣，大聲宣布：「請各位不必驚慌，把自己的舌頭撿起來，待會經過醫護站，就會有專人幫忙裝回去。此外本博物館已投保旅客平安保險，每一位都可獲得生命點數賠償……那麼我們現在就往下一區——油鍋區前進。」

「嗚嗚！」「呃呃！」眾人聞言一跳，紛紛擠向出口遁逃而去。

小黃運將

二十分鐘就換一個老闆的自由

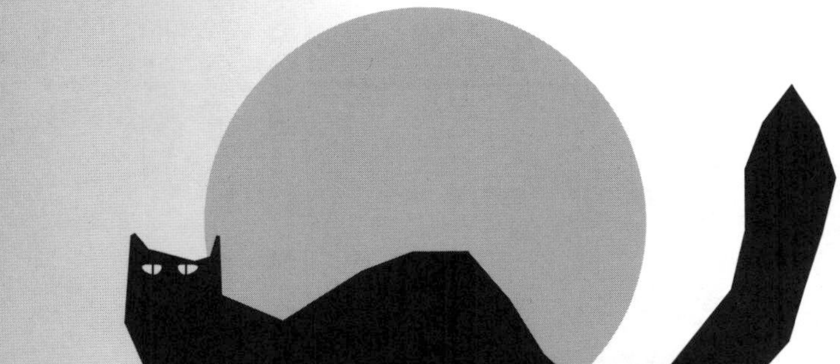

「我喵！」

午休時和同期的老貓一起去附近的餛飩麵店吃飯，他一邊呼嚕呼嚕吸著麵條，一邊看著牆上的電視，忽然罵了起來。「怎麼？」我看向電視，新聞正在報導有關我們公司派出「神秘客」稽查服務品質的傳言。

老貓憤然道：「什麼神秘客，根本就是專門來找碴的。」

我道：「莫名其妙，沒事幹嘛派什麼神秘客。」

電視上的記者說道：「近來有業務員便宜行事，沒有完整提示顧客權益，造成多起糾紛，甚至有轉生者向法院遞狀控告。因此也使得轉生業務效率降低、轉生者長期留滯冥界的狀況增加……」

我道：「怪不得最近冥界的觀光客變得那麼多。」

老貓道：「切，明明是公司高層決策出問題，卻推給我們第一線人員。」

記者：「據傳冥河忘川有限公司近日派出多位神秘客，喬裝成待轉生客戶，測試業務員是否按照規定提供服務。對此，公司發言人雖未承認，但也並不否認。」

畫面切到公司發言人，他模稜兩可地道：「公司當然信任我們業務同仁。不過呢，其實只要同仁按照規定執行，就不需要擔心服務的對象是否為神秘客。大家還是應該專注在提升服務品質……」

「喵的咧！」老貓開罵，嘴裡咬了一半的餛飩掉進麵湯裡，「恁爸每天都遇到神秘

客，有的一進接待室就拿除塵紙到處亂抹，嫌灰塵多；有的回陽間上癮了，硬要上去十
幾趟；有的一直跟你拗免費點數……反正到處找麻煩，又不能得罪他們。說到底，這真
是一個只會打擊同仁士氣的政策！」

我心下暗道，其實老貓遇到的多半可能只是一般的奧客而已。不過他的話還是搞得
我跟著有些疑神疑鬼起來。

「黃先生你好，我是你的轉生業務經理，首先跟你介紹一下本公司的服務內容……」

「沒關係啦。」那人面色陰黃晦暗，看起來十分疲倦。「反正就是投胎嘛，隨便選
一選就可以了。」

這人未免也太乾脆了吧，莫非他就是神秘客？我看了一下資料，他是計程車司機，
生活簡單重複，社交貧乏無糾紛，確實可能沒什麼留戀與遺憾……然而不怕一萬，只怕
萬一，於是道：「運將大ㄟ，事關你的權益，還是讓我為你解說一下。」接著把各項規
定和優惠方案巨細靡遺地說明了一番。

運將絲毫不感興趣，聽得昏昏欲睡，好容易等我說完，隨即道：「這樣我都了解了。
你把孟婆湯端出來吧。」

「大哥，你還沒選擇投胎標的耶。」

「我點數那麼少，揀來揀去就是那些，差不多啦，你幫我選就好。」

他越是這樣說，益發顯得事有蹊蹺。我看他態度散漫不似作偽，但最高明的神秘客不就是讓人無所防備？於是我端正坐姿，微笑道：「大哥有夠阿莎力，提得起、放得下，是個真男人。不過我看資料，你是在開車工作的時候急病發作，忽然來報到的？」

「是啊，走車時間長，平常又沒運動，所以我身體不好。」

「也就是說，你沒有和家人見到最後一面。這樣多少會有點遺憾吧。」

「遺憾喔？」他咧咧嘴，好像這個問題有些為難，「說不遺憾是騙人啦，不過人生不就是這麼一回事，過去的就過去了。」

我暗道，大哥你也豁達得太假了，面上仍保持笑容道：「你放心，本公司設備最新穎的『望鄉台 5D 劇院』，能夠看到陽間親人的狀況，讓你一解鄉愁、了無遺憾。我們這就走！」說罷起身就要領著他去。

「一定要去嗎？」他有些遲疑。

我心頭疑雲大起，此人做作到這個程度，大違人情，不是神秘客才有鬼！一時道：「這是本公司提供的服務，當然不是硬性規定要去。通常客人聽說可以看到陽間的狀況，都迫不及待呢。」我看他興致缺缺的模樣，打疊起全副精神道：「莫非你最近跟家人鬧彆扭？唉呀，都來這裡了還有什麼看不開的？不管怎麼說都是相處一世的家人，想想你太太、你女兒，現在也可能正在傷心呢。好啦走啦！」最後不由分說拉著他去。

登登登登，氣勢驚人新聞片頭音樂，畫面切到棚內美貌女主播。

主播：「運將大ㄟ您好，歡迎收看今天的『望鄉台』特別報導。快要到端午節了，每逢佳節倍思親，來報到的朋友最捨不得的就是家人們。運將大ㄟ的家人們現在過得怎樣，我們馬上連線現場記者來關心。」

畫面切到市區某幹道路旁，記者半坐在一台計程車後座，雙腳踏在車外地面上，對著車外說話：「運將大ㄟ開了二十年計程車，每天辛勤地穿梭大街小巷，就是為了養活一家人。如今撒手而去，家人們又過得如何呢，我們現在就去他家裡看看。」

記者轉身坐進車內，拉上車門。計程車隨即揚長而去；畫面切到某舊社區，一棟老公寓樓下停著一輛老舊的計程車。

運將喊道：「啊，這是我的車。」

記者：「有稜有角的車身、珍珠方向盤、竹片格子坐墊，這就是撐起一個家的要角，陪伴運將許多年。」

我好奇地道：「開這台老爺車很不容易載到客人吧。」

「沒禮貌，」運將百感交集地望著愛車，「舊雖舊，當年也曾經是一台好車啊。」

我警覺到自己太大意了，怎可得罪神秘客，趕緊道：「是是是，大哥你走懷舊路線，一定有很多客人愛這一味。」

記者忽然從旁邊一跳，切入畫面中間：「運將大ㄟ的家，就在這棟公寓二樓。」

「二樓容易水管堵塞和倒流耶……」我又忍不住亂說話了，趕緊補救：「住二樓不用爬很多樓梯，運動量剛好……」

運將並不理會我，只是默默看著自己的家，臉上顯得有些猶疑。

畫面切到公寓二樓內部，一片凌亂，各種雜物堆得到處都是。一面牆上掛著運將的黑框照片，下面擺著一張摺疊桌，簡單放上香爐和燭台等物，勉強算是一個靈堂，顯得有些寒酸。一個中年婦人在椅子上打盹，大門「鏗鏘鏗鏘」地亂響一陣，鎖孔轉動，一人推門進來，是個二十歲左右、沒精打采的女孩。

婦人醒來：「回來也不叫一聲，先去給妳爸上炷香。」

女孩把背包隨手丟在沙發上，不甚情願地走到靈堂前，潦草地上了香。

婦人：「怎麼這麼隨便，那是妳老爸耶。」

女孩：「爸走了，我們是不是就不用再幫他還那一大筆債了？」

婦人：「妳是怎樣，這麼久沒回來，一開口就是錢。妳爸的靈魂還沒走耶。」

女孩：「我跟他又不熟！他每天開十七個小時車，一大早出門，七晚八晚回來洗個澡就去睡覺，一年也講不到幾句話。我一上國中就要去打工自己賺學費，妳要我怎樣。」

婦人道：「他拚命開車就是為了要還債，也是不想拖累家人。」

女孩：「他明明就有拖累到我們啊。」

婦人怒道：「妳怎麼那麼不懂事。」

女孩：「妳很煩耶，我一回來就罵我，這樣我幹嘛回來給妳罵啊。」

女孩說罷拿起包包就要走，媽媽起身攔阻，一時拉扯起來。

畫面忽然變成雪花雜訊，隨即切回棚內。主播結結巴巴地道：「很抱歉，由於衛星訊號不穩……畫面接收……今天的新聞就……沙沙沙沙……」

運將臉如死灰地道：「我就是擔心會這樣，所以不想回去。」

我打圓場道：「這孩子也太不懂事了，等她年紀大一點以後會知錯的。」

「不，她說得一點也沒錯，是我對不起她。」運將忽然趴跪在地上嚎啕大哭，「我連累家人過苦日子，也沒有給過她什麼溫暖，我真是太沒用了。」

我頓時內疚萬分，若不是我瞎疑心他是神秘客，硬要他上望鄉台劇院，也不會害他這麼傷心。一時只能胡亂安慰道：「人生不就是這麼一回事，過去的就過去啦。」

「我一開始就是這樣說的。」他止住淚水，呆坐在地上，兩眼茫然空洞。

我覺得對他很抱歉，希望多少能彌補一番，於是道：「不然這樣，你有什麼心願，我盡量幫你完成。」

「我想讓老婆和女兒中樂透。」

「呃，你是可以把生命點數換成親人的福氣啦，不過你的點數本來就不多，我這邊能幫忙加的也有限……好吧，中個小獎也不無小補，我來幫你辦。」我拍拍他肩膀，「你自己有沒有什麼平常想做的事，我帶你去做，當作散散心。投胎的時候心裡清爽點，對下輩子比較好。」

「我喔？我是沒什麼特別想做的事。只是有時候開車會想，哪天不載客人，自己兜風，愛到哪裡就到哪裡，好像也不錯。」

我暗暗嘆道，這真是個微小而可愛的願望，而且重點是——好處理，於是爽快地道：「走，馬上來去！」

我們坐在運將的破舊計程車上，我問道：「想不想換台好車？我可以幫你換喔。」

「不用，這台就好，開習慣了。」他熟練地發動車子，轉頭問道：「頭家要去哪？」

「是你要兜風，怎麼問我？」

「對齁。」運將自失地一笑，轉彎上路，「載客人載習慣了，你不給我一個地點，我都不知道要怎麼開了。」

「今天就隨興吧。」

「你還是說個方向，要不然我一定又反射性繞到人多的地方去攬客。」

「好吧，那就去金包里看海、吃鵝肉好了。」我故意講一個比較遠的地方。

「那你要走國道一號還是三號？」

「有差嗎？」

「沒什麼差，不過每個客人喜歡的路線不一樣，要先問清楚，不然會有糾紛。」

「翻草山過去風景比較好吧。」

「那要多半小時。」

「剛好兜風啊。」我隨手拿起他的職業登記證，道：「你叫黃運強啊，真是天生吃這行飯的。」

「那有什麼，還有司機叫作『游嘉滿』和『崔金雄』咧。」

「小黃『油加滿』是一定要的，油門『催真凶』就不好了。」

「嘿嘿。」運將乾笑兩聲，感嘆道：「油門催得凶又不會賺比較多，只是浪費油錢而已。做這一途啊，表面上看起來沒什麼拘束，其實一點也不。每天被綁在駕駛座上十七、八個小時，二十分鐘就換一個老闆，人家叫你去哪就得去哪，實在是一點自己的空間都沒有。唉，沒想到我就這樣過了一生。」

「那你為什麼要開計程車？」

他雙手緊緊握著方向盤，淡淡地道：「在台灣，一個男人走投無路的時候至少還有一件事情可做，就是開計程車。」

「你以前是做什麼的？」

「我以前開過工廠。」他難得露出一點明朗的表情，「我和工專同學阿不拉合夥，開了一家『自由自在自行車零件股份有限公司』，最多曾經有五百個員工。」

「原來你是大老闆，失敬失敬。」

「唉，現在講這些都是多漏氣而已。」他眼中的光芒一閃而逝，「後來工廠倒閉，我欠了一屁股債，開幾輩子計程車都還不完。」
「台灣不是自行車王國嗎，怎麼會做不下去？」
「製造業都一樣啊，八〇年以後工資越來越高，成本不合，想生存只能外移。那時候很多工廠都遷去大陸、東南亞，還有去非洲跟中南美洲的。」
「那你怎麼沒去？」
「這是我這輩子最悔恨的事情。」他在一個十字路口停下來，瞪著紅燈出神，「阿不拉一直說要遷廠，可是我不想離開台灣，廠裡很多老員工都做很久，也不忍心讓他們失業。硬拖了幾年，結果工廠還是倒了，反而把大家害得更慘。」
綠燈了，他卻沒有前進，我趕快提醒他：「走了！」
他還是愣在原地，一時忽然轉頭問我：「你之前說，有什麼最終圓夢專案，可以讓我完成心願、見見陽世親友？」
「是啊。」
「我想見阿不拉。」他殷切地道，「我除了對不起家人，心底最過意不去的，就是阿不拉了。我欠他一個道歉。」
「他在哪？」
「我不知道，二十年沒聯絡，只知道他在大陸。」
「大陸也是可以去啦，我們跟那邊的公司有合作，頂多是漫遊費貴一點……」我拿出Pad查詢，「你說他的全名是游自在……咦，他人在台灣啊。」

「他在台灣？在什麼地方？」他激動起來。

「我看看，呆大醫院……」

我話還沒說完，整個身子猛然被甩在椅背上。運將狂催油門，把方向盤死命打到底，在十字路口無敵大迴旋，往呆大醫院飛馳而去。沒過多久，我們就已經在呆大醫院的長廊上快步前進。

「阿不拉什麼時候回台灣的，生了什麼病？」運將問。

「他得了肺癌，最近才回來治療。」

「應該是想落葉歸根吧。」運將嘆道，「他看得到我嗎？」

「一般來說，陽間的人是看不到我們的。不過處於臨界狀態的人有可能可以看到。」

「什麼是臨界狀態？」

「就是快死但還沒死的意思。他還有幾個禮拜的時間，所以很難說——到了，就是這間。」

我們來到一間健保不給付的單人病房，逕自走了進去。病床上，一個瘦骨嶙峋的老男人插著呼吸管，毫無元氣，顯然病入膏肓。他的妻子則在一旁隨手收拾著雜物。

「阿不拉……」運將不可置信地走到病床邊喊道，「喂，阿不拉！是我，阿強啦！」

阿不拉昏睡著，沒有反應。

「他看不見我嗎？」運將問我。

「也許吧，可能病得還不夠重。」

「好難想像阿不拉會變成這樣。以前他總是精力無窮，隨時要做什麼，喊一聲就走，從來沒叫過累的。」他又叫了阿不拉幾聲，依然不見反應，只好放棄地坐在沙發床椅上。

「也對啦，畢竟二十年沒見，大家都老了，我自己都還已經下去報到了。」

「這裡的 View 不錯耶，還可以看到總統府。」我透過大片落地窗俯瞰街景，黑雲低低的，彷彿快要壓到我們頭上。運將自然無心觀看，目光一直停留在阿不拉身上。於是我問：「你為什麼想跟他道歉？」

「公司營運開始出現危機的時候，他第一時間就說要遷廠去大陸，可是我一直反對。後來公司倒了，負責人掛他的名字，他只好逃到大陸，從此沒有回台灣，中間很多年都無法和家人見面。」

「可是我剛才看到資料，他現在事業做得很大，過著非常優渥的生活，當年欠的債應該也不算什麼，想回來的話應該隨時都可以回來。」

「喔，他事業做很大？那真是太好了，我就知道他一定可以東山再起。」他拭淚道，「當時要不是我堅持不走，也不會害他跑路、和家人分開。他是我最好的朋友，我卻把他害得這麼慘，我對他實在充滿愧疚。」

這時病床上傳來一串急促的呼吸聲，床架也跟著嘎吱亂響。

「阿不拉！」運將驚呼。

阿不拉睜大了雙眼死命瞪著運將，神情激動似乎想要說話，卻只能「嗬嗬」出聲。

運將上前道：「你聽得到我對不對，阿不拉！我跟你說……」

這時阿不拉的妻子焦急地靠上來直問：「怎麼了，哪裡不爽快？」運將被她急速接近的風壓擠得飄開，急道：「月霞是我啦，我要跟阿不拉講話。」說罷走回床邊，握住阿不拉的手。妻子見阿不拉雙手舉起，好像緊緊抓著什麼東西，一時嚇壞了，趕緊按下求救鈴，醫護人員很快跑了進來，氣流的擾動又把運將吹走。

醫師問道：「怎麼樣？」

妻子慌亂道：「不知道，他忽然全身亂動，好像想要跟誰講話。」

運將擠不進去：「他是要跟我講話，你們不要擋住我啦。」

醫師檢查一番，道：「生命徵象都很穩定，怎麼忽然激動起來？」他問阿不拉：「阿伯，你哪裡不舒服，可以用寫的跟我說。」

阿不拉接過紙筆，顫顫巍巍地寫道：「阿強來接我了，我要走了。」

「阿強是誰？」醫師問。

「是他的朋友，聽說前幾天剛過世。」他妻子道。

「應該是作噩夢了，不要緊的。」醫師靠近阿不拉，安撫道：「阿伯你現在各項狀況都還不錯，不用擔心，好好休息就可以囉。」

阿不拉又在紙上寫道：「阿強在那邊。」寫完指向運將的位置。

眾人順著他指的方向轉頭一看，什麼也沒有，不禁面面相覷、毛骨悚然。

醫師小聲地道：「他出現幻覺了，請精神科來會診。」

阿不拉又寫道：「阿強對不起。」寫完手一鬆，紙筆都落在被子上。他艱難地向運將舉起手，運將從人縫中伸手握住，直道：「你沒有對不起我，是我要向你道歉，都是我害你離鄉背井、和家人分開。」

阿不拉猛然搖頭，張嘴欲言卻說不出話來，想摸索紙筆，混亂中卻把紙筆弄掉在地上，一時更加激動。護理師和妻子手忙腳亂地按住他，醫師道：「給他 midazolam。」護理師隨即俐落地取藥，從點滴針頭旁的注射口打進去。

混亂中，運將依然對著阿不拉喋喋不休，我趕緊把他拉開來，道：「老大，他被打鎮靜劑了啦，你這樣他也聽不到，先撤吧。」

藥力很快發作，阿不拉沉沉睡去，病房裡的騷動也瞬間平息下來。運將愣愣看著阿不拉，廢然道：「他明明看得到我，我卻無法跟他說話。」

我取出「Dreams Come True」的棒球帽戴上，道：「不用擔心，『最終圓夢專案』幫助你實現夢想！剛好他陷入昏睡，這就去託夢吧！」

一團混沌夢中，景象越來越清晰。

運將在路邊攔計程車，來了一輛敞篷跑車。明黃色的烤漆、低沉的引擎聲，十分拉風亮眼——擋風玻璃下方亮著TAXI燈號，是計程車無誤。運將心想，這位同業也太大手筆了吧，定睛一看，開車的人竟是阿不拉，穿戴著名牌墨鏡和休閒衫，一副有錢人出門兜風的樣子。

運將乍遇故知，歡快地坐上後座。阿不拉看著照後鏡問：「頭家要去哪？」運將想開口卻說不出話來，隨手一比，示意前進，阿不拉點了點頭，逕自開車上路。清風涼爽，兩人隨興漫遊，感覺非常自得。

開著開著，一時車身卻變窄了，只剩下一個座位寬，於是運將變成正對著阿不拉的後腦勺；再開出一段路，車又變得更小，像是兒童玩具車般只有一個座位。運將安坐在椅子上，而阿不拉卻在旁邊用跑的，一邊拿遙控器操縱車子前進。運將詫異地看著阿不拉，心想他這樣豈不太辛苦了？阿不拉彷彿聽見運將的心聲，上氣不接下氣地道：「還好啦，不累不累。為生活打拚就是這麼回事啊！」

最後車子再次變小，像個小板凳一般，運將只能很勉強地蹲踞其上。這時車子開到大墩夜市附近，運將忽然想起來，他們兩人剛創業的時候，常常下了班就來這裡吃消夜，非常懷念，很想繞過去看看。於是他向阿不拉打個手勢，把遙控器借來自己操作。

遙控器上只有一個按鈕，按下就前進。運將蹲坐在遙控車上，在一片城市邊緣的老舊集合住宅區緩緩移動。隔著大片荒地，可以看見遠方灰撲撲的破敗建築群，散發著毫無希望的氣息。

好容易終於來到大墩夜市，運將想找以前常吃的排骨酥麵和鳳梨冰，走來走去遍尋不著，最後勉強在一家老闆和店員都臭臉的路邊攤坐下，隨便點了些東西。

阿不拉呢？

運將剛拿起筷子，這才想起阿不拉沒有跟來。他東張西望，找了半天，忽然瞥見對街一個再熟悉也不過的形影——是自己開了二十年的破舊計程車。他遲疑地走過去一看，駕駛座放倒，阿不拉滿臉病容地躺在裡面，身上衣服陳舊邋遢。

車窗開著，運將想要呼喚阿不拉，卻發現自己說不出話來。阿不拉睜開眼睛，勉強挺起身子，道：「阿強，對不起！」運將雙手亂揮，比比自己心窩，又一邊行舉手禮一邊頻頻點頭鞠躬。阿不拉隔著車窗拉住運將雙手，萬分懇切地道：「對不起！」

運將暗道：怎麼變成他跟我道歉，這樣不對，是我要跟他道歉啊。心中一急，頓時從夢中醒來。

「怎麼會這樣，變成他反過來跟我道歉，而且我都不能說話啊。」運將懊惱地道。

「不好意思，免費的託夢就是這樣，不能講話。」

「那自費的託夢呢？」

「你的生命點數不是很夠，我最近手上也沒多少贈送點數了。」

運將落寞地道：「搞了半天，結果還是白忙一場。算了，這種事我也早就習慣了，直接給我喝孟婆湯吧，早喝早超生。」

我對他感到抱歉，但想起領我入行的前輩說的：不要同情任何客戶，畢竟再怎麼悲慘可憐的人生都有，同情不完的。「好吧。」我正想點擊螢幕叫人送上孟婆湯，心裡閃過一個怪念頭，衝口道：「大哥，你該不會是秘密客吧？」

「啊？」他茫然地抬頭，完全不明所以的臉上，透露著一種認命、認分又苦苦堅持一輩子的木訥表情。我不知不覺中將點在螢幕上的手指又收了回來。

「不然這樣，我看阿不拉什麼時候下來，我讓你在這裡多留幾天，你再當面跟他好好聊聊。」我隨即查閱起阿不拉的資料。

運將興趣缺缺：「沒意沒思，要講當然要趁他活著的時候講清楚。」

我滑動螢幕，看到阿不拉大事年表中關於他前往大陸一事的記載，突然喊道：「怪不得阿不拉要跟你道歉，而且一直不回台灣！」

運將嚇了一跳：「你說什麼？」

我盤算一下手上的贈送點數，心想先透支一些我自己的點數給他，再從下一期的贈送額度補回來好了。於是道：「來吧，這就來完成你的願望。」我叫上一碗排骨酥孟婆湯麵，遞給運將：「運將大ㄟ，你喝下這碗延遲發作的孟婆湯，就可以在阿不拉夢中暢所欲言了。」

黑沉空蕩的舞台上，運將和阿不拉並肩而坐，兩盞聚焦的強力燈光各自照著他們。四周漸次亮起，出現川流不息的人聲和車聲，兩人坐在運將的破舊計程車上，停在大墩夜市入口前面，各自捧著一碗盛了排骨酥麵的保麗龍碗。

「好懷念啊，這是我們的夜市。」運將望著窗外道。

「青春吶！想吃什麼張嘴就吃，想做什麼事情就馬上去做。」阿不拉用免洗筷猛夾一團麵條，稀哩呼嚕吸進嘴裡，滿足地道：「啊——這實在是世界好吃！」

運將看他吃得津津有味的樣子，也喝了口湯，連連點頭道：「就是這味。二十年沒吃，我都快忘記了。」

阿不拉抹抹嘴，看著運將道：「你是來接我的吧？」

「不，我是來跟你講話的。」

「我馬上就下去報到了，你還專程跑上來，這麼急幹什麼？」

「這句話遲到二十年，怎麼不急？而且我等一下就要去投胎了，走之前一定要跟你說——當年因為我的固執，才害你逃到大陸，好多年不能和家人見面，我真的很對不起你……」

「不是這樣的！」阿不拉猛然打斷運將，低聲道：「我的債務和官司早就都沒事了，一直沒有回台灣，真正的原因是不敢回來面對你。」

「你不敢面對我？」運將大感意外。

阿不拉深深低下頭：「應該道歉的人是我，當年我知道公司快撐不下去的時候，暗中挪用了幾筆款子，最後根本就是捲款潛逃。要不是我這麼做，說不定公司還能撐下去，進而轉型經營，也不會害你背上那麼大一筆債。」

「阿不拉……」

「你是我最好的朋友，我卻做了這種事；我在大陸事業成功，早就應該回來解決你的債務，好好補償你，可是我一拖再拖，找盡各種理由不肯回來，實在是沒有臉見你。」阿不拉咬牙道，「為了自己微不足道的面子，卻讓你一直受苦，我不是人！」

「你想太多啦。」運將搖搖阿不拉的肩膀道：「你弄那幾筆錢我怎麼會不知道？」

「你都知道？」阿不拉詫異地抬頭，「那你怎麼不阻止我？」

「我堅持不肯遷廠，到後來知道公司實在做不下去，就覺得是我斷了你的生路。你要去大陸重起爐灶，總得帶點錢在身上。」

「掏空資產是商場大忌，如果我的合夥人敢這麼做，我一定饒不了他們。」

「公司創業的時候你出的本錢本來就比較多，你不過是拿回你那一份而已。何況才幾十萬，沒有差啦。」

「不只幾十萬。」阿不拉頓了一下，「有幾筆應收帳款，還有跳票的欠款，我都直接到客戶那裡去收，但是沒有入公司帳。攏總加起來大概有五百萬。」

「五百萬……」運將愣住了。

阿不拉緩緩道：「一開始，我還不斷騙自己，想說等成功之後再回來加倍報答你就是了。可是我一直找藉口逃避，怕事情曝光影響我在商場的信譽，也不想讓孩子知道老爸是個騙徒……越逃避，愧疚感就越深，到後來只好徹底忘記這件事。」

運將將手中的保麗龍碗捏得變形，湯汁幾乎要潑灑出來：「你怎麼做得出這種事！原來我被你騙了這麼久！」

阿不拉慚愧地道：「那時我一想到要被債務綁死，一輩子過著沒有前途和希望的日子，每天都睡不著覺，最後決定帶走一筆錢重起爐灶；相反地，公司倒了之後，你卻全部扛下來，開一輩子計程車還債。你不用這麼做的，你大可以把責任都推到我身上，也可以跑路，可是你都承擔了。你是真正的男子漢，而我是混帳王八蛋。」

運將越聽越怒，幾乎要將手中的麵碗往阿不拉頭上扣去，舉起手時，卻發現自己的身影變得有些淡薄。

阿不拉驚呼：「你怎麼變透明了？」

「孟婆湯開始發作了。」運將心裡一陣空蕩，滿腔怒意不知跑到哪裡去，慌張地道：「我的時間到了。」

阿不拉痛悔地看著運將：「對不起，讓你在最後還聽到這種事。」

運將看著阿不拉，良久不語，忽然苦笑道：「煞煞去啦！恩恩怨怨，喝了孟婆湯還不是都得一筆勾消。大家把話講開來就好，這樣我也甘願了。」

阿不拉難以置信地看著運將：「所以你願意原諒我？」

「我沒有你說的那麼了不起。開車還債，其實是沒有勇氣重新來過。」運將伸出一手握住方向盤，空望著前方道：「我很羨慕你的勇氣，敢再拚一次，重新站起來。我覺得你就好像另外一個我，在另一個地方打拚。你成功，也就是我成功。何況你會愧疚，就表示心裡還有我這個兄弟。」

「謝謝你，阿強。」

「趁最後一點時間，去兜兜風吧。」運將轉動鑰匙，將車子發動。「你記不記得，當初我們出來創業，就是受不了每天坐辦公桌，想要自己作主、自由自在。」

「是啊，誰想得到，你被債務綁住一輩子，我也被錢綁住一輩子。」

運將放下手煞車，推動排檔，淡淡地道：「阿不拉，下輩子有緣再當朋友，我們再拚一次。」

「再拚一次。」阿不拉重重地一點頭。「我們再拚一次！」

運將踩下油門，緩緩向前駛去。計程車消失在夜色裡，街市的燈光隨之熄滅，四周陷入一片黑暗。

場燈亮起，5D劇場內空無一物，我耳邊卻還聽見破舊的汽車引擎聲隆隆運轉。

「運將大ㄟ，祝你擁有美好的一生。」我輕聲道。

【間奏曲】

失效的孟婆湯

「攻擊機會出現，開始行動。」我坐在社區小公園的椅子上假裝看報，一面低聲透過耳麥通知老貓。

「喵的咧，等了老半天才出現空檔。我從左邊繞過去，你在正面吸引他的注意。」老貓回報。

我和老貓到陽間出一個特殊任務，上頭嚴令我們不能引起陽間騷動，而目標又一直有人保護，很難接近。好不容易，保護者的手機響起，走到公園入口忘情地講了起來，我們才等到機會。我緩緩起身，假裝一面看著報紙，一面往目標走去。就在接近攻擊發起距離時，那目標忽然察覺有異，想往保護者身邊奔去。

「好膽嘜走！」老貓拔腿上前，我也一個箭步擋住目標去路。目標害怕地轉身逃跑，躲到一座溜滑梯底下。我和老貓恰好從兩側入口把她堵死。

老貓吼道：「我喵，害恁爸星期天還要出差，乖乖束手就擒吧！」說罷就要動手。

「等一下，按規定必須再次確認身分。」

「確認個貓啦，不是她是誰？喂，等一下……」眼見目標就要大哭起來，老貓粗魯地伸手摀住她的口鼻。

「嗚，嗚嗚！」目標死命掙扎。

「你還不快動手。」老貓急喊。

我趕緊拿出Pad，叫出檔案確認：「陳雅婷，前世名林怡君，女，三歲，住址……」

我看照片應是本人，但是為求謹慎，還是啟動掃描比對程式，三秒鐘後，螢幕上跳出大大的「確認無誤」藍色對話框。

我道：「陳雅婷，不，林怡君，妳記得上輩子的事情對吧！」

被老貓死命抓住的小女孩聞言一愣，停止掙扎，終於點了點頭。老貓將手鬆開，小女孩用不符年紀的成熟語氣抗議道：「我又沒做壞事，幹嘛這樣抓我。」

「孟婆湯失效是本公司的疏失，但很抱歉，我們必須消除妳的前世記憶。」

「不要，我不要重背九九乘法表——」

老貓不由分說，取出針槍在她手臂上打了一劑，小女孩身子一軟，幾乎跌倒，晃晃腦袋重又站穩，目光渙散，好像剛要想起什麼事情，卻又忘了似的。

「婷婷！妳在哪？」她的母親高聲叫喚。

小女孩踉蹌地跑出溜滑梯底下，母親奔過來：「妳跟馬麻躲貓貓啊。咦？怎麼傻傻的，撞到頭了嗎？」

我和老貓早已撤到遠處的樹叢下。我道：「你也不用那麼粗魯嘛。」

「害我星期天還要加班，恁爸不爽啦！什麼爛孟婆湯，失效就算了，做湯的公司應該自己解決才對，結果爛攤子還要丟給我們業務人員收拾，什麼鬼，我喵！」

「他們上面都喬好了，根本不用負責。」我嘆了口氣，「誰叫我們是約聘僱人員，什麼都得做呢。」

事情要從幾天前講起。那天，我和老貓照例一起吃午飯，電視新聞報起孟婆湯失效的問題：「遠湯公司又出包！孟婆湯BOT案風波不斷，從當初未採用最先進技術的遠湯公司得標、招標過程爆出收賄、合約內容對遠湯極端有利，現在又傳出孟婆湯有失效的狀況。」

「我喵！」老貓噴著麵湯罵道，「冥界哪一次BOT不出狀況？」

電視畫面上，遠湯公司董事長徐續湯出面說明：「我在這裡跟大家道歉，『遠湯e soup』確實有零星失效的情形，不過出錯誤的比例很小。『遠湯e soup』是第一個採用電子干涉腦波暗示的記憶消除產品，省下每年大量的中藥材和天然瓦斯，沒有廢藥渣汙染和處理問題，更沒有化學合成孟婆湯的副作用，是劃時代的成就，我們應該驕傲，而不是花工夫為不大的錯誤鬧成這樣。」

老貓忿忿地道：「喵恁娘！都是他在說。他們家的電子技術明明就最差，很多轉生者腦波都被弄受傷，衍生一大堆糾紛。」

「對啊，這些人再次往生後都打官司要求賠償，鬧得現在沒投胎的遊魂那麼多。」

我吃著加滿味精的湯麵，一邊道：「還是純中藥熬製的效果最好，又不傷身體。」
主播：「投胎旺季即將到來，『遠湯 e soup』面臨大考驗。冥政部長在輿論壓力下出面回應，表示會嚴格查驗。」
畫面上冥政部長色厲內荏地道：「我們已經成立稽核委員會七人小組，每天隨機抽查兩萬一千筆資料，總正確率要達到百分之九十九點九八，也就是說，其中最多只能有四筆錯誤。只要未達標準，每日開罰五十兆冥幣。」
我道：「容許萬分之二的出錯率啊？投胎成動物的先不算，全台灣每年有二十萬個轉生者投胎為人，那就會有四十個人抱著前世記憶出生，豈不搞得天下大亂？」
老貓道：「這裡面沒有官商勾結才有貓咧！」
冥政部長：「至於帶著前世記憶投胎的極少數個案，必須使用傳統中藥熬製的孟婆湯針劑來消除記憶，以保證效果和安全性。」
現場記者：「部長，那麼前往陽間執行消除記憶的工作，應該由哪個單位負責？」
冥政部長：「嗯，這個，因為遠湯公司的失效率還在合約容許的範圍內，根據合約的精神，該公司還不需要負擔這個部分。我們尊重遠湯公司和各家轉生業務公司的協調結果，假如轉生公司願意承擔的話，這個，我們也樂見其成。」
「這不就是要我們自己去補針的意思嘛！」老貓整個人跳起來。「我喵！」
所以，這就是為什麼我們在這裡。公司政策：只要是你經手的轉生者喝到失效的孟婆湯，就由你負責到陽間去幫他打那一針。

「我還是覺得叫我們來處理太不公平了。」老貓抱怨著，「而且 e soup 失效率那麼高，幹嘛那麼急著汰換傳統湯劑。」

我淡淡地道：「你有沒有聽說，黑市已經有人在賣『保證失效的 e soup』。」

「有這種事！這分明是給有心人製造可趁之機嘛！」

「好啦，你的案子搞定了，現在換你幫我。」

「切，本來還想趁著出公差到處晃晃。」老貓伸個懶腰，打著呵欠問道：「你那個目標是怎樣？」

「這個稍微麻煩一點。」我滑動 Pad 叫出資料，「剛好在附近，地方不遠……」

「什麼！」老貓跳了起來，「目標是安安森林公園裡的一歲野貓，這怎麼玩啊！」

「不是會飛的就不錯了，走吧。」

「找得到才有貓咧，我喵！」

披薩大亨

投胎當神豬？我明明很有錢啊

「還我命來！」冥政部枉死城辦公大樓外，轉生者們激憤地呼喊著：「抗議餿水油和黑心食品草菅人命，害我們夭壽枉死！」

吃午飯時，老貓看到即時新聞報導抗議事件，拉著我來看熱鬧。老貓一到抗議現場，立刻眼睛發亮：「哇，好精采，很久沒看到這麼浩大的抗議場面了。」

我說：「你實在很無聊耶，哪有人看抗議當消遣的。」

「你不懂啦，敢在冥界抗議的人，都是『置之死地而後生』，格外來勁哩。」

「有病！」

枉死城大樓前，一位官員模樣的人笨拙地拿著麥克風說道：「各位轉生者，你們的意見我們已經知道了。不過大家有所誤會，根據《枉死法》第七十一條，食用餿水油和黑心食品排除在枉死的範圍之外……」

「放屁！你自己回家去喝餿水油啦！」群眾譁然鼓譟：「最好你每餐吃黑心食品都不會折壽！」「別人的囝仔死未了！」「你們一定有官商勾結！」

官員慌張起來，想要解釋，不料越描越黑：「吃到餿水油雖然會減短一點陽壽，但減少的程度都在冥府法定容許範圍內。何況事實上會減陽壽的食物和用品非常多，遠超過陽間媒體報導出來的，你們只是不知道而已……」

「你說這款話能聽得下去嗎？」帶頭者舉起手中的一枚月餅，怒罵道：「而且中秋節還送我們『鼎新』的劣油月餅，我們在陽間吃不夠，到冥界還要繼續吃黑心食品！」

說罷奮力把月餅擲向官員，群眾見狀紛紛跟進，頓時萬餅齊發。

「哇，月餅雨，真是奇觀！」老貓徹底亢奮起來。

「嗶嗶——」冥界警察訓練有素地持盾從兩旁跑入，擋在枉死城大樓前，一面牌子隨即高高立了起來，上書：「違法行為，第一次警告」。枉死城分局的分局長站上偵防車頂透過擴音器道：「你們的行為已經違法，請立即就地解散！」

我推推老貓：「喂，走了啦，等下鬧到驅離就不好玩了。」

「是月餅耶。」老貓涎著臉，闖進抗議群眾的物資區想混水摸魚。他伸手抓住一盒月餅，使勁一扯卻不動如山，抬頭一看，原來另一頭也有一人抓住這盒餅。兩人會心一笑，各自另外取了一盒，並肩離開抗議區，在路旁樹蔭下打開盒蓋當即吃了起來。

「好吃！」男人津津有味地道，「中秋節就是要吃月餅啊。」

「你不怕這是餿水油做的？」老貓故意問道。

「冥界的月餅跟陽間的不一樣吧。何況死都死了，還怕什麼？不吃白不吃。」男人中等身材，圓圓臉但不算太臃腫，穿著成衣連鎖店賣的POLO衫。圓框眼鏡底下映著一對鱷魚般不帶情緒的眼神，聽他的語氣就知道是發號施令慣了的人。「好吃，好吃，再來一個綠豆椪。」圓臉男吮了吮指頭上的餅皮屑，拾起另一顆繼續吃。

我越看越覺得他挺眼熟，拿起Pad叫出檔案，果真是應該在早上來報到卻臨時請假的轉生者。「畢先生，是你！我是你的轉生業務經理，我們本來應該在早上見面的！」

「幸會幸會。」他頭也不抬，一邊把整盒月餅遞過來，「來一顆吧。」

「謝謝，我剛吃飽……畢先生，你請假就為了來看抗議、拿月餅啊？」

「不是啦。」他向對街的高級餐廳努努嘴，「我是來吃牛排的，吃到一半看到外面有抗議活動，就跑出來湊湊熱鬧。對了，我剛剛叫他們暫停上菜，也該回去了。你們也一起來吃點東西吧。」說罷俐落地把月餅盒蓋蓋上，起身就走。

我和老貓對看一眼，跟著他走進餐廳。圓臉男熟門熟路地走到落地窗邊的位子，對服務生道：「主餐可以上了——加兩套餐具。」不久主餐送上，老貓口水都快滴出來：

「一公斤乾式熟成肋眼、野菇松露麵、油封鴨，還有這瓶巴羅羅……」

「這肋眼是在巴羅羅的橡木桶裡面熟成的，搭配著喝剛好。」圓臉男平淡無奇地道。

我忍不住道：「畢先生，應該有人提醒過你，餐點是用轉生點數支付的。」

「不要叫我『先生』啦，叫我畢大哥就好了。」圓臉男豪邁地切下一大塊牛排送進嘴裡，「我點了不少，你們一起吃吧，我請客。」

「真的嗎，那怎麼好意思？」老貓這般說著，卻立即不客氣地拾起刀叉吃將起來。我也趕緊叉了一塊鴨肉送進嘴裡，道：「像你這樣豪氣點餐、放懷吃喝的客人，我還真是第一次遇到。」

「人生在世，誰也不知道下一刻會發生什麼事，不吃白不吃。何況現在我還分得出味道好壞，等喝了孟婆湯就得重來了。」他喝了口酒，滿足地拍拍肚子道，「好舒服，好舒服！食材好，料理用心，簡簡單單的東西就好吃！」

「今朝有酒今朝醉，畢大哥真是飄撇！」老貓塞著滿嘴食物道。

圓臉男看著我道：「你不是要安排轉生業務嗎，不如就在這裡邊吃邊聊吧。」

「好的。」我用質感好得令人暗叫一聲「罪過」的高級餐巾擦擦嘴，取出 Pad 打開檔案，「那麼我先跟你介紹一些比較實惠的方案。」

「別麻煩了，直接把最好的方案拿出來。」圓臉男強勢地道。

「請看。」我把螢幕轉向圓臉男，「目前看到最適合你的方案，是去當鼠類。」

「鼠類？」圓臉男斜眼一瞪。

「譬如松鼠、田鼠、家鼠、倉鼠、花栗鼠、黃金鼠。總之是貪吃的老鼠。」

他看著老貓，冷笑道：「我看直接換你來服務比較快。松鼠？太離譜了！」

我道：「沒錯啊，你的生命點數原本就很少，加上這幾天大吃大喝，已經透支了。能夠當鼠類，還是我安排了分期付款，連續當八輩子老鼠來攤還，否則你只能去當神豬被灌到爆的。」

「沒禮貌！」圓臉男輕蔑地看著螢幕上呈現負數的點數值，「你知道我是誰？我可是台灣第一家披薩連鎖店創辦人，聽過『Pizza Big 比大個』吧，全台共有四十五家連鎖店，十家關係企業。我雖然稱不上超級富豪，身價也有個十來億，你卻說我得去當老鼠，真是笑話奇譚。」

我道：「畢大哥，生前的財富和生命點數並沒有關係，你混為一談了。」老貓一邊剔著牙，探頭看了看，也道：「這確實是你的點數沒錯，真的很低啊。」圓臉男卻不理會我們，逕自端起酒杯繼續吃喝。

這時服務生過來：「抱歉打擾您，方便先跟您買單嗎？」圓臉男掏出一張卡片，服務生取過塞進刷卡機，餐廳裡頓時警鈴大作，一隊穿著防彈背心的刑事小鬼大隊特勤中隊幹員不知從哪裡衝出來，粗暴地一把將圓臉男架起。領頭的中隊長道：「好傢伙，生命點數都透支了還敢吃霸王餐！這麼貴的菜我上一百年的班也吃不起！根據《轉生法》第一百零一條規定，透支超過上限者，加計罰鍰並立即強制執行轉生，走！」說罷從後腰取出一副手銬將圓臉男銬上。

「請等一下！」我起身制止，秀出證件，「我是他的轉生業務經理，正在和他談分期還款的方案，就快有結論了。」要是客戶被抓走，業績馬上就少一筆，這可不行。

圓臉男哼哼一笑：「這是在演哪一齣，為了騙我上路，未免太厚工了吧。」

小鬼中隊長怒道：「死到臨頭，不，死過頭了還嘴硬！當神豬去吧你！」說罷掏出一支電擊棒，狠狠地扎在圓臉男的太陽穴上。圓臉男殺豬般長聲慘呼，兩眼翻白，跌坐在椅子上抽搐了好一會兒，卻沒有發生什麼變化。

「幹！e soup又失效了，什麼鬼電子孟婆湯！」小鬼中隊長隨即換了另一支電擊棒，又要扎下。

「不要啊，我知道錯了！」圓臉男雙手亂揮，氣喘吁吁地道：「我剛才卡在母豬屁股出不去又縮回來，實在太痛苦了。經理先生，請你救救我。」

「隊長，借一步說話。」我把小鬼中隊長拉到一旁，「賣我個面子，放了他吧。」

小鬼中隊長不悅地道：「你要業績，我就不要？人已經被我抓住，沒有放還給你的道理。」

「不然這樣，那塊一公斤的牛排沒吃幾口，剩下的食物也還很多，就麻煩你處理。」

小鬼中隊長看了一眼巨大的牛排，笑逐顏開：「好吧，還是你上道。抓十隻神豬強制轉生的業績，還換不到半塊牛排哩。」說罷轉身高喊：「好啦，收隊！你們都先回去，我還有點重要的事情要處理！」一面就把整盤牛排端到鄰桌去了。

圓臉男驚魂未定，抖著臉頰上的肌肉道：「我就不懂，怎麼會搞到透支？我明明就很有錢啊。」

我道：「你沒聽說錢財生不帶來，死不帶去？那跟生命點數完全是兩回事。」

「那生命點數的計算標準是什麼？」

「詳細的公式非常複雜，牽涉到數百項指數，還有幾十種加分、加權和限時優惠。不過最主要的核心是『利他指數』，也就是你生前對他人提供的貢獻。」

「我的貢獻可大了！光是披薩連鎖店就提供兩千五百個工作機會，養活多少人。我每天也提供了大量平價、快速又美味的披薩，提升了台灣人的生活品質啊。」

「你給員工的薪資、勞動條件和職業傷害救濟很差，賺的錢都進了自己的口袋，所以點數相當低。至於服務社會的部分嘛……」我滑動螢幕叫出資料，「你的披薩使用不少黑心原料，害人吃了拉肚子，乃至於縮短陽壽，這部分是負值。」

「那些原料吃了又不會怎樣，哪裡黑心了！」圓臉男並不服氣，「何況剛才枉死城的官員也說，黑心食品縮短的陽壽都在冥界的合法範圍內嘛！」

「官方說法要能信，餿水油都能吃了。」老貓插口道，「看看窗子外面吧，你敢不敢去跟街上抗議的人說，你就是賣黑心披薩的大老闆？」

圓臉男默默看著窗外，良久才道：「我有什麼其他補救的機會？譬如說家人用我的名義把財產捐作公益，點數可不可以算在我身上？」

「生命點數畢竟不是用錢買的，何況這不是你生前做的善事，點數折換率很低喔。」

「簡單來說，人死了才買點數，價格比較貴，是這樣吧。」圓臉男仰頭把杯中最後一點酒喝掉，豪氣地道：「再貴我也買！」

「好，那麼我們先到望鄉台5D劇院看看陽間親人的情景吧。」我說罷當即起身，圓臉男也不囉唆，隨即跟我一起離開餐廳，來到望鄉台劇院。

登登登登，波瀾壯闊片頭音樂，畫面切到棚內藍襯衫吊帶褲男主持人。他話音飛快、語氣激動地道：「上窮碧落，下至黃泉。我是戴水缸，歡迎收看今天的『望鄉龍捲風』。披薩大亨畢大格忽然離開人間，龐大的事業帝國頓失龍頭，家庭也痛失支柱。究竟在大亨過世之後，事業和家人們變得如何呢？請看我們的現場連線。」

鏡頭切到比大個企業總部，大廳被布置成靈堂，大門口擺滿了用披薩盒疊起來的金字塔。記者：「這裡是披薩教父的靈堂，有別於一般會場的啤酒塔，家屬以披薩盒疊成金字塔，凸顯教父的特色和事業成就。」

圓臉男罵道：「什麼鬼，這是誰出的主意？」

「這是什麼鳥？這樣惡搞老爸的靈堂！」一名全身潮服的大學生從大樓中衝出來，對著披薩塔一陣咒罵。

另一名穿著西裝、年近三十的青年追了出來，反嗆道：「披薩是老爸一生的事業，是他的成就，用披薩做裝飾有什麼不對？你別在那裡不做事，光批評！」

「不做事光批評？」潮服青年叫道，「整個喪禮都被你和阿姨把持了，其他人想參與都被你們排擠，結果搞成這個鬼樣子。」

「在自己爸爸的靈堂前大呼小叫，唉，小三生的兒子就是這樣沒教養。」一名身穿深色洋裝的貴婦緩緩走出。

「呦呵，這個時候耍起大老婆威風啦。」另一名身段妖嬌的女人快步跟出，「也不想想平常是誰在照顧老公的生活、幫他打理事業，號稱大老婆的卻只能遠遠躲在老家，什麼忙也幫不上。」

貴婦不甘示弱地道：「大格只是利用妳！不管怎麼說，我都是他法律上的妻子。更何況，妳那寶貝兒子書也讀不好，什麼都不會，大格那麼大事業，還是要靠我們家又聰明又能幹的長子來承擔！」

妖嬌女罵道：「妳別想獨吞大格的事業！」

貴婦道：「我是要幫大格守住江山，免得被哪個來路不明的小孩敗掉！」

「妳@#%^*&!$& *……」兩個女人當即互罵起來，兩個青年也在一旁拉扯推擠，不可開交。

圓臉男怒道：「我都還屍骨未寒，怎麼就鬧成這樣。大家別吵，把我的財產捐出去，讓我換生命點數！」他看向我，指著螢幕急道：「我要怎麼跟他們講話啊？」

「不行的，我們在望鄉台看陽間的情況，就像看電影一樣，不能干擾陽間活動。」

「你一定有辦法。」圓臉男抓著我的衣領激動地道，「你是業務員，一定做得到。」

「辦法也不是完全沒有，可是一般情況是禁止使用的。」

「我都要變成神豬了，這是緊急情況！」

「緊不緊急不是這樣定義的啦……你先放開我。」我整整衣領，「且不說亂用這招我會被處分，費用可是很貴的，你都沒點數了怎麼玩？」

「不是可以透支？」

「你早就破表了啦。」

「那就算是辦貸款。」圓臉男堅毅地道，「我年輕時事業不順利，曾經負債好幾千萬，當時我可以選擇破產，一輩子灰頭土臉，但我借更多錢再次創業，後來不只還清債務，事業還做得更大。現在的情況也是一樣，你先借我點數，我說服家人捐出財產，之後不就有點數可以還你啦。」

「你確定要玩這麼大？」

「我『比大個』可不是亂叫的。」

「既然如此……」我取出紅色棒球帽戴上，大聲道：「『最終圓夢專案加強版』，GO——」

一陣急促的鼓點響過，我和圓臉男來到靈堂現場。圓臉男看到正在吵架的兩對老婆和孩子，衝進去想拉開他們，卻發現自己只是一團影子，無法觸碰任何人，一時急道：「你趕快讓我跟他們講話啊。」

「別急，你看到在靈堂門口看熱鬧的那個道士沒有？」

圓臉男張望一番：「道士？有啊，怎麼樣？」

我在圓臉男背上大力一拍：「降乩附身，去吧！」

圓臉男形影一晃，飛入道士體內。道士頓時渾身亂顫、口吐白沫，旁邊一位打掃的阿姨看了，大喊：「神明駕到，神明駕到！」眾人目光全都看向道士，正在打鬧的四人也跟著安靜下來。

道士身子一挺，倏然睜眼：「我是畢大格有遺願未了特地回陽間來交代幾句話。」

貴婦一聽，激動地上前道：「大格，真的是你？」妖嬌女則狐疑道：「裝神弄鬼的，什麼玩意兒？」

道士看著妖嬌女，連珠砲似地道：「我剛認識妳的時候三圍是三四二八三六現在變成三八三四三八妳肚臍周邊有排成北斗七星的痣右邊屁股上有三角形的胎記我覺得很像切成小塊的披薩所以覺得妳是上天派來幫我的我們第一次親熱是在披薩的送貨車上那時我要妳幫我○○可是妳卻幫我ＸＸ……」

「畢葛格——是你！」妖嬌女情緒瞬間爆發開來。

「不要臉，妳竟然這樣勾引我老公！」貴婦怒道。

道士又對貴婦道：「我第一次見到妳的時候是在高中放學的公車上那時妳留著馬桶蓋的短髮現在想起來實在很矬但年少的我心中覺得妳非常清純美麗我鼓起勇氣跟妳搭訕從此我們就開始交往後來妳不顧家裡反對跑出來跟我到天龍市創業可是不久之後我就發現妳非常囉唆什麼都要念我本來不想生小孩但是後來我覺得很煩只要妳一開始碎念就把妳按倒在床上這才有了我們的兒子……」

「大格——是你！」貴婦情緒瞬間潰堤。

「原來碎念也可以生出兒子來啊。」妖嬌女語帶譏諷。

「妳們不要吵我附在道士身上算是國際通話以秒計費非常昂貴所以也盡量不使用標

點符號。」道士深吸一口氣，嚴正地道：「我死得太突然沒有預先立下遺囑這是我的疏失也造成現在大家的爭執我現在鄭重宣布——我捐出百分之九十六的財產用作公益讓我增加生命點數投胎條件好一點下輩子健康聰明又英俊剩下百分之四由我的兩個老婆兩個孩子各得百分之一這樣公平公正公開公益皆大歡喜以上報告完畢。」

說罷全場鴉雀無聲。

「哪來的騙子在這裡妖言惑眾！」妖嬌女脫下 FENDI 紅色高跟鞋不斷撲打道士。

「我看這個妖道根本是妳叫來的吧，妳沒名分無法繼承財產就想搞破壞，把大格的事業拆散精光。用心好惡毒的女人啊。」貴婦拿起 LV 包包追打妖嬌女，妖嬌女閃身躲避，包包都打在道士身上。

妖嬌女罵道：「我看道士是妳派來的還差不多，公司帳目都是我在管，妳什麼都不知道，所以故意搗亂。」

貴婦回罵：「放屁，我哪裡知道大格跟妳那些臭史。」

道士一邊挨打一邊道：「好啦我附身費用很貴的每一秒鐘都是生命點數啊妳們不要再吵了快按我說的去做就對了我來世會再來報答妳們的。」

貴婦和妖嬌女同時毆打道士：「死道士！閃一邊去！」

「唉呀！」圓臉男從道士身上跌了出來。「這兩個死女人，根本都不聽我的話。」

他揉揉後腰，「現在怎麼辦？」

「你一共附身一百八十七秒。」我按了Pad螢幕上的結算鈕，「須支付七百四十八點，看來你得連當兩輩子神豬了。」

「唉，失算了，沒想到那兩個女人這麼利欲薰心，一點夫妻情分都沒有。」圓臉男又氣憤又失望。

「這也難怪，一個道士沒頭沒腦跑出來說要把財產捐出去，換成是你會相信嗎？」

他摸摸腦袋：「也對，這事情太超乎常理了。」

「那麼，你要停損呢，還是換個方式繼續進行，譬如託夢什麼的。」

「嗯，鬧了半天，肚子也餓了，先去吃點東西。」

我訝道：「你居然還有胃口。」

他摩著肚皮道：「吃飽才有力氣想策略啊。」

「吃你們家的披薩嗎？」

「那種東西怎麼能吃。」他白了我一眼，「有一家店我以前很常去，難得回到陽間，我帶你去吃。」

圓臉男領著我走進附近巷弄的一家小擔仔麵店，熟門熟路地在一張桌子旁坐下。

「好懷念啊，我也有一陣子沒來吃了。」圓臉男無限感慨地道。

「沒想到你也吃這種小館子。」我稀奇地道。

「年輕的時候天天來，每次可以連吃三碗！」圓臉男四處張望著店內，「二十多年過去，店裡幾乎都沒變。」

「有這麼好吃啊？」我按了手錶上的按鈕，把自己實體化，然後出聲向老闆點餐：

「老闆，一碗擔仔麵！」

老闆嚇了一跳：「先生你什麼時候進來的，我怎麼沒看到？」

我笑笑不答，老闆很快煮了麵送上來。我拿起免洗筷和塑膠湯匙，連湯帶麵吃了一口，圓臉男也想拿筷子，身體卻只是一抹影子，搆不著，不滿地道：「為什麼我不能拿筷子，你就吃得到？」

我眨眨眼，得意道：「我是業務員啊，有這個特權……挖咧，呸呸呸！」麵湯濃重的化學香精味瀰漫了滿嘴，我趕緊吐掉。「難吃死了，跟冥界員工餐廳有得拚。你頭腦有問題，怎麼會喜歡這種東西。」

「味精、免洗筷、塑膠碗。光看這幾樣就知道東西不行了。」他指著年輕的老闆，「當年他老爸煮的麵，麵條Q度恰到好處，蝦頭高湯濃郁到位，再配上一點老肉臊，好吃得不得了，我每次都可以連吃三碗；換成這小子，懶得好好熬湯頭、顧肉臊，直接重手下味精，喝一口就反胃。麵條要不太爛，要不太生，簡直一無是處。老老闆只賣擔仔麵和貢丸滷蛋，客人都得排隊。他兒子乾麵湯麵黑白切什麼都賣，客人卻越來越少，因為什麼都難吃！」他說著說著義憤填膺起來，「真是一點也不用心！」

「切，害我吃到味精麵。」我倒了水猛喝。「你明明知道變難吃了還來幹嘛。」

「本來要去另一家的，不知不覺還是走來這裡。」圓臉男對著麵湯上的霧氣出神，「這裡算是我事業的起點吧。」

「事業的起點？」

「我就是在這家店裡決定要做披薩的。」圓臉男眼中放出光芒，「二十幾年前，我第一次創業失敗，欠了一屁股債，來這裡吃麵，和老老闆聊了很久。那時候原本滿灰心的，老老闆為了鼓勵我，開玩笑問我要不要學煮麵，做個小生意過日子，我也說好。」

「你跟他學了？」

「沒有。不過那天聊著聊著，激發了我的靈感。那是台灣經濟最發達的時候，外食人口變得很多。我自己工作忙起來的時候，恨不得有一種又快速、又便宜、又好吃的東西，可以用低廉的代價填飽肚子，甚至還能有幸福感，哪怕只有一點點也好。既然如此，那麼我來提供這樣的餐點，一定會成功。」

「所以這就是『比大個』披薩的由來了。」

「沒錯。我在市場上搶得先機，很快就站穩了，分店一家接著一家開，沒幾年就把債務還清。儘管後來跨國連鎖集團的披薩店進來，我也不怕。」他身子往後一靠，故作姿態道，「你知道一家披薩店屹立不搖的關鍵是什麼嗎？」

我確實被他引起興趣了：「快速？便宜？好吃？可是大家都這麼做啊，你有什麼獨門秘訣？」

他身子倏然向前一傾：「三個字——變、變、變！披薩的主力客戶是年輕人，忠誠度低，很容易見異思遷。你必須不斷推陳出新，永遠保持新鮮感，才能留住顧客。我要求研發部門每個月都必須推出新產品，想像得到的食材或做法都要嘗試。」

我取出Pad搜尋比大個披薩的菜單：「羊羊得意富貴披薩、生龍活虎賀新春披薩……花生芝麻慶元宵披薩？」

「這些都是應景的，羊羊得意撒了羊乳酪粉，生龍活虎是小龍蝦，元宵披薩就是把湯圓餡料打散。」

「韓式泡菜豬肉披薩、鹹蛋花枝披薩、清新優格披薩、關西大好燒披薩、宮保雞丁披薩……這些真的有人吃嗎？」

「嘿嘿，我跟你說，還真的有！不過當然不會是主力商品，基本上還是用起司、香腸、鳳梨、海鮮這些東西去變化，重點是營造主題感，食材要有高級感，加上爆漿起司，那就沒問題了。」

「鹹蛋花枝那些都太奇怪了，不考慮。嗯，西班牙佛朗明哥披薩，有洋蔥、火腿、小章魚，這個看起來比較誘人，試試這個好了。」我在螢幕上一點，「碰」地一聲，桌上便出現了一盒披薩。

「哇，這麼方便，愛吃什麼點一下就行了，當轉生業務員滿爽的嘛。」

「這也是要花錢的好嗎，我用自己的薪水買單。」我抓起一片披薩送進嘴裡，眉頭一皺道，「餅皮好油，章魚好老，火腿超鹹，這樣一盒你也要賣六百塊？太超過了吧？」

「這是我們開店以來賣得最好的產品之一！而且我們會送可樂，火腿鹹一點不是問題。」他理所當然地道，「食材成本不到售價的十分之一，披薩買大送大，六十塊錢做兩片十二吋披薩，你想吃到什麼好料？」

「成本不到十分之一？這根本是詐欺嘛！」我幾乎跳起來。

「店租、水電、人事、外送的交通費，你以為這些都不用錢啊。」

「說得好聽，那你自己會吃這些披薩嗎？」

「除了業務需要，當然不吃。可是顧客很喜歡啊，大家都吃得很開心，皆大歡喜嘛。」圓臉男推推鼻子上的眼鏡，感嘆道，「不過這幾年顧客越來越難伺候，什麼花招都變盡了，業績都上不去。還是以前好啊，那真是Good old days。」

我又咬了一口披薩，實在膩味，把剩下的丟回盒子裡，擦擦手道：「Good old days也好，Bad new days也罷，都會過去的。時間差不多了，你也該做最後的決定。」

「我還有什麼選擇？」

「你有一次付費託夢的機會，可以在夢中對任何人暢所欲言——不過依照規定，入夢之前必須先喝下孟婆湯，等夢境結束，你就會立刻轉生了。」

「這樣不公平。」他不改商人本色，討價還價起來，「夢一結束就投胎，那我在夢中說服家人捐款，不就來不及把點數換給我了嗎，這樣我注定只能去當神豬了，託夢又有什麼意義？」

「你這樣說也有道理，這樣吧，如果你能說服家人，那我就讓你多留幾天，計算點數轉換。如果說服不了，那你就得死心上路。」

「公道，一言為定！」

我把 Pad 擺到他前面：「孟婆湯有很多口味，你想喝哪一種？」

「口味啊？」他眼鏡鏡片下目光迷離，「如果能再吃一次老老闆煮的麵就好了。」

「你還真會給我出難題。」我滑動螢幕，尋找老老闆的資料，「我看看，杜曉月，咦，他也剛過世不久耶，那就有機會請他來煮囉。」

「這樣啊？我只知道他病了很久，但沒有聯絡，這可巧，咱們一起到冥界來報到了。可是我們要怎麼樣找他來呢？」

我頭痛起來：「通常要填一大堆煩人的表格，跑很多章……」

忽然「碰！」地一聲，小店裡煙霧瀰漫又散開，現出兩個身影。我定睛一瞧，失聲喚道：「老貓！」其中一人正是老貓，戴著「Dreams Come True」紅色棒球帽，顯然是來出公差，那麼另外一個精瘦漢子顯然就是他的客戶了。

精瘦漢子看到圓臉男，頓時驚呼：「畢哥，是你！」圓臉男也叫道：「老杜！」老貓一臉狐疑：「現在是什麼情形？」我問老貓：「你怎麼知道我們要找杜老闆？」老貓道：「我哪知道你們要找他？杜先生是我的客戶，我帶他回來圓夢。」

杜老闆道：「畢哥，多年不見，沒想到我們再次碰面卻是這樣的場合。」

圓臉男一副老鳥的模樣：「這樣我們也算同梯了，你想圓什麼夢？」

「還不是我那不成材的兒子，把麵攤亂搞一通。」杜老闆伸手摩著平頭，感嘆道，「我煮了一輩子麵，也沒什麼遺憾，就想要回來煮一碗正正經經的麵給他吃，讓他看看一個麵攤應該有的樣子。」

「好！像個煮麵師說的話。」圓臉男讚歎罷，不假思索地道：「既然你也要託夢，不如兩夢混作一夢，你煮麵給兒子吃，我也請我們一家來吃，大家好好敘敘舊，也省事！」說完低聲問我：「我搭他的夢，可不可以不算費用？」

我白了他一眼：「你一次拉這麼多人入夢，系統流量負荷很大，要另外加錢！」

杜老闆道：「沒關係啦，我點數很多用不完，分他一些，大家熱鬧點也不錯。」

「你點數用不完？」圓臉男吃驚地看著杜老闆，連謝謝都忘了說。

「那麼這就開始吧。」我把棒球帽反過來戴上，道：「歡迎使用本公司的進階付費服務——『真・最終圓夢計畫』！」

黑沉空蕩的舞台上，五盞強力聚光燈照在圓臉男和他的四個家人身上。四周漸次亮起，五個人圍坐在一個麵攤推車旁，湯鍋上熱氣蒸蘊，充滿暖意。每個人面前都有一塊披薩，小兒子拿起披薩，嫌惡地道：「天啊，我可不可以一天不要看到這個東西，至少讓我吃點正常的食物吧。」

圓臉男高聲道：「老闆，來五碗擔仔麵！」

白茫茫的蒸氣後方一人應聲：「馬上來！」那人身影逐漸清晰，卻是麵攤小老闆。他動作倒也熟練，下麵舀湯加味精，隨即送上五碗擔仔麵。

家人中，只有小兒子始終低頭玩著手機遊戲，其他四人都捧起碗來喝了一口。

「噁——這什麼玩意兒，老闆你是賣麵還是賣味精？」妖嬌女轉頭對圓臉男道：「畢葛格你特地回來，卻請我們吃這個？」

「當然不是，正牌的杜老闆應該等一下就會來了。」圓臉男沉著地道，「先講正事。我離開得太過突然，沒有好好跟大家話別，今天找大家來，也算了了最後一樁心願。」

貴婦嘆口氣，道：「你就安心去吧，沒有什麼是不能放下的。」妖嬌女拭淚道：「能夠再看到畢葛格一面，我也沒有遺憾了。」大兒子道：「爸放心，我們會守住你的事業的。」這時小兒子操控的遊戲角色掉下坑洞出局，大聲喊道：「靠——」

圓臉男看了看小兒子，見怪不怪地續道：「刻意選在這個麵攤是有意義的。這裡是我決定投入披薩業的起點，我們家族能夠有今天的風光、財富和好日子可過，也可以說是從這個麵攤開始。我希望大家不要忘本，所以想讓大家一起嘗嘗用心的滋味。」

貴婦道：「我們會永遠記得你的。」妖嬌女道：「我怎麼能忘記你畢葛格。」大兒子道：「爸放心，我會好好品嘗這個味道。」小兒子再次出局，大聲喊道：「幹——」

圓臉男道：「很好。既然大家都這麼懂得感恩，我也放心了。最後有件事要大家幫我。」他環顧眾人，鄭重地道，「冥界結算我這輩子的生命點數，發現不太夠用，投胎條件很差。我要你們把財產盡量捐作公益，讓我換點數投胎得好一些。這些錢本來就是我賺的，你們留一小部分也可以一輩子衣食無缺了，捐出去是還給我，這很公道。」

眾人默然良久，妖嬌女才道：「我燒了很多金紙給你，還有幾百億的支票耶。」

「金紙燒太多早就引發通貨膨脹，冥幣比廢紙還不值錢。」圓臉男揮揮手，「何況生命點數的計算是另外一回事。」

「你要是約在別的場合也就算了。」貴婦幽怨地道，「這家麵攤，在場只有我跟你來吃過。想當年你投資失敗，每天被地下錢莊追殺，我挺著大肚子到處找親戚朋友借錢，才讓你渡過難關。誰知道你有錢了以後搞七捻三，還把我送回鄉下，好聽一點說是照顧你爸媽，其實就是把我遠遠支開。」貴婦一臉陰沉，帶著恨意道：「這些錢不是你賞賜我的，本來就是我該得的。」

「好吧，我確實有對不起妳的地方，妳的份就先不討論。」圓臉男看向妖嬌女，抬抬下巴：「妳多少捐一些吧。」

「我就知道你才不是掛念我們，回來一定有事。」妖嬌女眼神閃躲，打個哈哈，忽然一咬牙道：「我跟著你是看上你的錢，我跟著你那麼久，要名分沒名分，要真情沒真情，你能給我的也只有錢。想拿走我這份，下輩子吧！」

圓臉男一聽怒極，端起碗就想摔過去，卻看見自己的手已經變成半透明，醒悟到自己時間有限，遂壓下怒火，問大兒子道：「你總該捐了吧。」

「我以前曾經問爸爸要不要捐錢給慈善團體，爸說企業的道德第一是要賺錢，第二是要對得起股東。有盈餘，首先考慮再投資，其次配股，至於捐款什麼的在能節稅的範圍內做一點也就算了。」大兒子面無表情地侃侃而談，「我一直記得爸爸教我的管理之道，一定會把您的事業發揚光大的！」

「你——」圓臉男終於按捺不住，猛然起身抓住小兒子吼道：「都給我捐，你們都給我捐！」小兒子被他一鬧，遊戲出局，登時大喊：「NO——」

「齁，實在看不下去啦。」麵攤小老闆罵道：「你們賣黑心披薩賺那麼多錢，還在那邊吵來吵去，太難看了。」

眾人同時拿起湯碗丟過去，齊聲罵道：「關你屁事，煮你的味精麵啦。」小老闆縮起身子，以為會被麵湯潑得一身，煙霧中卻有一人迅捷無比地把五個湯碗抄了下來，安放在攤子上。

「大家都餓了吧，吃碗麵吧。」那人身影浮現，正是杜老闆。

「又是味精麵，換點別的啦。」小兒子抗議道。

「我的麵從來不加味精。」杜老闆心平氣和地道。他俐落地捏取一糰油麵放入摵仔，看似隨意，分量卻恰到好處。接著煮麵、摵水、扣碗、澆湯、淋肉臊、放蝦頭，動作簡潔流暢，雖無表演身段，卻也非常好看。

圓臉男讚嘆道：「光是看老闆煮麵，都覺得是一門藝術。他的湯頭是用蝦頭細火慢燉出來的，配上老肉臊，又鮮又老沉。現在還有人煮麵這麼厚工嗎？」

杜老闆速如風雨般煮好六碗麵，連同自己兒子，一人送上一碗。眾人早已被香味深深吸引，趕緊捧起來喝上一大口。

貴婦首先癡了：「這的確是當年的味道。是我們最困難時吃到的最好吃的味道。」

妖嬌女臉上的世故表情一掃而空：「原來這就是你說了許多年，一直要帶我來吃的味道啊。」

大兒子驚奇地道：「怪不得爸能夠東山再起，這真的太療癒了！」

小兒子放下手機，仰頭咕嘟咕嘟一口氣把湯喝乾，滿足地道：「太好喝了！」

麵攤小老闆放下碗，淚流滿面：「爸，我對不起你，我會努力讓你的味道復活的。」

「太好了。這樣簡單的東西，謝謝大家不棄嫌。」杜老闆面露微笑，「感謝有這個機會，讓我最後一次站在麵攤上，施展修練了一輩子的手藝。我可以毫無遺憾地展開下一個人生了。」杜老闆說罷揮揮手，身影逐漸淡出，化成一縷輕煙去了。

「啊人咧？我還想再來一碗！」小兒子叫道：「老闆，你還沒說，湯裡加了什麼，怎麼這麼好喝？」

「他什麼都沒加，這湯才會這麼好喝。」沉默許久的圓臉男緩緩說道：「好喝，真

好喝，真是用心！」他的身影也淡得只剩一抹影子，眼看就要飄散。

「大格……」貴婦和妖嬌女齊聲呼叫，卻又欲言又止。

圓臉男百感交集：「用心才是王道！用心讓客人吃到一碗好吃的麵，用心讓身邊的人過好日子，用心讓顧客吃得開心又安心……我到現在才明白，是我自己搞砸了一切，活該去當神豬啊！沒想到我就這樣過了一生！」

「唉，煞煞去啦，你風光一世，我實在不忍心看你變成這樣。」貴婦嘆了口氣道，「你放心去，我會幫你做功德的。」

妖嬌女也道：「想想其實你對我還不錯啦，我也會捐一點……」

圓臉男咧嘴笑道：「不用啦，錢妳們留著用。我想通了，也就夠了。」他仰天大喊：「下輩子請讓我繼續當人吧，無論如何再讓我重來一次，家裡再窮、出身再困苦、運氣再差都無所謂！我什麼聰明才智英俊魅力都不要，只要讓我記得這一碗麵的用心和志氣，我一定會東山再起，就跟這輩子一樣！」湯鍋中霧氣蒸騰而起，圓臉男的身影融入白茫茫的水氣之中，直沖而上。四周漸漸陷入徹底的黑暗。

「披薩先生，祝你擁有美好的一生。」我輕聲道。

場燈亮起，5D劇場內空無一物，嘶嘶作響的空調氣流裡，隱隱飄著一種令人懷念的食物香味。

【間奏曲】

鬼月陽間自由行

「又到這個季節了啊？一年過得真快。」我和老貓午休去吃飯時，經過自助餐廳旁的書店，看到雜誌平台上推出了許多旅遊專號，隨手拿起幾本來翻翻。只見雜誌名稱五花八門、別出心裁：

《鬼島鬼月鬼門開——陽間人氣旅遊景點觀光指南》

《Ghost Walker 阿飄散步誌．鬼月特別號》

《鬼島宮廟普渡節慶一本就通！》

《鬼月就吃這個！鬼島祭祀美食大全！》

「這是……」老貓拿起一本旅遊書，「《陽間最美的風景是人》，什麼鬼！陽間當然到處都是人，意思是說鬼島風景沒半點好看就是了。」

我們走進自助餐廳找了位子坐下，天花板上吊著的電視照例固定在新聞台，正播報著鬼月旅遊季即將開跑的報導。

「鬼月終於來啦，我等了好久！」一個看似食欲旺盛的鬍子男興沖沖道，「每天在冥界吃冷飯，嘴裡都要淡出鳥來，真想趕快回陽間去吃頓好的！」

「你新來的吧？」鄰桌一名大叔冷冷地道。
「大哥怎麼知道？」
「只有新來的才會抱持這種不切實際的幻想。」大叔推推眼鏡，「等你上去陽間就知道了，供桌上全都是泡麵、餅乾、罐頭食品，還有根本不準備給人吃的硬邦邦糯米糕，鬼才吃那些東西。」
「二十年前我還在上面的時候，拜拜都是把祖先和好兄弟當成真人誠心招待，一道一道菜認真煮，酒也是一杯一杯分次斟滿。」另外一個看起來十分資深的阿姨搖頭道：「上次回去，你知道我媳婦怎麼樣嗎，她居然在寶特瓶裡裝自來水，丟幾顆米進去就當成米酒，騙鬼啊！」
又一個年輕人道：「不是我在說，那些傳統糕餅和整顆豬頭什麼的也太老派了，大家以為鬼都會自動變成清朝人喔。誰吃那種東西，就不能準備一些正常一點的供品嗎？譬如牛排、握壽司或者泡菜火鍋之類的。」
「唉——」一個小姐長嘆道：「這些也就算了，真要有心也不是找不到東西吃。問題是上去旅遊只能跟團，而且必須團進團出，還有『鍾馗保安警察』隨團防止大家脫隊落跑，防鬼跟防賊一樣，無聊死了！還不如待在冥界比較好玩。」
大叔老氣橫秋地道：「所以說啊，鬼月不去鬼島終身遺憾，鬼月去了鬼島遺憾終身！」

「對呀，對呀！」眾人你一言我一語，竟止不住抱怨起來。

一開始那個鬍子男疑惑地問：「所以你們今年都沒有要去陽間的鬼島嗎？」

眾人齊聲道：「鬼才要去！」

「咦……」那年輕人抬頭望向電視，眾人跟著一看，新聞主播搖頭晃腦地道：「有鑒於近年來鬼月赴陽間旅遊人數急遽衰退，冥政部陽間交流協會宣布，今年決定將自由行名額提高到——每天五千名！」

「自由行！」眾人眼睛一亮。

新聞鏡頭一轉，來到交流協會的記者會現場，一名官員侃侃而談：「過去顧慮陽間安全及旅客脫團滯留不歸等因素，嚴格限制自由行人數。然而這幾年旅客素質已有提升，陽界的『人間部』也希望更多待轉生者前往，以提升中元節檔期的消費力道。因此本協會呈報冥政部核准後，今年將大幅提升每日自由行的名額到五千人。」

鏡頭回到棚內，主播道：「陽間自由行要怎麼玩呢？本台今天晚上的『鬼話連篇』新聞談話節目邀請到旅遊達人和資深背包部落客為大家做介紹，我們先來看看精采的節目片段。」

畫面切到談話節目現場，一名穿著名牌 POLO 衫的旅遊達人侃侃而談道：「除了傳統的搶孤、放水燈和跳鍾馗等活動辦得越來越精緻熱鬧，現在也有一些『好兄弟文創祭』或『阿飄生活節』等創新的活動可以參加喔。」

資深背包部落客則道：「開放自由行，不必再跟團住在『集應廟』或『大眾廟』這類星級酒店，可以利用各地的小廟冥宿，和不同的旅者深度交流。也可以吃遍大街小巷的私家供品，尤其是到夜市走一遭，真是太過癮了！」

眾人看著電視，個個躍躍欲試：「好想去自由行！」

畫面切回棚內，主播親切地道：「即日起，大家可以上冥政部陽間交流協會網站登記報名，或者到便利商店『iborn』便利站辦理喔！」

眾人一聽都紛紛拿出手機上網，連老貓也不例外。我詫道：「你也要去？平常出公差去得還不夠？」

「這可是自由行啊，平常出公差又不能到處玩……」老貓專注滑著螢幕，如臨大敵，

「我有一大堆特休沒休完，不趁暑假淡季去一趟怎麼行。」

「網站掛啦，完全跑不動！」「根本連不上！」眾人紛紛哀嚎起來。

「快去便利商店用『iborn』便利站！」大叔當機立斷。

「來不及啦，你看對面那家小七已經大排長龍了。」年輕人道。

電視上插播即時快報：「自由行消息發布後，冥眾搶著登記，陽間交流協會登記系統的伺服器被流量瞬間癱瘓了！不但網站掛點，連便利商店的便利站也無法登入。憤怒的冥眾衝到交流協會前抗議，協會理事長剛剛出面回應。」

畫面切到陽間交流協會辦公大樓前，理事長對著鏡頭道：「剛剛已經跟部長請示過

這個問題，為了解決龐大的登記需求，部長已經同意由冥政部支援。即刻起，有需求的冥眾可以向你們的轉生業務員辦理登記！」

店裡所有人立刻轉頭看著我和老貓，同時發一聲喊撲了過來，我和老貓同時大叫：

「什麼鬼？我喵！」

記者

當報導者變成新聞當事人

「發稿！發稿！我要發稿！」眼前這位穿著洋裝的美貌小姐急得像是熱鍋上的螞蟻，抓著我道，「有沒有網路，我要把稿子傳出去！」

「網路是有啦……」

「真的嗎！」小姐眼睛一亮，不等我說完就拿出筆記型電腦準備開始工作。

「可是我們的網路只限於冥界，和上面不通喔。」我一邊喝茶一邊慢慢說道。

「不通？」她大叫起來，「那怎麼行，我好不容易跑到一條獨家，現在不發出去，過十分鐘就被別台發走了！」

「別家過十分鐘就報出來的東西，怎麼能叫獨家？」

「你很沒哏耶，網路時代什麼獨家新聞能撐超過十分鐘，先發的當然就是獨家……唉呀，浪費五分鐘了啦！」她氣急敗壞地道。

「小姐請妳冷靜一下，人都已經到這裡來，就沒有什麼好罣礙的了。現在沒有什麼比規畫未來更重要。」

她看著手錶，抱頭崩潰道：「完了完了，一天的辛苦就這樣白費了。」

「到底是什麼大新聞？」我好奇地問。

「你自己看。」她把筆電螢幕轉過來，雙手掩面不想理我。

我看著螢幕上的文字稿：

【廚神陷緋聞風暴，連狗都嫌】

廚神緋聞風暴越演越烈，就算親上火線開記者會解釋也是越描越黑。不僅他代言的好幾種商品廣告立刻下架，擔任行政主廚的婚宴會館遭到新人退訂，今天記者獨家發現，廚神已經顧人怨到——連自家的狗都嫌。

主人回到家，一打開大門就搖著尾巴衝出來又叫又跳，這是廚神的愛犬「歐多拜」平常歡迎主人回家的方式。但是在廚神陷入緋聞風暴之後，記者獨家發現，誒～～怎麼今天廚神回家，「歐多拜」卻趴在門後一動也不動，眼光還看著相反方向，好像故意裝作沒看見。

相較於平常的熱情，「歐多拜」今天這麼冷淡，落差會不會太大啦。雖然狗勾不會說話，但說不定是憑著敏銳的嗅覺，聞出了什麼不尋常的味道。看來廚神除了要向社會大眾說清楚講明白，也要和自己家的狗勾，好好溝通溝通。

NEWS135 記者梅貞相獨家報導。

我皺眉道：「這算是什麼新聞？報導廚神的緋聞就已經夠無聊了，還把他的狗也扯進來，根本一點關係也沒有嘛。」

她猛然抬起頭道：「你不知道廚神的相關新聞每天加起來有幾十萬個點閱，是社會大眾最關切的大事！」

我還是搞不懂：「他的狗沒有歡迎主人回家，可能是因為身體不舒服啊，而且這樣就說人家『連狗都嫌』也太隨性了吧。」

「你真的完全狀況外，要知道『讀者只有三秒鐘』，不夠夯的標題根本無法吸引讀者目光！」她理直氣壯地道，「只要能讓讀者點擊、瘋傳，就要強力放送，必要的時候在FB花錢投放廣告都可以，這樣才能衝高流量。」

「等一下。」我忽然想到一件事，趕緊拿起Pad確認上頭的客戶資料，「小姐，可不可以跟妳重新核對一下身分？妳是梅貞相本人？」

「是啊，怎麼了？」

「不對啊，資料上說妳的職業是記者，可是看妳做的事情卻又不像？」

「沒禮貌！我可是NEWS135電視台資深記者，跑過不少大新聞，最擅長在推擠一片的採訪現場鑽到最前面遞上麥克風，曾有『鑽鑽姊』的封號。我的輝煌成就，包括在亂軍之中訪問到第一個榮獲奧斯卡獎的鬼島導演和諾貝爾獎得主。別以為這是誰都做得到，採訪現場幾十個記者加上瘋狂粉絲一擁而上，可是能把人夾扁的，那推擠力道之大沒有經歷過的人無法想像。我靠著身材嬌小又會鑽，總是能鑽到第一位去。」

「那妳都問了大導演跟諾獎得主什麼問題？」

「呃，我問他們現在覺得怎麼樣。」

「切，這誰來問不都一樣？那麼拚又有什麼意義？」

「太不一樣了！我搶到最前面，本台的麥牌才最顯眼啊。」

「麥牌是什麼？」

「就是貼有本台標誌的麥克風啦，這都不知道。」她說著說著忽然沮喪起來，「唉，記者過往的成就並不代表永遠的光榮。我今天又錯失了獨家，這個星期的獨家則數和當月累計點擊數都無法達到ＫＰＩ（關鍵績效指標）的規定了。沒想到在我記者生命的最後，卻是以連續三個月不合格告終，真是有辱我資深記者的身分。」

「妳不是電視台的文字記者嗎，怎麼也要管網路流量？」

「現在誰不用手機看新聞？電視台廣告也都跑到網站這邊來了，所以記者不僅要做帶子，也得隨時發稿給網路編輯台。長官不看收視率改看流量，我們每天為了衝點擊數，都搞得神經衰弱。」鑽鑽姊一邊抓著雜亂的頭髮道。

「有了，這裡有幾個投胎標的非常適合妳。」我翻著最新的「歡慶記者節轉生大放送」特價優惠ＤＭ，一面道，「一個是糞金龜，扒糞工夫一流，並且可以推動比自己重一千倍的糞球，拚勁十足；還有沙鼠，這是一種非常焦慮的老鼠，每天拚命收集大量的草根準備度過旱季，收集到遠遠超過需要量的十倍。剛好牠也非常擅長鑽洞喔。」

「是滿像我的寫照啦。」她一會兒才回神，「什麼？你說我下輩子得去當老鼠？」

「不是老鼠，是沙鼠，學名叫作 *Gerbillinae*……」

「等一下。」鑽鑽姊眼睛一亮，「你說記者最適合投胎當老鼠？有沒有記者投胎別的統計？其他各行各業的也要！這可以做一則超有哏的報導，點擊數絕對超高！」

「小姐，別再執著於前世了。」我認真提醒她，「趁著本公司現正推出『歡慶記者節二十四小時獨家現場連線轉生方案』，在一天之內決定投胎標的的話，可享紅利生命點數二十四趴的優惠喔。」

「二十四小時……二十四小時之內我就得投胎了嗎？」鑽鑽姊這才回到現實，傻愣愣地道，「所以我二十四小時之後就會完全忘記這輩子的事情，徹底GG了？」

「沒有錯。以前轉生公司還沒民營化的時候更快呢，人一來報到孟婆湯就馬上給妳灌下去，根本沒得囉唆。」

「那怎麼行？」她再度激動起來，「我可是本台碩果僅存的資深文字記者，要是沒有我，其他人怎麼扛得起來？」

「妳不是連三個月KPI都沒達標，哪有差？」

「嘿！別瞧不起人！」鑽鑽姊一整個抖擻起來，「我雖然抓不準網友的胃口，點擊數衝不高，但要說到跑『真正的』新聞，透過報導拯救民眾於水深火熱之中，還是得靠像我這樣資深、用功又優秀的記者。那些新進的小朋友，萬一遇到重要的大事，一定只能在旁邊剉咧等。」

「這樣啊？」我漫不經心地應道，「真不放心的話，是可以回去看一下。」

「回去看一下？」

「本公司最先進的『望鄉台5D劇院』提供每一位轉生者個人客製化的陽間即時連線新聞報導……」

「即時連線！」她興奮地道，「我要看，我要看！」

「那就到劇院去，走！」

登登登登，權威感加上情緒激動的片頭音樂，畫面切到棚內女主播。

主播：「歡迎收看冥間全暝電視台『妳給我記者』特別報導。記者為了民眾知的權益，在新聞現場衝鋒陷陣，為此拚到做了一個過勞往生的動作，實在令人動容。究竟資深記者來報到後，同事們能否頂上她遺留下來的大洞，馬上連線現場記者來關心。」

鏡頭轉到電視台大樓正門。冥視記者：「這裡是NEWS135電視台，每天都有許多廢聞，喔不，新聞從這裡播送到全國各個角落，讓民眾隨時掌握最新的廢……新聞。」

鏡頭迅速拉近大門，跳接樓上會議室，幾個記者正在等著開晨會。

冥視記者：「記者們每天早上都要在這裡開晨會，分配採訪工作。」

鏡頭轉到記者們的特寫。

記者甲仰天長嘯：「幹！這下完了啦。」

記者乙義憤填膺：「操！怎麼會這樣，我的大神，妳怎麼掛掉了啦。」

鑽鑽姊臉上閃過得意之色：「稱大神太不敢當了，沒想到這些小朋友平日跟我沒大沒小的，私底下還算懂得尊敬前輩。」

記者丙搥胸頓足：「大神啊，妳這時候掛掉是要我們怎麼活啊？沒有妳，我們都不知道該怎麼跑新聞了。」

我疑惑道：「這麼誇張，原來妳這麼有分量，失敬失敬。」

鑽鑽姊假作謙虛地道：「沒什麼啦，呵呵。」

記者甲低頭敲了敲筆電：「還是不行，持續掛點中。」

記者乙長嘆一聲：「找不出有哏的新聞，看來今天要被主管罵到臭頭了。」

記者丙如喪考妣：「ＰＴＴ——妳他媽為什麼要當機啦，看不到八卦版我們上哪去找題材啊？」

記者們齊聲：「ＰＴＴ妳快回來——」

我忍不住笑出來：「結果大神說的不是妳啦。」

鑽鑽姊頓時臉上三條線，錯愕地道：「沒有人想到我嗎？我是真的掛掉了，一條活生生蹦跳跳的人命啊，和你們一起工作的採訪前輩忽然走了，你們一點感覺也沒有嗎？」

「說到掛掉。」記者甲看著其他人，「鑽鑽姊昨天忽然走了，真叫人感慨。」

鑽鑽姊附和似地道：「對嘛對嘛。」

記者乙：「她實在是累死的。操！我們記者的工時實在太長了，毫無勞動人權可言。電視台根本把我們當成畜生在操，要是我們敢反映一點不滿，就威脅要用工讀生取代我們來抄ＰＴＴ！再這樣下去，我們遲早也要掛點。」

記者丙：「雖然鑽鑽姊有點老派，老是在講以前的新聞環境怎樣怎樣，新聞價值如何如何，聽到都快煩死了。可是她一走，感覺忽然冷清了不少。像PTT掛掉這種大事發生的時候，至少她會有辦法。」

鑽鑽姊得意地道：「現在你才知道？」

這時一個人忽然陰森森地冒出來：「一群笨蛋，鑽鑽姊就是現成的新聞題材啊。」

記者甲嚇了一大跳：「主任！你從哪裡冒出來的，不要嚇人好不好。」

記者乙：「你說鑽鑽姊就是一個題材？」

採訪主任語氣誇張：「NEWS135記者梅貞相為了追求真相奉獻生命，在最熱愛的新聞工作中倒下，死得其所，太值得大加報導了！」

鑽鑽姊不屑地道：「發神經，我明明就是被你這種無能長官累死的。」

記者丙：「這要怎麼做啊？」

「這也要我教？」採訪主任不耐地分配起工作，「找幾則鑽鑽姊的代表作，搭配臉書上的一些生活照，再去採訪幾個親朋好友就行啦。」

記者甲恍然：「我懂了，可以剪接她每次都鑽到最前面的採訪過程，凸顯她奮不顧身的工作態度。」

記者乙：「而且用大量生活照凸顯她青春、積極、熱愛生命又多采多姿的生活。」

記者丙：「親朋好友們記憶中的鑽鑽姊一定是孝順父母、溫柔善良，連小學老師都稱讚她整齊衛生守秩序！」

我看著鑽鑽姊道：「大家對妳印象不錯嘛。」

鑽鑽姊不悅地道：「我走了沒人感到難過，都只想著要消費我，太無情了吧。」

採訪主任打了個呵欠：「光這樣點閱率不會高的啦，還要加一些幕後花絮，像是報稿猛吃螺絲啊，鑽到一半跌倒啊，總之是一些凸槌畫面，跌倒的時候有穿幫的話更好！」

一直在旁邊不說話的新進記者丁有些猶豫：「這樣會不會太消費鑽鑽姊了。」

「想太多！」採訪主任嗤之以鼻，「我們把她包裝得那麼好，怎麼會是消費她？好啦，大家別窩在這裡，趕快出門上工去！」

鑽鑽姊罵道：「白癡主任，居然真的要拿我當新聞，沒新聞不會上網找行車記錄器影片，或者看臉書的爆爆公社啊。」

「等一下！」記者乙瞪著螢幕，「爆爆公社上面有哏！」

「怎樣怎樣？」眾人好奇地圍了上去。

記者乙：「爆爆公社張貼了一段影片，標題是『漏網影片爆真相：NEWS135 猝逝記者生前用身體換新聞，曾和廚神一前一後進摩鐵』。」

他點擊影片使之播映，畫面上出現兩輛轎車，頭尾相接地進入摩鐵，鏡頭帶到兩輛車上的駕駛分別就是鑽鑽姊和曾因不倫戀引起軒然大波的廚神。影片字幕寫道：昨天猝逝的 NEWS135 記者梅貞相，被爆在採訪廚神外遇緋聞案期間，曾和廚神一前一後進入摩鐵，形跡可疑，令人懷疑該記者是否「用身體換新聞」。

「屁啦！」鑽鑽姊跳了起來。

採訪主任舔了舔嘴唇，整個人興奮起來：「沒想到鑽鑽姊這麼猛，我怎麼不知道有這種事？」

記者甲不屑地道：「這算什麼爆料，當天是我和鑽鑽姊搭檔，我最清楚。她是因為忽然肚子狂痛，才不得不衝進摩鐵解決。誰知道廚神好死不死也在這個時候進去。當時所有同業都有看到，鑽鑽姊不到二十分鐘就出來啦，如果真的有問題早就被報導到翻掉。哪個混帳在這種時候上傳這段影片，用心太險惡了。」

「肚子痛到非得進摩鐵？」我疑惑地看著鑽鑽姊。

「只要跑新聞夠久都會有胃潰瘍或者精神性腸躁症ＯＫ？那時候我真的肚子狂痛，不立刻解決的話就得拉在褲子上了。」她氣急敗壞地解釋，「我明明很快就出來，同業都有看到。拜託，我也是很挑的，就算要搞婚外情也不會跟廚神那種貨色好嗎？」

記者乙問記者甲：「那你怎麼沒有陪她進去？」

記者甲：「那怎麼行，萬一到時候被傳說我跟她上摩鐵，豈不是跳到黃河也洗不清，只能讓她自己開車進去。」

記者丙問：「那另外這一則也是真的嗎：梅貞相曾和某部長在車震勝地河堤外停車場密會一小時，動機成疑。」

採訪主任：「齁，你很沒哏耶，沒知識也要有常識，沒常識也要看我們家的電視——這當然是真的。」

我再次看向鑽鑽姊，她七竅生煙地道：「那是因為採訪國家機密，某部長不想被人發覺，所以才去隱秘處密談。」

採訪主任忽然變得目光深邃：「這個爆料很有哏耶，做成新聞點擊數一定超高的。」

「哏你媽啦！」鑽鑽姊暴怒。

記者丙質疑：「鑽鑽姊只待了二十分鐘，這樣能代表什麼嗎？」

採訪主任撫著下巴，半瞇著眼：「我看以廚神那德性，連洗澡大概二十分鐘差不多就辦完事了。」

「那我來做這條！」記者丙毅然決然地道。

「不行，這條線是我挖掘的。」記者乙斷然道。

「看爆爆公社算什麼『挖掘』？」記者丙毫不相讓。

「你們說的那是什麼話。」記者甲義正辭嚴地插口，「我跟鑽鑽姊最熟，還是現場見證人，要做的話當然要讓我來做！」

「大頭啦！你們媽媽知道你們在這裡發廢聞嗎？」鑽鑽姊氣得快炸了，「你們還算是人嗎？那是我耶，是我耶，是昨天還在這裡和大家並肩作戰互相代線的我耶！我一掛掉竟然要拿我當祭品，有沒有搞錯啊！」

新進記者丁怯生生地開口：「我覺得這樣不太好耶，畢竟鑽鑽姊是我們的前輩，平常對我們也不錯。」

「這麼弱還想當記者？」採訪主任瞪了他一眼，「大不了處理成鑽鑽姊為了跑新聞不擇手段，不，是奮不顧身、不計毀譽。」

「反正我們不做，別台也一定會做。現成一堆帶子在這裡，不做白不做！」記者乙毅然道。

「你們說得對！」記者丙奮然道，「既然要做，不如做大一點。時間不早了，大家趕快分頭去採訪鑽鑽姊的親朋好友，尤其要讓她的小學老師說出她從小就很不衛生之類的話，總之有哏做哏，沒哏也要變出哏來！」

「喝！」眾人齊聲呼喊，精神抖擻地上工。

「啊——怎麼會這樣啦，快阻止他們！」鑽鑽姊抱頭哀嚎起來，這時螢幕上變成一片雪花雜訊，劇院場燈亮起。

我安慰她道：「所以我說人要向前看嘛。不如這樣，妳趕快喝下孟婆湯，徹底忘記這一切，就再也不會有任何困擾了。」

「不行！」她大聲喊道，「事關我的名節呀，怎麼能算了？我要開記者會澄清！」

「這可麻煩了。」我為難地道，「雖然本公司有提供『最終圓夢專案』服務，可讓妳對重要的人託夢，交代一些重要的事情。但是開記者會要召集許多人一起入夢，這就太強人所難，也沒有先例。」

「我不管！既然你們有這『最終圓夢專案』服務，就應該滿足顧客的需要。」她威脅道，「你不肯幫忙的話，我就跟冥界的媒體爆料投訴！」

我苦笑著道：「媒體不是這樣用的吧。」卻不免心虛了起來，因為冥界媒體被許多滯留的待轉生記者把持，八卦嗜血的程度不比陽間遜色。長官三令五申，不能讓媒體抓到把柄，也不能讓更多記者耗著不去投胎。

她似乎看出我的遲疑，步步進逼：「你幫不幫？」

「好吧。」我無奈地道，「妳給我名單，我把這些人都拉進夢裡來。不過我得先聲明，免費服務項目裡不包含『開口權』，也就是說妳在夢中是不能說話的。」

「不能說話？」她歪著頭想了一下，隨即果決地道，「不要緊，我會播放摩鐵的監視錄影帶，證明我的車和廚神的車進入不同房間。必要的時候還可以叫廚神出面澄清。」

「我還得提醒妳一件事，夢境是人潛意識的具象化反映。妳一次拉一堆人入夢，那是眾人潛意識的交會，妳一個人的精神力量未必能夠控制大家，到時候很有可能出現難以預料的變化。」

「鐵證如山，有什麼好怕！」她異常堅定地道，「反正我速戰速決，不讓其他人的潛意識來得及反應就是了。」

「好吧。」我雖然有不祥的預感，但也只能戴上繡著「Dreams Come True」字樣的紅色棒球帽，大聲道：「歡迎參加『最終圓夢專案』！」

一團混沌夢中，景象越來越清晰。

在一個豪華的大型會議室中，數十名記者擠得水泄不通，後頭靠牆架滿了一整排電視攝影機，文字記者們或蹲或坐，拿著筆電準備隨寫隨發稿子，前方的長桌上也已架好幾十支貼著各家媒體標誌的麥克風，正面牆上則張貼著大幅輸出背板，寫著：真相不容移花接木！梅貞相清白無誤！

和一般記者會不同的是，長桌上放了好幾台平板，播放著各家網路新聞的最新動態。記者會還沒開始，網站上已經打出各種即時快報：「駭人聽聞，鬼魂召開記者會！」「『鬼扯？』猝逝記者託夢喊冤！」

在眾人的期盼之中，鑽鑽姊從側面走入，頓時鎂光燈閃成一片。鑽鑽姊在正中坐定，試著張嘴發聲，果然無法講話。這時各家媒體又發出快報：「自稱冤魂欲語還休，是否另有隱情？」「面對質疑啞口無言，猝逝記者託夢難澄清。」

鑽鑽姊見自己還沒發表任何意見就已經被標題人格謀殺，不由得心中火起，但她畢竟熟知媒體生態，知道這時在鏡頭前的一舉一動都會被放大檢視，因此強忍情緒，按下播放鈕，想要讓摩鐵的車道監視錄影畫面來還原現場。

這時夢境中的場景一轉，所有人都變成置身在摩鐵的車道上，飄浮在空中俯瞰著兩台轎車一前一後進入。鑽鑽姊開著前頭那台，神情痛苦、滿頭冷汗，轉進第一個房間的車庫，鐵捲門還沒放下就趕緊衝進房內廁所。廚神的車則繼續直行，開進相隔甚遠的另一個車庫裡去。

人群中傳出一個ＯＳ，是某個入夢者的心聲，朦朧又清晰地道：「是這樣沒錯，那天我也在摩鐵外面，梅貞相很快就出來了，根本沒事。」

同時間卻傳出另一個ＯＳ：「騙誰啊，這種影片要造假太簡單了，」一前一後進摩鐵絕對是約好的。」這時車道上再次出現鑽鑽姊和廚神駕駛的兩台轎車，駛入隔壁車庫，而廚神在鐵捲門放下前一溜煙跑進了鑽鑽姊的房間。那ＯＳ道：「這才是真相吧！」

第三個ＯＳ則道：「哪有那麼麻煩。」影片再次重播，兩台車竟一起駛入應該只能停放一台車的車庫裡，鐵捲門迅速放下，還飄出許多愛心符號。

眾人心思各異，ＯＳ此起彼落，影片不斷重播，兩台車不斷重新駛入，上演各種不同版本，最後多個影像重疊顯現，畫面雜亂不堪。各家媒體的網站也不斷發出更新稿：「監視影像疑似造假，鬼喊冤越描越黑。」「鬼話連篇，猝逝記者為求新聞自甘墮落。」

鑽鑽姊眼見夢境失控，心中怒吼：怎麼變成這樣！廚神你給我出面說清楚！

場景「咻」地再次一轉，變成在摩鐵的套房中，鑽鑽姊和廚神並肩坐在圓形的水床邊，數十架電視攝影機和照相機幾乎挨著他們圍攏著不斷拍攝。

鑽鑽姊焦急地示意廚神說話，廚神還沒開口，記者群中先飄出一個淫穢的ＯＳ：「在摩鐵房間裡不是穿成這樣的吧。」霎時間鑽鑽姊和廚神變得衣衫不整，閃光燈亮個沒停。鑽鑽姊用強大的意志力死命玄想，讓自己穿回整齊的衣服。但記者們各自發揮想像，兩人身上不停變換各種造型打扮，什麼鏤空裝、全套SM、制服扮裝等輪番顯現，伴隨著無數OS的譏笑、謾罵和嘲諷，鑽鑽姊幾乎快被逼瘋。

記者們紛紛伸長了手遞出麥克風，逼問道：「你們不倫交往多久了？」「上過幾次摩鐵？」「什麼時候開始的？」鑽鑽姊像是身處在強烈風暴之中，痛苦萬分，記者們卻一點也不放過她，甚至連熟悉要好的NEWS135同事都無情地逼問：「妳的家人知道嗎？有什麼話對他們說？」

鑽鑽姊茫然地抬頭，忽然瞥見記者陣容後方，和她分居好一陣子的老公也在現場。他守著一台攝影機，不時留意畫面是否穩定，臉上卻透露出憂慮的表情。那是整個現場唯一為鑽鑽姊感到擔心與同情的面孔。

霎時間，所有的人都消失了，只剩下鑽鑽姊和老公。老公依然憂鬱地操作著攝影機，黑黝黝的鏡頭帶著冷酷的氣息，而鑽鑽姊拚了命想說話卻開不了口。她起身想要走到老公那邊去，腳底下卻忽然裂開一道深淵，她猛然墜落，驚駭得尖叫出聲。

夢境消退，燈光大亮，鑽鑽姊跌坐在5D劇院地板上，抱著膝蓋痛哭起來：「我早該知道，記者一向只報導他們覺得有哏的東西。虧我自己幹記者那麼久，一旦變成當事人卻忘得一乾二淨，開了反效果的記者會。」

「唉，記者們把事情想歪的集體潛意識實在太強大，這不是妳一個人可以改變的。」

我安慰道，「沒關係啦，反正大家只會覺得是一場夢，醒來也不會太當回事的。」

「剛才在夢裡，我才發覺自己真正在意、想要解釋清楚的對象只有大飛一個人。」

「大飛是誰？」

「是我老公，不過我們分居一陣子了。」她嗚嗚嗚哭了一陣，喪氣地道：「事情會變成這樣，應該是報應吧。」

「報應？」

「我做過很多報導，一開始以為自己是在揭發真相，幫忙受害者，但後來卻發現其實害到無辜的人。」她也不擦掉淚水，怔怔地望著前方，「譬如有一次某個小學發生老師打學生的事件，我們第一時間衝到學校，那個老師拒絕受訪，揮手把攝影機推開，我們回來之後剪了一段新聞，描述老師粗暴推擠記者的凶惡態度，許多家長看了新聞之後都認定她不適任。可是我們後來才曉得，其實那個事件根本是家長誇大編造出來的，只是想趁機要錢而已，我們成了幫兇……」她嘆了口氣道，「唉——怪不得大飛常說：『當有一天你發現能害的人比能幫的人多，你就了解這一行的本質了。』」

「聽起來滿有道理的，這位大飛兄看得真透徹。」

她黯然道：「我們是大學新聞系同學，畢業後一起投入記者這個行業。我們原本以為，抱著同樣的理想奮鬥可以走得更長久，然而沒日沒夜的工作卻讓我們越來越疏遠。記者每天都在追逐大事，同一天裡可以體驗從最溫馨到最慘不忍睹的各種事件，好像非常充實精采，但回頭一看，自己的人生卻是空白一片。唉，沒想到我就這樣過了一生。」

「大飛還在當記者嗎？」

鑽鑽姊搖頭道：「幾年前他厭倦了電視台記者工作，認真跟我商量辭職的事，那時候我雖然也很倦怠，但丟不下記者的光環，畢竟麥克風伸出去，什麼大人物都得回答你的問題，自己總有一種地位崇高的錯覺。所以我不但不支持他，還罵他失去理想，兩人終於大吵一架鬧翻了。」

「游大飛，『實在大水餃』創辦人。」我上網搜尋，意外地道，「水餃？」

「是啊，他離開新聞界之後就跑去賣水餃了。他大概對這一切徹底心灰意冷了吧。」

「他的官網寫得很有趣耶。」我把網路上的文字念出來：

實在大水餃，追求的不是大，而是實在。曾幾何時，我們吃的水餃越來越大顆，餡料越來越花俏，卻再也吃不到熟悉的麵香和扎實的飽足感，換來的只有味精過量造成的打嗝反胃。實在大水餃和在地小農合作，採用本土小麥粉、人道飼養自然山坡地放生豬、有機蔬菜等食材，不添加任何人工調味料，真實呈現食物的本味。

我讚歎道：「哇，一個水餃也弄得這麼厚工。而且他們店裡兼賣有機蔬菜，還創辦《實在小農新聞市集》網路媒體，報導生產、消費和食安議題呢。」

「我一直想著有空要去他店裡吃吃看，可是每天都有跑不完的新聞，每個月都有達不到的流量規定；他寄報導網頁的連結來，我隨手滑滑覺得內容似乎很有趣，但馬上又反射性地在裡面尋找有沒有可以做報導的哏，只要沒哏就丟開，竟一篇也不曾認真讀完。」鑽鑽姊悔恨地道，「我總是想過幾天有空再來看，有空再去他店裡，沒想到卻已經沒有機會了。在他心裡，一定也對我非常失望吧。」

「那可不一定。」我點開官網上的子頁面，「每一期《實在小農新聞市集》最後一個專欄固定是『實在沒新聞』，用幽默的語調報導溫馨的農人故事。刊頭上畫著一枝梅花，那不就是借用妳的姓嗎？」

「咦？」她瞬間湊了過來，詫異地道：「真的耶，我怎麼從來都沒發現。」

「所以妳從來沒認真看就是了。」

「這個嘛……」她不好意思地打哈哈。

「所以『沒新聞』其實是『梅新聞』的意思囉。」

「讀書的時候他開玩笑說要辦一個媒體，就叫『梅新聞』，專門報一些正面陽光的故事，而我說這違反新聞學原則，猛潑他冷水。沒想到他不但記得這件事，還在刊物裡實踐了。」她微微顫動起來，激動地道，「我好想吃他的水餃噢。」

「真是太令人遺憾了。」我低調地道。

「你一定有辦法吧。」她睜著天真無邪的大眼睛看著我。

「有辦法什麼？」我盡量裝死。最近服務的客戶都拖拖拉拉不肯爽快去投胎，所以我自己也沒有達到公司ＫＰＩ規定的每月成功轉生流量，眼看離成仙的目標越來越遙遠，所以趕緊勸道：「妳已經把免費的託夢服務用掉了，想上去吃水餃必須使用自費方案，也就是扣抵生命點數，可是妳現在的點數已經少得可憐，再扣就連沙鼠也當不成了。」

「這樣啊？」她有些猶豫。

「是啊，自費託夢太不划算了。不過講兩句話、吃兩顆水餃，然後孟婆湯立刻生效洗掉全部記憶，等於沒講沒吃，卻必須扣除點數影響到下輩子的幸福，太不務實了。」

「真的。」

「真的假不了，假的真不了。」

「你都不會想吃吃看嗎？」她笑容燦爛地慫恿道，「這麼實在的水餃耶，難道你對這個世界沒有一點好奇心，沒有探究事情真相的勇氣，沒有想把這個好康訊息向親朋好友分享的衝動？」

「我又不是記者。」我笑容燦爛地回答道，「而且我可以明天休假的時候去吃。」

「明日復明日，明日何其多，等明天你又懶了。揀日不如撞日，今天你就去吃吧，順便帶我去一趟！」她賴皮地道。

「妳只要付費就可以去啦。」

「我點數不夠用啦。」她一時認真傷感起來，「雖然我剩下的時間有限，但大飛還有很長的人生，他還會帶著我們的回憶繼續走下去。如果我不跟他好好說幾句話，我們的關係就永遠停止在最糟的那一刻。這也許對我不再有意義，但是對他有意義，對我們曾經交集的生命更是意義重大！」

「要命。」我嘆口氣道，「好啦，我用我的『扣打』給妳特別優惠。這次託夢之前，妳必須先喝下延遲發作的孟婆湯，既然是吃水餃，就來碗酸辣湯吧——等妳把該說的話說完，孟婆湯就會發作了。」

「那就上菜吧！」她堅定地道。

我反戴起棒球帽：「好的，歡迎使用本公司的進階付費服務——『真・最終圓夢計畫』！」

黑沉空蕩的舞台上，鑽鑽姊和大飛相對而立，兩盞聚焦的強力燈光各自照著他們。四周漸次亮起，出現熱鬧的人聲，洋溢著溫暖的空氣，那是水餃大鍋的蒸氣，也是人們分享美味食物的愉悅氣氛。大飛站在大湯鍋前，專注地凝視著沸水中翻騰滾轉的水餃，等時間對了，便迅速將餃子撈起。

「讓妳久等了。」他送餃子上桌。

「是我來晚了。」她輕聲道。

「來得正好，這批食材今天剛剛送到。」他溫暖地一笑。

「哇，看起來就很好吃。」她心情激動得彷彿隨時都會流下眼淚，小心地夾起水餃咬破一角，將蒸氣吹散，然後送進嘴裡。但她吃了之後並沒有流淚，而是心神和暢，眼前發亮。當餃皮和餡料在口中散開的瞬間，場景一轉，兩人置身在及腰的金黃色麥田之中，放山豬在他們腳邊奔跑嬉戲，韭菜在水邊開滿白花，無數鳥兒盤旋飛翔，樹蛙跳躍鳴叫，石虎自在穿越麥稈……

她發揮記者本能問道：「你用了什麼特別的材料？」

他道：「跟一般的水餃一樣：麵皮、豬肉、韭菜、薑末和一點簡單的調味。」

「不可能！這和一般的水餃完全是不同的東西。」

「那是因為，我們每一項材料都選用友善土地的本土自然產品，不僅沒有農藥和化肥對人體的傷害，更可以吃到食物吸收陽光和土地能量的真正風味。」

她自然而然放慢了咀嚼速度，口中乍聞平淡樸實的味道越咬越有滋味，忍不住讚歎：「實在太好吃了，沒想到自然的食物味道是這樣層次豐富、複雜深刻。」

她將一顆水餃夾起，在陽光下細細端詳，發覺自己的手有些透明，這才猛然想起自己前來的目的，忙道：「我是來跟你說，今天電視上關於我的報導都是假的……」

「我知道。」他臉上掛著淡淡的微笑。

「你知道？」

「妳忘了我也當過很多年電視台記者，新聞要能信，什麼東西都能吃了。」

「你說反啦，新聞要能信，所有東西都不能吃了。」

「對齁，謠言起於記者，新聞人就是唯恐天下不亂啊。」兩人默契十足地哈哈笑了一陣，大飛又道，「我不看電視很久了，根本沒有看到妳說的什麼新聞，我只在意妳這一陣子過得好不好。」

她眼眶一紅，哽咽道：「大飛對不起，你找我商量辭職的事，我卻說了那麼過分的話，又那麼久沒有聯絡，你一定對我失望透頂了。」

大飛撫著陽光下搖曳的麥穗，緩緩道：「我接觸友善農業之後，體會到生命都有自然的周期和節奏，勉強不來。我知道妳只是還沒有到那個時間點，所以也不急著打擾妳，只在這裡靜靜地等著。」

「你在等我？」

「對啊。」大飛燦然一笑，「我用水餃店的收入支持《實在小農新聞市集》營運，報導各種土地和生產的新聞議題。我一直在等妳來和我一起實現當年的夢想。」

她搖頭道：「這個我們以前討論過了，雖然理念崇高，但我不覺得有機會成功。獨立媒體沒錢、沒資源，記者身分甚至不被政府機關認同，很多場合都進不去，讀者又少，影響力實在太小了。」

大飛沒有直接回答，走到水邊，俯身摘取一株布滿蟲咬孔洞卻肥厚挺拔的青菜，在清澈的水中略略沖洗一下，便直接放進嘴裡咬了一口，然後遞給她。她猶豫了一下，試著吃吃看，味道竟意外清甜。

「妳看。」大飛悠悠地道，「以前人們也覺得友善農業陳義太高，是個難以實踐的理想。但是後來發覺，用農藥和化肥製造出大量又廉價的食材，不僅缺乏美味與營養，甚至對人產生傷害，還是必須回歸自然才行；我心目中理想的媒體也是這樣，讓讀者和土地直接聯繫起來，看到真正影響我們未來的問題，一起往更好的方向走。我們雖然小，但是影響力已經逐漸擴大。」

「你真了不起。」她看著自己越來越透明的身影，難過地道，「而我卻迷失了一輩子，離你越來越遙遠了。」

大飛忙道：「不是這樣的。是妳巨大的能量不斷激勵，我才有動力完成這些事。」

「你不用安慰我了……」

「妳難道還沒想到，為什麼我選擇賣的食物是水餃嗎？」

她恍惚地抬頭，彷彿想起了什麼，思緒不斷湧出，忽然醒悟道：「因為我們讀書的時候每天吃冷凍水餃？」

「對呀！」他開心地道，「那時候我們很窮，有一陣子每天都吃冷凍水餃，我非常沮喪，吃得萬念俱灰。可是妳為了鼓勵我，總是裝出一副吃得津津有味的樣子，讓我重新打起精神來。我那時就想，等將來賺了錢，一定要讓妳吃好吃的。」

「大飛……」

他握緊她的手道：「我在創業過程中遇到困難，一想到妳工作時奮不顧身的樣子，馬上又能夠堅持下去。」

「謝謝你！」她淚流滿面，隨著身影的消散慢慢鬆開了手，「就讓我成為麥田上的一隻蜻蜓，好好看著你的夢想隨著麥子發芽、成長吧。」

「謝謝妳！」

一陣好風吹來，麥浪翻湧不已，映照著一片金色的波動，而後光線緩緩暗下，變成令人寧靜安穩的幽闃。

「記者小姐，祝妳擁有美好的一生。」我輕聲道。

場燈緩緩亮起，5D劇場內空無一物，卻有一股蒸騰溫暖的麵香始終揮之不去。

冥河忘川有限公司

【間奏曲】

多元適性轉生方案

「少年耶，我跟你講，我的生命點數一定很高的啦！」接待室來了一位老阿嬤，非常固執地道。

我叫出資料，見她點數只是一般，便委婉地道：「阿嬤，妳的點數還算過得去，我幫妳介紹一些比較優惠的投胎方案……」

「黑白講，我的點數絕對足高！」阿嬤打斷我，巍巍顫顫地取出幾本黃舊的小冊子——那是自己裁剪各色紙張，再用釘書機釘起來的小冊，上面用原子筆寫得密密麻麻，邊緣磨得褶皺起毛，釘書針都已生鏽黃汙。「這是我二十年來的『功過格』，每天我都會記錄，有功記功，有過記過。你看——」

阿嬤將一本冊子遞過來，我小心翼翼地打開，上面寫著：

某年月日，施給貧乏者百元，一功。

某年月日，敬尊長、睦同輩，一功。

某年月日，閨門端莊靜好、寡言笑，百功。

間或也有：

某年月日，待妯娌姑妗猜心薄道，十過。

某年月日，打牌，五過……

我一邊看，阿嬤一邊道：「我算過，功過相抵之後，平均一天大概有三功，二十年下來至少有兩萬多功了。」

「『不管小兒奴婢遺棄米粒，百過』，這一條是幹嘛？」

「這是叫人愛惜食物啦。」阿嬤取出一本《文昌帝君功過格》，「你自己看，上面都寫得很清楚。」

果然書上巨細靡遺地寫著各種行為規範：閨門看戲燒香趕會，一次十過；四十歲後無子，受制於妻不納妾，百過；拒一私奔婦女，三百功；雕去爆竹炮上文字不使爆爛踐踏，大炮一個一功，編炮一封十功……我快速瀏覽，幾乎忍不住笑出來：「阿嬤，這些規定很多都過時了啦。」

「少年人不要亂講話，對神明不敬。」她一把將《文昌帝君功過格》搶回去，熟練地翻到某頁，指著一條道：「你看，苦守節操，無量功捏！自從我尪婿過身以後，我沒有再嫁也沒有交男朋友，真正是苦守節操，光是這一條，神明就許我無量功德，下輩子可以當好命人！」

我看著她固執的表情，只好想個讓她容易理解的方式來說明：「妳拿的這個是舊版的啦，現在的積分標準改過了喔。」

「舊版？」阿嬤如遭雷擊，一時傻了，「你講這是什麼意思？」

「就是說，妳實際的分數跟妳自己計算的不一樣。」

阿嬤頓時崩潰：「你一定是講白賊話！我每天都有記錄，記了二十年啊，有時候不小心記了過，就趕快多做好事把功德補回來。隔壁賣菜的阿成仔常常對我拋媚眼，其實我也覺得他很古錐，可是從來都不理他，就是為了這個無量功啊……」

唉，這類客戶雖然不是第一次遇到，總是非常棘手，當她們發現自己執著了一輩子的事情不是那麼一回事，那就麻煩了。我趕緊唬弄道：「阿嬤妳別著急，我幫妳介紹幾個物件，保證好命的啦。」

「我才不會給你騙。」阿嬤瞬間由悲轉怒，「你們這些做業務的，講的比唱的好聽，其實都在騙人。我要去法院『按鈴申告』，把我的點數要回來！」

我們沒有去冥界法庭，而是按照規定先到冥政部的訴願委員會。沒想到一進大門，屋內人山人海，群情鼓譟，每個來訴願的人和業務員都同樣怨氣沖天，激動得不行。

我剛好瞥見老貓的身影，上前一把抓住，問道：「這是怎麼回事？」

「你沒看電視？」老貓白了我一眼，「還不都是新的『多元適性轉生試辦方案』搞出來的飛機。」

「我聽過這個方案，說是為了讓轉生者找到適才適性的投胎標的，還可以讓新生者優質化、均質化，大有利於社會祥和，因此特別推出的試辦措施。」

「官員說的話能聽才有鬼。」老貓不屑地道：「說得多好聽，辦起來完全不是那麼一回事。原本老老實實按照生命點數分發多好，現在搞什麼多元轉生，加計一大堆藝術點數、運動點數、保持清潔衛生點數……複雜得要命，根本沒人算得懂。很多點數高的人，參加這個方案以後反而分發到很差的投胎標的，鬧出一大堆問題。」

旁邊一位聰明伶俐的女生插口道：「對啊，像我本來可以當海豚的，卻分發成山豬，這太扯了吧。」

一個腿部肌肉發達的男子也怒道：「我第一志願填獵豹，結果卻變成海豹，根本莊孝維。」

「我才寃呢。」狀甚平凡的中年人溫吞地道，「我知道自己的點數要當『人上人』有點勉強，那就保守一點，當個『普通人』簡簡單單過一生算了。沒想到分發單位說，最近選『普通人』的轉生者太多，名額不夠，我還得被往後擠。可是我本來也有一點機會當『人上人』的啊！」

「這種分配方式確實太瞎了。」我沉吟道：「可是我覺得原本的生命點數計算方式，好像也太過僵化，不能反應時代多元的變化。」

「喵的咧，那是你沒分配到參加試辦才這樣說。我管他什麼時代變化，為了這個他喵的方案，我每天都往這裡跑，已經連續加班兩個禮拜了！人生本來就是一場不公平的遊戲，生命點數計算方式不夠周全，那也是人生的一環，看各人運氣好壞啊。」

我覺得他太偏激了，但還不及答話，阿嬤忽然氣沖沖地從後面拉了我一把：「少年耶，你是有要幫我辦還是沒要幫我辦啊？」

我靈機一動，不懷好意地看著老貓，大聲道：「辦！我馬上幫妳申請加入『多元適性轉生試辦方案』，妳的『堅持到底點數』一定超高，可以拿到很棒的投胎標的啦！」

老貓跳腳道：「別亂丟案子過來，我喵！」

律師

我們的正義感是浮動的

「我拒絕出庭！我沒有收到開庭通知！」穿著黑白法袍、面色冷峻的中年男子道。

「先生，我說過好幾次了，這裡不是法庭……」

「我要求辯護人在場，你們有沒有公設辯護人？」

「這裡是轉生服務中心……」

「我要求閱卷、要求全程錄影錄音、要求備份光碟！」冷面男語氣益發犀利。

我不用看檔案也知道他是一個律師，而且也已經見多了各種各樣無法接受忽然下來報到的人們，因此只淡淡地道：「先生，你說的那些東西這裡都沒有。我是幫你安排投胎的業務員，會依你這輩子累積的生命點數，提供最適當的投胎標的。」

「我知道這裡是陰曹地府，地府不就是冥界的法庭嗎？你說要用什麼點數來判斷我的投胎標的，那不就是司法裁判嗎？有法庭有裁判，就應該提供上開事物。你誰都能騙，就是騙不過我！」

「你緩和一下，先喝點水。」我倒了杯水遞給他。

「這不會就是傳說中的孟婆湯吧？」他狐疑地看著杯子裡面，又放回桌上。

「你多慮了，我們不會使用詐術，而且孟婆湯有很多口味的。」

「我不管！」冷面男再度爭辯起來，「本人並非現行犯，你們卻對我逕行拘提，違反《刑事訴訟法》第八十八條的規定。我要求看《生死簿》！說不定你們要抓的只是另一個穿著黑白相間衣服的人，那也可能是一隻台灣黑熊啊！」

我把Pad推到他面前，點開「生死簿app」，滑到他的那一筆：莫公平，男，己酉年十月十日生，天秤座，四十七歲，住址XXXOOO……

「這是什麼鬼東西，我要看正式官方文件。」他對Pad不屑一顧。

「這就是正式文件，現在推行無紙化，不用紙本了。」我把Pad收回，「先生，你來到這個地方，就已經充分證明你的陽壽已盡。趁早面對現實吧。」

「這不符程序正義……」他忽然激動地道：「而且你們憑什麼裁判我的人生？」

「生命點數是按你自己的行為計算出來的，每個人最終還是得為自己負責。」我順著話頭把Pad上的轉生物件點開，「我幫你看一下最近的超值優惠方案……誒，這個好，非常適合你——吸血蝙蝠。」

「不，吸血蝙蝠只有晚上才吸血，我們律師白天晚上都吸——」他面無表情地道，「這個笑話太老哏了啦。」

「你還挺有幽默感的嘛。」

「別跟我嘻皮笑臉！」他冷冷地道。

「好吧。」我按照SOP，先舒緩他的心情，「你剛來這裡，不免難以接受，或者對陽間還放不下。說說看，有沒有什麼掛心的事？」

「徐總那筆錢還沒收到。」冷面男雙手抱胸，認真地道，「哼，他離婚爭取孩子的監護權，說他年收入百萬，孩子應該判給他。但是一談到律師委託費就說錢都拿去繳房貸，只想做免費諮詢，討價還價半天砍成六折。這下可好，你們把我拘來這裡，八成要讓他賴掉了！」

「誒，大律師，錢財乃身外之物，無論如何你也帶不來這裡不是嗎？」

「我可以留給家人啊，你不知道私立學校學費有多貴！」

「大律師很關心家人嘛。」我故作輕鬆地道，「想不想看看他們現在的情形？」

「你說可以看到陽間的情形？」他的表情有些動搖了，「什麼人都能看嗎？」

「沒問題啊，本公司的『望鄉台 5D 劇院』能讓你如臨現場。」

「收費多少？」冷面男想都不想就問。

我笑容滿面地道：「完全免費！」

「那就先回我的事務所去看看。」

我們來到望鄉台劇院，場燈暗下來後，銀幕隨即亮起。

黑畫面白字卡：「冥河忘川有限公司呈獻」。震撼音效。登登登登，威嚴宏大的片頭音樂，畫面切到棚內戴著黑框眼鏡的資深主播。他一字一句緩緩念道：「大律師您好，歡迎收看今天的『黑白蜘蛛網』。大律師忽然撒手人寰，對家人、工作夥伴和委託當事人都造成很大的衝擊，究竟他們現在的處境如何呢？讓我們繼續看下去。」

鏡頭切到「莫公平聯合律師事務所」。現場記者：「這裡是大律師生前一手創辦的律師事務所，合署的律師和行政助理們對於失去前輩都感到十分哀傷。」

律師甲面帶戚容：「莫道長走得真不是時候啊，嗚嗚嗚。」
律師乙也道：「是啊，莫道長一走，真是太教人難過了。」
我道：「沒想到你還滿受敬重的嘛。」
「沒禮貌。」他理所當然地道，「律師可是『在野法曹』，為社會實踐正義的，我曾幫助過很多人，也不吝提拔後輩。」
「原來如此，失敬失敬。」我接著疑惑地問，「為什麼他們都叫你道長？」
他道：「鬼島比較資深的律師都互相稱呼對方為道長，這是常識。」
律師甲忽然抱頭哀嘆：「他手上爛攤子一大堆，現在全都變成我們要處理了啦！」
律師乙握拳怒吼道：「我也有很多案子要忙啊，昨天半夜一個當事人酒駕肇事，又被 Call 去處理到天亮。我已經三天沒睡了，還要幫莫道長擦屁股，現在好想咬人啊！」
堆積如山的案卷文件堆忽然沙沙作響，一雙熊貓眼從中冒了出來：「早～～」
所有人都嚇了一跳，兩名律師叫道：「你在呀？」
那熊貓眼的行政助理一副快往生的樣子道：「這幾天我都沒離開過～～」
冷面男指著助理道：「他不會有事吧？我是說，他的陽壽應該還沒用完吧。」
我打開檔案確認一下：「沒事。雖然也快了，但至少還有幾年。」
「那就好。」
「你這麼關心同事啊。」

「不，我只是想，萬一他現在也掛掉，事務所就麻煩了。」冷面男不帶感情地道。

行政助理翻翻行事曆，虛弱地道：「莫道長今天有兩個庭～～案卷都在這裡，你們自己認領吧～～」兩個律師心不甘、情不願地接過案卷翻了幾下。

「簡單！」律師甲一邊咬著三明治，一邊打著呵欠道，「叫當事人認罪，跟法官交換緩刑。」

「搞定！」律師乙啃著御飯糰，兩眼充血地道，「民事讓步，放棄爭取賠償金，交換對方將刑事撤告。」

「就照莫道長一向以來教我們的方法辦～～」行政助理道。

「呵呵呵呵。」三人無力地乾笑幾聲。

「這……」我好奇地問，「怎麼說得好像要去菜市場討價還價？」

「實務上就是這樣。」冷面男懶洋洋地答道，「只要不是太複雜的案子，能不能贏、能跟對造交涉到什麼程度，大家都心裡有數，剩下的就是例行公事而已。」

「我看他們好像都不太在乎案情？」我探頭看了一下案卷，「譬如這一件，當事人明明是綠燈亮了才起動，剛過停止線就被側面闖紅燈的來車撞上，完全是受害者。對方不但否認違規，還告他過失傷害，可是你同事卻要當事人放棄賠償要求，交換對方撤銷刑事告訴？」

「他沒裝行車記錄器，附近的監視器也都沒錄到，肇事責任分析結果又對他不利，有什麼辦法？」

我忍不住質疑：「律師不是應該盡力幫當事人澄清事實真相？」

「兄弟，不管案情如何，要是證據不利，法官心證就在那裡，也只能自認倒楣。硬做無謂的抵抗不但沒有勝算，到時候還判得更重，吃虧的還是當事人。」

「這算哪門子的實踐正義？」我嘀咕道。

「有多大的尻川（屁股）才吃多少瀉藥，有多少籌碼才打多大的官司；而且啊，反正委託費是一樣的，訴訟案件成本太高，能和解結案就要盡快了結啊。」他不屑的看了我一眼，「你也是幹業務的，這點道理應該懂吧。」

「我是沒差啦。」我抽抽鼻子，「反正當事人冤枉吃虧，或者幫別人打官司敷衍了事，最後都會在生命點數上討回公道。」

他似乎被這話刺中，一時有些洩氣的樣子。銀幕上霎時變成雜訊，劇場內的燈光也亮了起來。

「我想看看家人，可以嗎？」他淡淡地道。

「可以啊。既然你已經用望鄉台看過事務所，那麼家人的部分，就趁著頭七返家日去看看吧。」

冷面男的家沒有想像中大，裝潢和家具也都只是中上等級。材料多用皮面、石材和磁磚，到處亮晶晶的，卻顯出一種不常有人在其間活動的冷清之感。

我張望一番道：「我以為律師事務所負責人的家應該更豪華些。」

「你不曉得，其實律師這行外強中乾。」他頓了一頓，感嘆道，「二十年前一個案子費用五到六萬，現在還是這個價錢，委託人又動不動三折、五折的亂砍。現在當律師很落魄啊。」

「說落魄太矯情了吧。」

他搖搖頭：「現在律師多，大家削價競爭，職業收入排名早就跌到十名外了。可是為了撐面子，該有的開銷還是不能省，大家都很辛苦。」

客廳靠牆一角擺了一張小桌，簡單陳設著牌位和小小的香爐算是靈堂，除此之外一如平時，連一張冷面男的照片都沒有。

一個高中生穿著跆拳道服從裡間快步出來，逕往大門走去。

「兒子！」冷面男喚道。

一名穿著貴氣的婦人追了出來，叫道：「你要去哪裡？」

「老婆！」冷面男喚道。

「練拳啊，不然穿成這樣是能去哪。」兒子愛理不理地道，「下禮拜有比賽，大家都在集訓，我不能缺席。」

「你可以請假呀。」

「不想。」兒子轉身要走，卻撞到了供桌邊角，髖骨一陣疼痛，惱羞成怒地道：「沒事把這張桌子放在這裡，害我撞到了啦。」

「這是你爸的供桌耶！」太太不可置信地睜大眼睛看著兒子，「今天頭七，法師要來念經，你爸也會回來家裡，你好歹等做完法事再走。」

「他就算回來，應該也是先去事務所吧。」兒子沒好氣地道。

我看了冷面男一眼：「還真被他說中了。」

太太又急又怒：「你怎麼這樣說！」

「不然要怎樣？」兒子大聲叫道，「妳不要管我啦！」

冷面男衝到兒子前面，虎吼一聲：「你怎麼這樣對媽媽說話！」

兒子只覺一陣陰風吹過臉上，一種熟悉的不悅感油然而生，暗暗打了個哆嗦道：「好討厭的感覺，好像老爸在這裡。」

「我就說你爸會回來。」太太道。

「我在這裡沒錯啊。」冷面男用力揮手，對著兩人大聲道，「喲！嘿！你們的靠山，一家之主回來了！」

太太和兒子同時一陣冷顫，異口同聲地道：「好討厭的感覺，好像他真的在這裡。」

兒子握拳道：「好想踹人啊，我要去道場啦！」

太太絞扭著雙手道：「好想買包啊，其實我也很想去ＶＩＰ封館特賣呀！」

兒子道：「那我們一起出門吧。」

「不行啦。」太太亂搖著腦袋，茫然道，「再怎麼說他終究是這個家的支柱，這一切都是他帶給我們的，要好好幫他超渡啊。」

「這倒是，他罪孽太重，的確滿需要的。」兒子沒好氣地道。

冷面男和太太同時怒道：「你說什麼？」

「說老實話，我覺得自己根本就不認識他。」兒子語出驚人，「他一年到頭都不在家，回來就只是睡覺，有時候半夜回來，待沒兩個小時接到電話又跑出去。我在電視上看到他的時間還比較多，可是他上電視都在幫壞人講話！每次跟同學在餐廳的電視上看到他，我都想挖個洞躲起來，害我都不敢再跟同學去吃東西了。」

「我又何嘗不是呢？」太太一把眼淚一把鼻涕，「你同學還不見得知道電視上那人是你爸，但我的姊妹淘都是來吃過喜酒的，她們每次酸不溜丟地在那裡說閒話，我連躲的地方都沒有。」

「所以妳才那麼愛買名牌包，買到家裡都沒地方放？」兒子一瞬之間長大了。

「所以你才故意跟你老爸唱反調，硬要去練那種踢來打去的運動？」太太霎時之間理解了孩子苦悶的來由。

「媽！」

「兒啊！」

母子倆在靈前抱頭痛哭：「我們從此以後再也不用假裝了，嗚嗚嗚！」

冷面男尷尬地道：「喂！我人還在這裡啊！」

「嗯咳，請節哀。」我拍拍他肩膀安慰道。

「唉。」冷面男嘆了口氣，「也難怪他們，我確實太少在家了。白天開庭、寫狀，晚上喝酒應酬，三更半夜還常被當事人叫去警局處理各種狀況。我連自己喘息的時間都不夠了，哪有辦法多陪他們？最後只好送小孩去念私立學校，讓老婆盡情購物，當作補償他們的方法。」

我道：「其實只要好好溝通，他們應該不難體諒你的難處吧。」

冷面男苦笑道：「律師最可悲的一點就是，無論在外面如何雄辯滔滔、舌粲蓮花，回到家卻無法跟親人好好講道理。」

「至少你太太和孩子終於彼此理解，從此同心同德、貫徹始終，呃，我是說相依為命了。」

「這也算一種歪打正著嗎？因為我的缺席，讓他們母子的關係更加緊密了。」冷面男眼神空洞地望著家人，「沒想到我就這樣過了一生。」

「別灰心，這輩子的缺憾，下輩子可以好好來過。」我趁虛而入，「你要不要看一下這個轉生方案——負子鼠，可以讓你與家人緊密相連。或者袋鼠也不錯，剛好這兩個方案現在都有特價，宣傳口號也挺動人的：一起跳躍吧，親愛的家人！」

「不，我還有責任未了！」冷面男一瞬之間恢復了冷靜，「聽說你們有什麼免費的『最終圓夢專案』是吧。」

「是啦，但你所謂的責任是？」

「是一個老客戶，他最近有場官司要打，我得幫他。」冷面男眼神銳利地道。

「老客戶？」我問。

「是好客人。」

「是個受冤屈的社會賢達嗎？」

「是個惡名昭彰的詐欺慣犯。」

「這算哪門子的好客人？」

「因為有錢又一直闖禍啊！」冷面男說得天經地義。

「不是我在說。」我按捺不住道，「這和你所謂的『實踐正義』差太多了吧。」

「相信我，沒有一個律師喜歡把自己搞得灰頭土臉，誰不希望成為正義的代言人？」冷面男像是被按下重播鍵般滔滔不絕地道，「但為什麼我們會接這種被大家唾棄的案子？因為我們的信念是，任何人，包括被社會不齒的人，都有受到公平審判的權利。而只有律師在法庭上為他辯護，才能夠真正有一場公平審判！」

「挺有道理的，可是你剛剛不是才說這個『好客人』的優點是有錢又一直闖禍。」

「我也有老婆孩子要養啊。」

「切！」我嗤之以鼻，「所以你說得那麼冠冕堂皇，也都只是場面話罷了。」

「也不完全是。」冷面男推了推眼鏡，「我真的義務幫很多弱勢和貧困人士爭回公道，在江湖上有『公義律師』的稱號。」

「真搞不懂你們的道德觀。」

「律師的道德觀基本上是隨案子浮動的，當受害者的處境激發我的正義感時，『公義律師魂』就會完全燃燒，沛然莫之能禦；至於幫詐欺犯打官司的時候，就在商言商，喔不，依法論法囉。」

「好啦。」我懶得再聽下去，「你不是要去幫你的『好客戶』，這就走吧。」

他領著我到盆地東南角的近郊，一處位在山谷裡的高級美式住宅區。社區環境封閉幽靜，不受外人打擾，一棟棟獨立洋房在陽光下顯得無限美好。

「就是他。」冷面男向前一指，那人四十多歲，外型光鮮，就算四下無人依然帶著滿面笑容。他穿著略帶油氣而還算體面的襯衫，十分幹練的樣子。

我好奇問道：「你說他是詐欺慣犯，他都做了些什麼？」

「這傢伙長得漂亮又能言善道，什麼都能搞。賣假外幣、騙女孩子買鑽石卡、用假投資案吸金，拿這些錢買豪宅買名車買公司，營造自己是成功人士的形象，再設計更大的假投資案。」

「他都不會被識破嗎？」

「當然會，不然我怎麼會有生意。」冷面男難得興奮地道，「他什麼人都能說服。有一次黑道上門逼債，拿出刀子來要砍斷他一隻手掌，他竟然還能冷靜地大力稱讚對方非常專業，想委託幾個案子，講得對方心花怒放，事情也就混過去了。」

「看你衷心讚歎成這樣，根本是和他氣味相投才一直幫他的吧。」

「我們都靠講話生存，所以純粹從專業角度欣賞對方的技術能力也無可厚非。」

我聳聳肩道：「既然他那麼厲害，你有什麼好放心不下的？」

「就是因為這樣，怕他聰明反被聰明誤。」冷面男習慣性地推推眼鏡，「平常騙人，就算一時露出破綻，也可以用天花亂墜的語言來遮掩蒙混；但法官、檢察官和對造律師都是全神貫注地拆解你的謊言，所說的每一句話也都被書記官記錄在案，即便當場沒被抓包，事後慢慢閱卷總會找出破綻。所以我每次都要再三勸他不要耍小聰明。」

「原來如此。」

「我已經計畫好了，在『最終圓夢專案』託夢的時候稍微嚇嚇他，讓他在法庭上不敢亂開口。」冷面男胸有成竹地道。

「先提醒你，免費版的託夢是不能講話的。」我先盡到告知義務。

「這個我曉得。憑我的實力，就算不開口也能幫人辯護！」冷面男傲然道。

「好吧。」我轉動 Pad 上的時鐘，跳到隔天凌晨詐欺犯入睡的時候，然後取出「Dreams Come True」棒球帽戴上，進入了冷面男和詐欺犯的夢境之中。

一團混沌夢中，景象越來越清晰。

幽暗陰森的城隍廟大殿上，兩側立著判官、各司司官、范謝將軍、牛頭馬面和許多衙役，氣氛肅殺。

陰陽司司官喊道：「城隍大老爺升堂！」

眾衙役齊聲喝道：「威——武——」

只見一個沉穩的身影從殿後轉出，踱著方步到堂上坐定。黑暗中雖看不見他的樣貌，但仍令人感到其不怒自威的氣魄。

城隍爺用渾厚的嗓音道：「把人犯押上來！」

衙役們頓時將詐欺犯連拖帶拽地押到殿中，用力摜在地下。冷面男早就在殿中等候，見衙役並未將詐欺犯身上的鎖鍊解開，便一個箭步上前，正要抗議，卻赫然發覺自己無法說話，只好對著鎖鍊比手畫腳。

「大膽！」城隍爺一拍驚堂木，「汝是何人，竟敢擾亂公堂？」

冷面男指天畫地，就是說不出一句話來。

判官對城隍爺附耳道：「稟東家，這是人犯的委任訟師。」

「既是如此，那訟師有何話說？」

「想來是要堂上除去人犯枷鎖。」

「那就暫且給他除下。」衙役們得令，隨即上前解開鎖鍊。城隍爺按程序先對詐欺犯進行人別訊問，確認姓名、年齡、籍貫、職業、住所等，然後一本正經地告知：「人犯！汝得以保持緘默，無須違背自己之意思而為陳述；得選任辯護人。如為低收入戶、中低收入戶、原住民或其他依法令得請求法律扶助者，得請求之。汝明白嗎？」

詐欺犯油腔滑調地道：「庭上，我的委任訟師不就在這兒嗎？」說著向冷面男一比。

冷面男想提醒他別多嘴，苦於無法說話，只好誇張地在嘴邊做個拉上拉鍊的手勢。

詐欺犯卻似乎不以為意。

城隍爺忽然暴喝：「兀那賊徒！汝肆行欺詐，騙取他人血汗錢財，汝可知罪？」

詐欺犯隨即喊道：「冤枉啊庭上，我……」

「來呀！」城隍爺一拍驚堂木，「上拶指！」衙役們餓虎撲羊般圍了上去，用五根小木條夾住詐欺犯的手指，用力一拉繩索，詐欺犯當即痛呼失聲。

冷面男急忙衝上前去，向城隍爺用雙手比個大叉叉。

城隍爺壓著一邊眉毛：「訟師何為？」

判官道：「想是不許刑求之意。」

城隍爺怒道：「這等刁徒，仗恃三寸不爛之舌百般狡辯，若不用刑豈肯吐實？」

判官附耳道：「東家，如今審案不比從前了，不許刑求的。」

「當真不許？」

「當真不許！」

「果然不許？」

「果然不許！」判官小聲道，「會犯天條的。」

「罷了。」城隍爺無奈地道，「給他去刑！」

衙役們除了刑具退下，詐欺犯得了便宜，口中喃喃地道：「唉呦喂呀，痛死我了。再怎麼清清白白一個人，像這樣嚴刑逼供，最後也難免屈打成招，哪裡有什麼正義可言……」

「等一下！」一旁的書記官忽然高聲喊道，「你說太快了，我來不及打字。重來，一句一句慢慢說，一邊看你前面的電腦螢幕確認記錄是否正確。」

「喔。」詐欺犯愣了一下，「唉呦喂呀逗號痛死我了句號」

喀啦喀啦打字聲，螢幕上顯示：「唉呦喂呀，痛死我了。」

「再怎麼清清白白一個人逗號」

螢幕上顯示：「再怎麼清清白白一個人，」

……

好不容易等詐欺犯重新把話講完，書記官輸入已畢，瞬間「啪！」地一響，城隍爺又拍驚堂木，指著後方厲聲道，「汝且仔細瞧瞧，渠等全係遭汝所騙（停下來等書記官打字），因而傾家蕩產，乃至於債台高築的可憐之人（停下來等打字）。汝若尚有一念天良未民，（轉頭對書記官）不是此民，而乃三點水旁之泯（等書記官修正錯字），就該痛悔前過，自承其非（停下來等打字），如此本官或者還可從輕發落！」

詐欺犯回頭一看，地上跪著一大排人，全都是被他騙得十分淒慘的受害者。眾人連連磕頭，連番呼號道：「城隍爺，我一生辛苦積蓄都被他騙走了，那都是我幾十年來省吃儉用的血汗錢啊，若不能討回公道，我就活不下去了。」「我媽生了重病，他卻忍心把醫藥費全都騙光，一點良心也沒有！」「請城隍爺為我們作主！」

詐欺犯好整以暇地道：「請庭上不要聽信一面之詞，我從未強迫任何人加入投資，他們完全都是心甘情願的。要說這法庭上有誰應該負責，那麼應該是他們要對自己的貪念負責。」冷面男聽得滲出一頭汗來，不斷作勢要詐欺犯少說話，但自己怎麼也發不出聲音，無法代為答辯，只能乾著急。

「飾詞狡辯，毫無悔意！」城隍爺驚堂木拍上癮了似的又是一記，「來呀，把這奸人的舌頭拔下！」

詐欺犯有恃無恐地道：「庭上，根據《刑事訴訟法》第一百五十六條第一項，被告之自白，非出於強暴、脅迫、利誘、詐欺、疲勞訊問、違法羈押或其他不正之方法，且與事實相符者，得為證據。換句話說，刑求是不行的。」

城隍爺道：「汝倒知律法。」

詐欺犯不無得意地道：「所謂久病成良醫嘛，這法庭我也算是走慣了的。」

「哼！今日好教你知道人算不如天算！城隍乃是陰司，不受人間律法管轄！」城隍爺獰聲道，「書記官停打、錄影機止錄、關門、放狗、用刑！」衙役們再次一擁而上，拿著令人生畏的巨大鐵鉗就往詐欺犯口中夾去。詐欺犯舌頭被夾，登時「嗚嗚嗚」地慘呼起來，告訴人們則是一片叫好。

冷面男大驚失色，衝上前去激烈揮手，大表抗議，眼見城隍爺撇過頭去假作不見，憤怒地衝上階梯在公案上重重一拍。

「啪！」城隍爺一拍驚堂木，怒道，「放肆！竟敢衝撞本官，冒犯公堂，來呀，把他拖出去！」

冷面男卻無懼色，大手一揮逼退衙役，大義凜然地對著城隍爺指點比畫。

城隍爺不耐煩道：「汝究竟意欲何為？」

判官附耳道：「他還是要抗議用刑一事。」

冷面男用力點頭，反手指著詐欺犯，嚴正要求停刑。

城隍爺摘下老花眼鏡，冷笑一聲：「訟師，你倒仔細瞧瞧，本官乃是何人？」

冷面男凝神一看，幽暗之中城隍爺的面容益發清晰，不由得倒抽一口冷氣——那城隍爺竟然長得和自己一模一樣。

城隍爺哈哈大笑，起身摘去官帽、除掉官袍，露出一襲黑白相間的律師袍，大聲道：「我就是你，你就是我！真正想用刑摘掉詐欺犯舌頭的人，就是你自己！」

這時詐欺犯長聲慘呼，摀著嘴在地上打滾，滿臉鮮血。冷面男大叫一聲，四周情景全部消失，燈光大亮，卻是置身在5D劇院之中。

「這是怎麼回事？」冷面男激動地質問，「我明明是詐欺犯的訟師，應該幫他的，怎麼反而變成刑求逼供的城隍爺？」

「夢就是人的潛意識。」我淡淡地道，「其實在你內心裡，對詐欺犯並不以為然，很想好好教訓他一番吧。」

冷面男頓時氣沮，愣了半天，終於低聲道：「說實話，他真是宇宙無敵大爛人。」

「那就是了。」

「我為了維持收入而不斷接詐欺犯的案子，也一直用『職業倫理』之類的藉口說服自己。可是即便徹底了解他的犯罪手法，看見被害人的慘況，覺得他可惡透頂，我還是無法真的痛恨他。」冷面男低下頭，「也許我暗暗覺得自己做的事情和他骨子裡是一樣的，指責他就是指責自己吧。」

我試著安慰他：「至少你內心深處還有一個公正不阿的城隍爺，想給他一些懲罰。」

「我的良心……已經泯滅很久了。」冷面男痛苦地道，「詐欺犯的犯罪受害人中有我的高中老師，我竟然還幫著詐欺犯說服老師接受和解。」

「喔？」

「當時因為金融海嘯，詐欺犯損失不少錢，沒有財產可以賠償——表面上是這樣說，私底下當然已經把錢轉出去了。他要賴皮，說如果被害人控告到底，反正自己名下沒有財產，法院也無從強制執行。但若是大家願意和解，他會想辦法湊錢，賠還四成。」

我道：「真是有夠奸巧，這樣不但可以脫罪，還穩賺六成。」

「受害者大多想，與其勝訴卻拿不回半毛錢，不如和解，多少拿回一部分。」冷面男嘆口氣道，「詐欺犯更可惡的在於，他要所有被害人都同意和解，才歸還這四成，結果不願和解的人反而必須承受其他被害人的壓力。」

「嘖嘖嘖，真是壞透了。」

「我的老師始終堅持控告到底，最後只剩下她一個人不願和解，還被大家指責是害群之馬。」冷面男沉默良久，「我每天去她家拜託，分析利弊，動之以情，什麼話都說過了。老師終於不再反對，說既然是我承接這件案子，就讓我全權處理。我當時鬆了一口氣，只想到可以順利結案，現在回想起來，我是把老師對我的信任出賣了。」

「別太難過，人生的遺憾太多，認真盤點起來可沒完沒了。」

「她是我們學校辯論社的指導老師，當年我會走上法律這條路，也是因為老師的鼓勵。我還記得她說，既然我這麼有正義感，又有清楚的思辨能力，就應該好好發揮……」他說得泫然欲泣。

我趁著他精神動搖時趕緊推銷：「逝者已矣，讓我們好好把握來生。這裡有一款限時優惠專案……」

「我不能就這樣離開。」冷面男忽然堅定地抬起頭，「我得去向老師道歉。她當時寧願拿不到賠償也要告到底，是因為詐欺犯從頭到尾都沒有表達歉意，所以我要帶詐欺犯去還她一個道歉。」

「你的免費『最終圓夢專案』已經用過了喔。」我提醒他。

「既然有免費的試用版，也就會有付費的正式版吧。」

「當然，這次你在夢中可以暢所欲言。不過你得先喝下延遲發作的孟婆湯──本日特地為你精選著名的『雙連搓圓仔湯』口味，講完該講的話就立刻去投胎。」

冷面男爽快地點頭：「那就開始吧！」

我把棒球帽反戴過來：「好的，歡迎使用本公司的進階付費服務──『真・最終圓夢計畫』！」

黑沉空蕩的舞台上，冷面男和詐欺犯相對而立，兩盞聚焦的強力燈光各自照著他們。四周漸次亮起，出現嘈雜的人聲，陽光下，微風吹來一種毫不張揚卻沛然充盈的氣息──只屬於校園的青春氣息。冷面男和詐欺犯在一所高中校舍的走廊上緩步走著，老樹篩過的光影在磨石子地板上閃動，一切是那麼陳舊，又那麼新鮮。

「這是高中校舍吧，真是令人懷念。」詐欺犯雙手插在褲子口袋裡，笑容可掬。

「你該不會也是這所學校畢業的吧？」冷面男問。

「我不是啦，不過每一間學校的感覺都差不多啊。」詐欺犯歡快地道，「這讓我想起高中時代，那時真是做了不少蠢事！」

冷面男嚴肅地道：「我不是帶你來玩的，我是要帶你去向……」

「辯論社！」詐欺犯看見社團辦公室門口掛的招牌，興奮地道，「我以前就是辯論社的，他們現在還用新奧瑞岡制嗎？」

「你也是辯論社？」冷面男顯得有些膩味。

「對啊，我都打一辯。一辯要形象好、擅長論述，最適合我了。我還拿過全國大賽的最佳辯士咧。」詐欺犯轉頭問道，「你呢？」

冷面男勉強答道：「三辯。」

「三辯最重攻擊力，確實挺像你的。」詐欺犯回憶起從前來，「我高中很熱中辯論，但是上大學以後就不玩了，你知道為什麼嗎？」

冷面男打斷道：「別閒扯，我時間不多……」

詐欺犯卻不理會他，自顧接著道：「我去打工當推銷員，才發現一件事——在辯論比賽裡，就算你技巧再好，裁判給你再高分，你卻永遠無法說服對手；但在社會上，不管是推銷商品還是與人來往，你要做的是讓對方相信你、喜歡你，這太不一樣了！我在這其中才得到說話真正的樂趣！」

「我沒空聽你炫耀詐騙的心路歷程和樂趣。」冷面男忍不住大聲喝道，「我是帶你來跟老師道歉的！」

「道歉？跟誰？」詐欺犯疑惑道。

冷面男轉頭一指，對面赫然出現老師的身影。場景一變，三人置身在一間陰暗狹窄的老公寓裡，到處堆滿雜物，天花板上都是壁癌。老師病懨懨地坐在一張藤椅上，整個人毫無生氣。冷面男詫異地問：「老師妳生病了嗎？我記得妳家不是這個樣子。」

老師心如死灰地道：「打完那場官司之後，我就變成這個樣子了。而且被騙了那麼多錢，只好把房子賣掉，你師丈也堅持要跟我離婚，我只好搬來這裡一個人住……」

「都是我害的！我對不起老師！」冷面男拉著詐欺犯，嚴厲地道，「就是這位老師，她是你的詐騙受害者，快向老師道歉。」

詐欺犯帶著禮貌性的笑容道：「請恕我記性不好，但是我不記得見過這位阿姨呀。」

「你！」冷面男聽得心頭火起，「你少裝蒜，你用那麼多時間取得老師的信任，講那麼多花言巧語欺騙老師，現在卻說沒見過？」

「我真的不記得了。」詐欺犯無辜地一笑，「可能我見過面的人太多了吧。」

「你的官司都是委託我打的，別想蒙混！」冷面男厲聲道，「我沒有要你做什麼，只是要一句道歉而已！」

詐欺犯理所當然地道：「就算她是『對造當事人』又怎麼樣？雙方既然和解，賠償金也都付清，案子就已經了結了，我們之間沒有任何關係。」

「那只是法律上結案，但你從來沒有任何歉意，這事情就不算真正解決。」冷面男抓住詐欺犯的衣領，兩人不住撕扭。

「哎呀呀！君子動口不動手……」

「你這敗類也好意思說什麼君子……」

「你說我敗類？我要告你加重誹謗，還有妨礙自由、暴力脅迫……」

「告你媽！鬼告得成你就去告吧，趁我英靈未滅，今天一定要伸張正義，拔了你的舌頭……」冷面男忽然詫異地發現自己的雙手開始變得透明起來，一時驚恐地感覺到全身魂魄正在消散。詐欺犯趁著他手上一鬆，掙脫開來想跑，冷面男再次抓住，硬押著他向老師低頭：「道歉！」

「休想！」詐欺犯抵死不從。

冷面男一咬牙，喊道：「我要使用生命點數教訓這個敗類，讓他遭到天打雷劈！」

「碰磅！」一聲巨響，四周白光一閃，詐欺犯被電得吱吱叫，頭髮都燙焦了。

冷面男又喊道：「壓扁他！」

不知哪裡掉下來一個重錘，把詐欺犯壓成一片餅皮。

「拔掉他的舌頭，還有全部的牙齒！」

詐欺犯「碰」地一下恢復人形，痛苦地摀著嘴在地上打滾。

冷面男依舊難消心頭之恨，喊道：「讓他上刀山、下油鍋……」

「莫公平同學。」身後傳來老師的聲音，「不要再折磨他了。」

「老師，他……」

「這麼做沒有意義。」老師黯然道，「就算把他打進十八層地獄，我失去的東西也不會再回來了。」

冷面男聞言一愣，詐欺犯趁此機會一溜煙逃走了。冷面男嚎啕大哭起來：「老師那麼信任我，我卻幫著那個敗類和解了事，我對不起老師！」

「你不用自責。」

「我怎麼能不自責，當初是老師教我辯論的技巧，鼓勵我往法律領域發展，我才成為一個律師，但我卻反過來欺負老師，讓老師受那麼大的委屈。」

老師有氣沒力地一嘆：「就算那個壞人道歉，我也無法原諒自己。我身為教育工作者，卻也利欲薰心被人所騙，才落得這樣的下場。」她一抬頭，看見冷面男幾近透明的身影，驚呼道：「你怎麼了？」

「我已經喝下孟婆湯，這就要去投胎了。」冷面男灰心地道，「本來以為誠心跟老師道歉就能彌補過錯，其實這還是太自以為是了。唉，我這輩子最大的志向是要實踐正義，到頭來卻傷害了更多人。」

「法院的輸贏並不是正義，遲來的正義也不是正義，只有時時正視人心的公道，才有實踐正義的可能。」老師奮力起身穿過一堆雜物，從書架上拿出一本剪貼簿，「這本剪報我就算搬家也好好保存著，你看！」

冷面男接過一看，又是慚愧又是感激，上面全是自己幫助弱勢者義務辯護，以及參加公益活動的報導。有些案子和當事人，甚至連冷面男自己都快要忘記了。一時涕泗縱橫地道：「我這樣對您，您還是這麼寬宏大量……」

「我從來就沒有怪你，何況你臨走前還掛念著要來看我，就證明你始終沒有忘記那最重要的事。」老師蒼白的臉上透露出些許紅潤之色，寬慰地道，「你今天來，其實也是給我機會反省，錯誤一部分是我自己造成的，現在的困境也要靠我自己走出來。我應該感謝你。」

「謝謝老師。」冷面男點了點頭，「如果說我這一生是場拙劣的法庭攻防，幸好在最後，還能有發乎本心的最終陳述。無論轉生法官做出什麼判決，我都願意接受。即便喝了孟婆湯，我也要把此刻的醒悟記在心裡……」

陽光倏然明亮無比，將所有景物消融淡去，變成一片令人無法張望的白色光芒。而在閉上眼的瞬間，四周進入完全的黑暗。

「道長，祝你擁有美好的一生。」我輕聲道。

場燈緩緩亮起，5D劇場內空無一物。只有空調氣流依然像是吹過樹木的徐徐清風，帶著悠緩絕俗的氣息。

【間奏曲】

替死鬼

「第一天下來嗎？」我看著眼前這位年輕人，道「我先登記，請給我證件。」

「嗯。」他沒有多數初來者的難以置信乃至歇斯底里，而是在生澀中帶著幾分老鳥的淡定，他小心翼翼地取出證件，遞過來時眼神閃爍了一下。

我用 Pad 掃描了證件上的 QR code，立即跳出他的檔案資料：「陳〇〇，二十四歲，核定陽壽六十八歲……」看到此處我頓時有所警覺，但暫且不動聲色、假作輕鬆地問：「證件上這張照片是你本人嗎？怎麼你現在看起來反而更年輕的樣子？」

「那是我，以前的我。」他冷靜地道，「拍照那陣子正在憂鬱症，後來好了。」

「這樣啊，那真是恭喜你。」我一面說話鬆懈他的防備，一面把 Pad 推過去，「麻煩你幫我在螢幕上簽個名。」他手指接觸到螢幕的瞬間，系統掃描確認他的身分，頓時警報聲大作，接待室門口的紅燈閃動不已，一隊穿著防彈背心的刑事小鬼大隊特勤幹員隨即衝了進來，不由分說將他壓制在地。

小鬼中隊長喝問：「說，你怎麼會有陳〇〇的身分證，你對他做了什麼？」

他突然哭了起來，「我在河邊遊蕩了七年，風吹日曬雨淋水浸，好不容易才抓到交替的……各位大哥行行好，放我一馬吧，我下輩子一定每天燒香感謝你們。」

小鬼中隊長罵道：「果然是個強抓交替的惡鬼，傷害他人性命、冒用對方身分，活該要送進焚化爐去處理！」

「大哥饒命啊！」他忽然緊緊抓著我，連珠砲似地道：「我原本也是個安分守己的善良老百姓，只因夏季貪圖戲水好玩，被前一個惡鬼抓了交替，身分被搶走無法投胎。儘管如此，我也一直沒有動過害人的念頭，只是那天陳○○到溪裡游泳，下水前沒熱身腳抽筋，嗆得死去活來，我心想反正他是自己溺水的，才一時鬼迷心竅伸手抓他……」他猛然吸了一口氣，大哭道：「我陽壽也沒用完，也是冤枉的啊！」

「鬼話連篇！別人害你，可以當成你害別人的藉口嗎？」小鬼中隊長鐵著臉道，「陳○○陽壽未盡，畢竟是你害了他，這些話你到法庭上去說吧！」

小鬼中隊長將那水鬼拉起，正要押走，忽有一個西裝筆挺的身影閃進接待室，並且俐落地反手將門關上。不等我們詢問，那人便掏出一張證件秀了一下，自我介紹道：「你們好，我是臨水將軍廟水鬼溪分廟的分廟長，抱歉臨時來打擾。」

「分廟長，你來了！」水鬼見到救星，激動地道，「真是地獄見佛啊！」

分廟長向水鬼一點頭，對我們道：「沒錯，我就是這個水鬼的管區。」

小鬼中隊長一副見多識廣的樣子道：「來關說啊？」

「中隊長真是明白人，那就恕我不留名片了。」分廟長慎重地道，「這位水鬼來到我們管區後表現一直很好，不但不曾害人，還時常幫助落水的小孩和迷路的老人家，我甚至曾推薦他參加全國好鬼好事代表甄選。」

我也不是菜鳥了，一聽就曉得他的意思，於是道：「分廟長大老遠跑來，還把這個人說得這麼好，看來非保他不可了？」

小鬼中隊長眼見有一場竹槓好敲，板起臉道：「人已經在這，就沒有放走的道理。何況他還是犯下害人性命重罪的惡鬼。」

分廟長拉著我們走到角落，嘿笑道：「兩位都是老經驗，我也不用瞞你們。在下還有兩個月就要調回總廟去當副廟長了，要是這時候鬧出重大刑案，恐怕不太妥當。」

「呦，恭喜升官啊。」中隊長等著待價而沽。我則疑惑道：「如果是這樣，你們平常就應該把這些孤魂野鬼管束好，而不是等出了問題才來找我們吧。」

「說來慚愧。」分廟長一半抱歉，一半無奈地道，「說來說去，還不都是因為人力短缺！照正規的做法，將軍廟每年出巡時應該讓神轎下水『刈兵馬』，也就是把這些孤魂野鬼招收來當基層警力。但這幾年拜拜的人變少，小廟的預算懸崖式墜落，遇缺不補，不僅無法把野鬼收進來，連日常的巡邏工作都難以維持，才會發生這種事。」

中隊長道：「這些我們不管。重點是分廟長現在有什麼想法？」

「是，是。不好意思給你們添麻煩。」分廟長諂媚道，「我是想，幸好這水鬼還沒有完成報到手續，不如就先讓我帶回去。江湖規矩我懂，兩位這邊我會有所表示的。」

「來過必留下痕跡，你這樣把人帶走，我們很為難。」中隊長露骨地道，「你會有什麼『表示』？」分廟長道：「小廟平日雖然香火一般，幸好下個月剛巧遇上十年大醮，總有些供奉進來。」中隊長聽了滿意地道：「你倒好，忙完大醮荷包滿滿升官去。」說罷兩人相視大笑。

我比較怕事，得先問清楚：「你把水鬼帶回去，會怎麼處置？那個枉死的陳〇〇和家屬又該怎麼補償？」分廟長道：「這個水鬼我就留在廟裡當警力，命他將功折罪；陳〇〇給他個閒差，平白享受香火供奉，等四十四年後陽壽滿了，再還他身分證讓他去投胎；至於家屬，我會安排中一期大樂透，發個兩百萬當成撫卹。」

中隊長頻頻點頭：「我看這樣處置也滿理想。不然公事公辦的話，要通報刑事案件、立案補償枉死者、上法院訴訟……實在太麻煩了。」

「等一下。」我還是覺得哪裡怪怪的，「你既然說沒經費、遇缺不補，又怎麼能一下子安排兩個人進廟？」

分廟長過來附耳道：「我的計畫是先用約聘僱人員把水鬼安插進來，下次掃蕩厲鬼幫堂口時派他率先攻堅……槍林彈雨中萬一不幸殉職也不奇怪……嘿嘿……」

中隊長賊笑道：「真是無毒不丈夫。」

「這太狠了吧？」我詫異地道。

「老弟啊，別忘了這傢伙害死一條無辜的人命啊，這樣讓他贖罪，剛好而已！」分廟長勾著我的肩膀，賊忒忒地笑道：「我們那邊的溫泉很棒，兩位看什麼時候休假來一趟，我安排個四天三夜的五星級溫泉旅館之旅——還有辣妹伴遊喔！」

中隊長一聽難掩喜色：「卯死了，卯死了！」

我心裡卻慘叫一聲：糟了，最近痔瘡發作，不能泡溫泉啊，怎麼這麼不巧？

分廟長看我面露難色，十分阿莎力地道：「不喜歡溫泉喔？還是不喜歡小姐？莫要緊，不管你喜歡男的女的、辣的甜的、熟的嫩的，還是圓的扁的，不必客氣，儘管提出來！」

「不是啦，我……」我並不特別清高，但他越說越是興奮，不斷向我靠近，不由得往後閃躲。忽然間，我的後腰頂到一個圓圓的突起物，似乎壓下了一個按鈕。電閃間意識到那是牆上的緊急事件通報按鈕，霎時腦中一片空白……

接待室大門猛然打開，穿著黑白迷彩服的黑白無常特戰隊衝了進來，將分廟長和水鬼一把抓住。身形矮黑的范隊長向分廟長喝道：「你多次非法入境冥界關說舞弊，這次終於以現行犯抓到你了！」高瘦蒼白的謝隊長則對我道：「感謝你們通報要犯訊息！」

小鬼中隊長不知何時已經和我並肩而立，一本正經地搶著答道：「廉潔自持，提供冥眾廉能有效之服務，乃是我們的天職。」他重重在我肩上一拍，「兄弟幹得好，剛才我還以為你差點動搖了，讓我捏了一把冷汗。」我聽得頭上三條線，但也只能道：「隊長演技一流，成功拖延時間，我才能從容按下通報按鈕啊。」

「呵呵呵。」中隊長暗暗瞪了我一眼，像是在說：「你給我記住！」

黃金剩女

什麼，我媽要幫我辦冥婚？

「你剛才介紹的幾個方案都不錯，我就選擇你推薦的A套餐好了。」眼前這位短髮俏麗、充滿陽光活力的小姐乾脆地道，「至於孟婆湯，你剛才說有哪些口味？」

「嗯，今天有人參烏骨雞湯、上湯山藥鮑魚翅、佛跳牆……還有由黑棗、花生、桂圓、蓮子煮成的『早生貴子』甜湯。」

「怎麼都是一些喜宴菜？」她淡淡蹙眉道。

「今天是好日子嘛。」我隨口敷衍。

「這些我都不要。」陽光女想了想道，「有沒有精力湯？」

「有啊，我們家的『陽光精力湯』很道地，不僅選用最好的生機食材，而且蔬、果、穀、芽俱全。我馬上為妳準備。」我在Pad上敲了幾下，服務生立即將精力湯送來。

「沒想到真的有耶。」她顯得很高興，「喝這個最讓人神清氣爽了。」

「我服務過的客人這麼多，大家喝這人生中最後一碗湯時，都會選擇好喝的口味，或者具有獨特記憶的湯品。在這裡點精力湯的妳還是第一位。」我好奇地看了一下資料，沒想到她已經三十八歲了，看起來才剛三十的樣子。

「孟婆湯固然是人生最後一碗湯，又何嘗不能視為新生來世的第一碗湯呢？隨時準備好自己，永遠都是最重要的事啊。」她粲然一笑。

「太令人敬佩了，難怪妳看起來這麼年輕有活力。」我讚歎已畢，還是按照公司SOP再次慎重問道，「小姐，妳對此生已經了無遺憾，願意放下一切前往來世了嗎？」

「是的。」陽光女非常篤定，「我有相知相愛多年的伴侶，有一隻全世界最可愛的小狗，想吃想去的大都也吃過去過了。雖然並不長壽，但很充實，我覺得非常滿足，也迫不及待想要投入下一個挑戰。」說罷毫不猶豫地拿起杯子，眼看就要一口喝下。

我不由得暗暗讚歎這位客人真是佛心來著，天曉得我已經多久沒有遇到這樣不眷戀前世、不拖泥帶水的轉生者，今天總算能夠準時下班了。

然而就在這時，不知什麼地方傳來「賓嘣！」一響，使她愣了一下，湊在嘴邊的杯子硬生生停住。

「妳有簡訊。」我實在不想說的。

她疑惑道：「簡訊？這裡哪來的簡訊？」就在此時又是「賓嘣！」一響。

「就手機簡訊啊。只要陽間的親友對妳燒香拜拜，他們說的話就會變成簡訊傳到妳的手機。難道妳之前都沒有收到？」

陽光女從口袋裡拿出手機，顯得有些困擾：「還真的有手機啊，我以為手機不會帶來冥界，所以聽到鈴聲也沒想到是簡訊……我的天，竟然有三百通未檢視訊息！」

別看了別看了……我暗暗呼喊，反正妳已經決定要喝孟婆湯，那就別看了吧。

「都是我媽傳給我的。」她確認了一下發信者，隨即不以為意地將手機放在桌上，淺淺一笑道，「不用看，想也知道她會說什麼，我從小聽到大，都會背了。」

「賓嘣！賓嘣！賓嘣！」桌上手機抗議似地不住振動。

「齁！有完沒完啊？」陽光女忍不住拿起手機點開一則訊息，忽然間臉色大變，「什麼！這太亂來了吧，我都已經往生了還要這樣惡整，真是煩死人！」

「方便請問發生什麼事嗎？」我小心地問。

她氣急敗壞地道：「還不都是我媽，她每次都自作主張做一些莫名其妙的事情，把我搞得焦頭爛額。我本來以為已經一了百了，沒想到她現在居然要幫我跟家豪——我男友辦冥婚！」

「冥婚？」換成我吃了一驚，「現在很少有人辦冥婚了。還是說，妳來報到之前正在跟男友討論結婚的事？」

「沒有！我跟家豪在一起十幾年，早就討論清楚，我們不結婚。」她整個焦慮起來，「她怎麼可以這樣騷擾家豪啦，這下怎麼辦？」

「好吧，不然我們先到『望鄉台5D劇院』看一下陽間的狀況。」我嘆道。

玫瑰色絢麗字卡：「冥河忘川有限公司呈獻」。柔美音效，浪漫片頭音樂，畫面切到棚內美貌女主播：「我愛紅娘，紅娘愛我，為您搭起友誼的橋梁。歡迎收看『地獄新娘』特別報導。一生不婚、獨立自主的陽光女性，下來冥界報到後，卻聽說母親在陽間要幫她辦冥婚的消息，究竟這是怎麼回事呢，請看我們的現場連線報導。」

畫面切到一個小鎮上的某間透天厝前，記者站在房子前面。

陽光女叫道：「這是我老家。」

記者：「這裡是陽光小姐的故鄉，她上高中之前都住在這裡。我們進去看看。」記者從大門走了進去。畫面切到一樓正廳的神壇，一群婦人正恭敬地圍著一位乩童。記者：「陽光小姐的母親心裡有疑惑，因此請來了鎮上最靈驗的『小神』問事。」

陽光女轉頭問我：「對了，我從小就知道這位『小神』，但一直不曉得祂究竟是何方神聖？」

我道：「這原本是地方上的孤魂野鬼，因為不吝幫助村民，香火越來越盛，就變成神了。這一類神明對地方上的事情特別熟悉。」

她恍然道：「原來如此。」

畫面轉到人群正面，那三姑六婆的正中間夾著一個男人，表情非常不自在。

陽光女驚呼：「家豪！媽！隔壁的喬媽媽、嚴媽媽、錢媽媽！妳們怎麼把家豪叫來家裡？」

記者：「神明附身囉，我們來聽聽看小神在說什麼。」

乩童已然起乩，用非常特殊的尖利嗓音斷斷續續地講話，有時內容清晰可辨，但多半令人不明所以。

「嘿！喝！哩隨金希民逃鐵棒奇塞！」

陽光女的老媽點頭如搗蒜：「對啦對啦，我最近確實一直失眠、頭痛、放青屎。」

「喝！嘿！#$%^&*_*！」

「啊？」

「切希英威哩 $%^& 雜普佳無 ke 葷伊 #$%^@+_+！」

老媽恍然：「這是因為我女兒沒結婚，她不甘願！」

「伊 &$*Orz%#U**@_@！」

老媽解讀道：「她想要跟家豪辦冥婚！」

陽光女連忙道：「哪有這種事！那個小神根本沒來問我，怎能假造我的意願！」

我道：「小神不會揑造事實，但他嗚哩哇啦一通也不一定是在講妳的事啊，只是人們總會按自己的想法去解釋罷了。」

老媽嗚嗚哭了起來：「我可憐的女兒啊，我就知道妳沒結婚孤孤單單的……」

「退身——」乩童身子一頓，向後就倒，早有兩個人拿了板凳讓他坐住，並且伸手扶好。乩童隨即被扶到旁邊陷入昏睡。喬媽媽道：「果然是潔芬回來討冥婚。」眾人聞言同時望向家豪。他頓時尷尬萬分，不知如何是好。

陽光女探身向前，大聲叫道：「你趕快離開這裡，不要理她們！」

我提醒道：「別太激動，我們是在冥界看現場轉播啊。」

嚴媽媽對家豪道：「你怎麼講？」

家豪不自覺倒退半步：「我講什麼？」

錢媽媽道：「娶我們家潔芬啊！」

家豪道：「這太強人所難了。」

老媽怒道：「你講那是什麼話，你們在一起那麼多年，總該給她個名分吧。」

「伯母。」家豪懇切地道，「潔芬的想法我最清楚，我們也討論過很多次，她並不想要結婚。」

喬媽媽道：「難道你不愛她？」

家豪道：「我當然愛她，但如果她想結婚，我們早就結啦。」

嚴媽媽凶霸霸地道：「哪有女人不想結婚，只是女人家比較含蓄，所以才不好意思逼你！你不肯娶她就太不負責任了。」

家豪道：「潔芬是很有主見的人，她一向對任何事情都很果決。」

錢媽媽擺出笑臉道：「禮數潔芬的媽媽知道，嫁妝的部分不會虧待你的。」

「我不是為了錢才和潔芬在一起！」家豪有些怒了。

「神明都已經轉達潔芬的意思了，難道你敢質疑神明的話？」老媽認真地道，「俗話說『案格桌頂沒栽老姑婆』。潔芬沒有結婚，不能進祖先牌位，只能當一個孤魂野鬼，這樣你也忍心嗎？」

家豪低聲道：「我們家沒有在拜公媽……」

「你們家怎樣我不管啦！」老媽傷心欲絕，「反正你要把潔芬娶回去，這樣她才有地方可以去，不然的話她就只能當遊魂，在陰間一直飄來飄去，實在太可憐了。」

家豪看老媽傷心成這樣，似乎有些動搖，又不想多刺激老人家，一時不再開口。

喬媽媽道：「你看你『丈母娘』這麼難過，反正你們本來也打算一輩子在一起，實際上也等於結婚了，就當作補辦一個手續而已。」

嚴媽媽指著老媽道：「潔芬在外面跟男人同居卻不結婚，鎮上的人都在背後講閒話，讓她媽媽好沒面子。你娶了她，就當作是幫潔芬盡孝！」

錢媽媽也道：「算命的說潔芬有幫夫運，你把潔芬娶回去，早晚三炷香拜一拜，她一定會保佑你平安順利大賺錢。」

眾人七嘴八舌、咄咄逼人，家豪有理說不清，只能愣在那裡苦笑。

「這實在太亂來了。」陽光女又急又氣地拉著我問道：「我可不可以附身在那個乩童身上，講清楚我真正的想法？」

「沒辦法。」我委婉地解釋，「乩童跟神明都簽有專屬合約，別的神明或鬼魂不能任意附身。」

老媽見家豪不語，遂道：「那就先看個日子吧。我看家豪平常也忙，可以的話這幾天就來把事情辦好，儀式簡單一點沒關係。」

「不行——」陽光女大叫一聲。畫面忽然變成雪花雜訊，隨即關閉，場燈亮起。陽光女抓著我使勁搖晃：「怎麼會這樣——」

「妳先冷靜一下。」我被陽光女晃得七葷八素。

「這樣我怎麼去投胎啦？」陽光女咬著嘴唇，激動地道，「我一定要阻止他們，你之前不是說有提供託夢的服務，我要去託夢！」

「那是本公司為了讓顧客完成心願放心而去所提供的『最終圓夢專案』。」我取出那頂繡著「Dreams Come True」字樣的紅色棒球帽戴上，「抓穩啦，Go！」

一團混沌夢中，景象越來越清晰。

莊嚴的大教堂裡迴盪著華格納的《結婚進行曲》，擋・噹・噹噹～～擋・當・擋噹～～盛裝出席的賓客們站滿兩旁座席，掛著歡喜與祝福的笑容，鼓掌迎接新娘進場。那新娘穿的卻不是教堂婚禮應著的白紗，而是玫瑰色亮晶晶洋裝，脖子上還掛著大串珍珠項鍊。家豪穿著帥氣的燕尾服，立在聖壇前面等候。新娘的父親將她交給家豪，一旁的唱詩班隨即獻唱詩曲。

神父禱告一番之後，詢問家豪：「吳家豪，你是否願意接納麥潔芬作為你的妻子，每一天都對她忠實。無論是好是壞，是疾病是健康，都要愛護她、尊重她？」

家豪望向新娘，赫然發現對方並不是陽光女本人，而是一個戴著陽光女照片面具的阿姨，再仔細一看，她竟是陽光女的老媽！只見「新娘」頻頻點頭，面具上的表情無比幸福愉悅。家豪愣了一下，遲疑地道：「我……我願……」

教堂的大門倏然被人大力推開，「碰！」地一聲在教堂裡來回響動。眾人驚詫地回頭，大門口刺眼的白光中出現了一個穿著白T恤和牛仔褲的身影，卻是陽光女闖進來了。家豪和老媽同聲驚呼：「潔芬！」

陽光女逕直走到聖壇前，想要出聲反對，卻發覺自己無法開口說話。於是她指指家豪，又指指老媽，比了個打叉的手勢。

神父嚴肅地道：「妳反對這場婚禮？」

陽光女點點頭。

神父問：「妳最好有適當的理由。」

陽光女指著老媽搖了搖手，又比著家豪和自己，表示家豪是和自己交往。

神父道：「妳的意思是說，吳家豪不該和這位女士結婚，而是應該和妳結婚？」

「搶婚！」賓客們炸鍋似地一陣譁然，嗡嗡然議論起來。

老媽一把脫下面具，歡然道：「妳終於想通了，願意來跟家豪結婚，真是太好了，媽好高興！來，不用搶，這個位子本來就是妳的！」說著就把捧花塞在陽光女手上。

陽光女見大家誤會她的意思，卯足了勁用力揮手，但又不知該怎麼表達，只好對著三人亂比一通。

這時夢中場景一轉，變成在故鄉大廟前的廟埕上，幾十桌流水席鋪排開來，座無虛席，四周張掛著紅橙黃綠各色小燈，還有沖天炮、煙火瀑布輪番施放。舞台上鋼管舞女郎在電音伴奏和高速旋轉的七彩霓虹燈閃爍中，表演各種不可思議的絕技。

「ㄟ——呼、呼——有聲沒？」老媽對著麥克風噴氣，確認有開麥，便春風滿面地道：「各位鄉親序大，感謝大家今天來參加小女麥潔芬跟吳家豪先生的婚禮，我實在真歡喜。今天我們很榮幸邀請到好幾位貴賓，等一下要先請他們講幾句話，包括藍色黨總統候選人、綠色黨總統候選人、橘色黨總統候選人、公道伯立委、喬神立委、關說王立委、本縣縣長、本縣議會議長、本鎮鎮長、貓子會會長、滾輪社社長……」她一口氣列舉了十幾個大人物。

陽光女和家豪被一眾大人物擠在舞台後面，台下根本沒人看得到他們。陽光女氣憤地比著前方，卻依然無法開口說話。家豪畢竟和她甚有默契，代為說道：「這哪裡是我們的婚禮，根本是妳媽自己愛出鋒頭的表演晚會！」陽光女大力點頭，指指舞台側面，拉著他的手一起跳下，打算逃走。

兩人才一落地，夢中場景又是一轉，變成在戶政事務所的結婚登記櫃檯，陽光女和家豪坐在櫃檯前，桌上擺著一張結婚書約，早已填好身分證字號和戶籍地址等資訊，連證婚人一欄都已經填好了，只差兩人的簽名。

「請你們在這裡簽名，這樣就完成結婚登記囉！」戶籍員熱心地指著簽名欄，並把筆塞在兩人手上。陽光女抬頭一看，戶籍員竟就是自己的老媽，一時將筆丟開，還將那張書約揉成一團。

「妳怎麼這樣啦？」老媽趕緊把書約搶過來，在桌面上張開抹平。

家豪大聲道：「伯母，潔芬和我沒有要結婚！」

整個戶政事務所忽然陷入了短暫的安靜，又瞬間「嘰嘰喳喳」泛起一片議論之聲，好幾百名正在辦事的民眾全都聚攏過來圍觀。老媽覷著眾人，臉上勉強擠出笑容，將書約重新遞過來，一面低聲道：「別這樣，大家都在看呢。」

陽光女逕自生氣地比手畫腳，家豪也道：「伯母，您為什麼就是不肯尊重我們不想結婚的意願？」

老媽理直氣壯地道：「你們為什麼就是不肯尊重我想讓你們結婚的意願？」

陽光女聽了差點沒翻白眼，家豪萬分無奈地道：「結婚是我們兩個人的事，請您不要再逼我們了。」

老媽卻道：「哪裡只是你們兩個的事，結婚是兩個家族的大事，也是親朋好友們難得聯絡感情的機會，更是你們做人的重要責任。大家說對不對啊？」

眾人齊聲喊道：「對！」

兩人待要反駁，老媽的身影卻倏然變得巨大無比，嘿嘿笑道：「你們別再反抗，就結了吧，結了吧！」眾人群情沸騰起鬨高喊：「在一起！在一起！在一起！」

陽光女痛苦地抱頭大喊：「啊——」

頓時夢境消退，燈光大亮，陽光女坐在５Ｄ劇院的舞台地板上嘶吼：「為什麼我在夢裡都不能講話？」

我盡量不卑不亢地道：「妳應該有聽說過，往生者給親人託夢都是不講話的。畢竟這是免費服務，有不周到的地方，造成妳的困擾，請多見諒。」

「那明明是我在託夢，為什麼夢境又一直偏袒我媽，朝著對她有利的方向發展？」

「夢是人的潛意識，託夢則是兩人或多人潛意識的交會，當然會綜合大家的想法。」我同情地道，「只能說令堂的意志力實在太強大，壓倒你們兩人的潛意識。」

「切！」陽光女霍地起身，不服氣地道，「我不理她總可以吧，她愛幹嘛都隨便她。這樣拖泥帶水實在不符合我的行事風格，我要閃人了。」

我小心地問：「那妳不擔心家豪被逼著冥婚？」

「那也是家豪自己要面對的事。」陽光女把遮住眼睛的頭髮輕輕甩開，「他是一個理智的人，我相信他有能力判斷正確的做法，並且堅持到底。」

「說得好！」我暗暗瞥了一眼手錶，心想今天總算沒有加班太久。

「請你再次把精力孟婆湯送上來吧！」她斷然道。

「好的！」我在 Pad 上點選送餐，服務員立刻推著餐車將精力湯送了過來。

「祝來世！」她明快地將玻璃杯舉了一舉，隨即湊到嘴邊。

「陽光小姐，祝妳擁有美好的一生！」我亦無比明快地道。

「賓嘣！」她手機又響了。

「休想再叫我看任何簡訊！」她一把抓起手機遠遠丟開。

「鈴鈴鈴，鈴鈴，鈴鈴鈴！」忽然一陣鈴聲從上方傳來。

「這又是怎樣？」她疑惑地望向天花板。

「這是妳的『採訪通告』，嗯，應該說『借提通知』，嗯，還是說『會客邀請』，怎麼說都不完全對……」我一時想不出正確的說法。

「什麼跟什麼啊？」

「簡單來說，就是陽間的神明或道士在招魂，要叫妳上去一下。」

「我才不去，我要走了！」陽光女仰起頭正要喝下精力孟婆湯，身體卻忽然飄浮起來，玻璃杯也脫手而出。她「啊啊啊～～」驚呼連連，接著倏然被向上一吸，消失在空中。

我追了上去，腕上的智慧 watch 顯示陽間的日期是陽光女頭七這天，我開啟追蹤裝置，循著導航再次來到陽光女故鄉的老家。

老家一樓大廳掛滿喜幛，桌上擺滿喜餅，除了供桌上擺著陽光女的照片，還有一個準備讓新郎「迎娶」走的香爐，完全就是一副辦喜事的樣子。

陽光女坐在大廳的一張椅子上，幾乎徹底崩潰了。旁邊站著上次來過的那名乩童，還有一人穿著古代官服，我認出是本鎮的小神——就是祂把陽光女招上來的，趕緊上前打個招呼：「小神大的，諸事辛苦啦。」

「你也很忙啊，辦個轉生業務還要跟上跟下的。」小神冷淡地客套一番，「今日難得麥家太太找我來證婚，唉，我好久沒辦到這種業務了。」

我打個哈哈，轉頭一看，陽光老媽正和家豪在大門口前僵持不下。

家豪道：「伯母，妳說今天是潔芬頭七法會我才過來的。可是妳還是說要辦冥婚，我實在不能進去。」

老媽道：「趁著頭七這天把喜事一起辦了，正好！」

家豪道：「這件事我們已經討論得很清楚了，不只是我，潔芬也不打算結婚。」

「我們前幾天不是做了一模一樣的夢嗎？」老媽得意地道，「你們在教堂結婚，又在廟前面辦流水席，最後還去戶政事務所登記。可見潔芬下去之後終於想通了，才會特地跑回來託夢啊。」

家豪道：「夢怎麼能做準？」

「那我們怎麼會夢到一樣的事情，連細節都一樣？」

家豪抗議道：「真的要講的話，夢裡面我們兩個明明一直在逃婚。」

「隨便你。」老媽有恃無恐地道，「潔芬都已經託夢討婚了，如果你還是這麼無情無義，那我只好用傳統的辦法。」

「傳統的辦法？」

「就是把她的生辰八字裝進紅包，放在路上等有緣人來撿。」老媽狡獪地道，「這樣一來潔芬就會嫁給別人囉，那你也沒有關係嗎？」

家豪生氣地道：「伯母這樣違反潔芬的意願，她會不高興的。」

陽光女果然怒火中燒，雙手揮去，一陣陰風吹過，陽光女的照片翻落在地上。

家豪道：「伯母妳看，她真的不高興了。」

老媽上前將照片撿起，無比愛惜地道：「她是在氣你一直不肯答應娶她！」

陽光女抱著頭喊道：「真是鬼打牆啊！」

老媽指著乩童，對家豪道：「你記得天化伯吧，他就是上次那位乩童。我今天特地請小神來為你們證婚，你如果還有什麼疑慮都可以請教神明問個清楚。」

「恭喜喔！」那乩童抱拳祝賀。

就在這時，陽光女神情詭譎地看了我一眼，我意識到她的企圖，急喊：「別衝動，亂附身會得罪神明的！」她已不管三七二十一向乩童衝了過去，竟就此附身成功。

乩童身子一顫，忽然轉身踢翻供桌，桌上物品跟著飛出四散，香爐也摔得粉碎。眾人還不及反應時，乩童發出陽光女的嗓音大聲道：「大家給我聽清楚，我不要結婚！」大廳裡空氣瞬間凝結，人人動彈不得，寒意從背脊底下直竄頭頂，雞皮疙瘩掉了滿地。

乩童對著家豪道：「你別理我媽，更不用掛念我，快回去做你的事、過你的日子。」

家豪大為震撼：「潔芬，真的是妳！」

乩童又對老媽道：「媽妳別再鬧了，我沒有要結婚，你就放過家豪吧！」

老媽瞪大了眼睛，掙扎著走向乩童，忽然間淚流滿面：「潔芬哪，我的心肝啊，我好捨不得妳去啊。」

乩童愣然喚了一聲：「媽……」

老媽放聲大哭：「我苦命的心肝，妳那麼早就去了，媽媽好傷心啊。妳都還沒有結婚生小孩，都沒有好好享福，實在太可憐啦！」

「ㄟ……」乩童尷尬地道，「我都三十八了，就算沒走也很難生了啦。」

老媽卻不理會，逕自哭道：「妳小時候好可愛，總是笑嘻嘻的，不管我去哪裡都跟前跟後，真是非常古錐得人疼。沒想到妳一下子說走就走，這樣叫我以後怎麼辦啊。」

乩童見老媽真情流露，一時也觸動衷腸，感動地喚道：「媽對不起，我走得太突然了，妳自己要好好保重，別太牽掛我……」

老媽「哇」地一聲撲上前去緊緊抱住乩童，兩人頓時哭成一團。

乩童還想再開口說話，忽然一股大力斜裡推來，「唰」地一下，將陽光女從乩童身上打了出來，正是小神出手了。祂上前戟指罵道：「妖孽，竟敢附身到本小神專用的乩童身上，真是不知死活！」

我趕緊上前打圓場：「小神大的，她剛來報到不懂規矩，而且又太過思念陽世親人，這才借用貴乩童來表達一下，你大人大量，不要跟她計較。」

陽光女卻不領情地回罵：「都是你！你根本從來沒見過我，上次卻假傳我的意願，才把事情鬧得這麼大，我還沒跟你算帳呢！」

小神撇過頭去，傲然道：「本小神從不說假話，是妳阿母執念太強，堅持用她自己的想法來解讀，怪不得別人。」

這廂一神一鬼正在鬥嘴，那邊老媽仍然緊緊抱著乩童哭喊：「心肝！」

乩童倏然恢復神智，發覺老媽正摟著自己猛蹭，驚嚇地一彈而起：「啊呦喂啊！奧桑（太太），妳在幹嘛？」

「心肝！」老媽仍不放手。

乩童死命將老媽緩緩推開，兩人臉上鼻涕眼淚牽絲相連，乩童叫道：「奧桑，按呢歹看啦！」

老媽這才聽出對方恢復了老男人的嗓音，觸電似地往後一跳，連珠砲般罵道：「你這個老不修，趁機吃老娘豆腐！夭壽喔，我辛辛苦苦好不容易守了一世人，到今日名節卻被你害了了！」

乩童舉起袖子擦去臉上涕淚，叫屈道：「奇怪了，明明是妳抱我，還要罵人。」

「不管怎樣，這種事情總是女人家吃虧嘛……」老媽忽然想起女兒的事，焦急地舉頭四望：「啊潔芬咧？潔芬，潔芬，妳在哪裡？」

「媽，我還在這裡啊。」陽光女轉頭對小神道，「小神大的，剛才是我不對，歹勢啦。我媽找不到我很著急，你的乩童可不可以再借我用一下？我保證只講幾句話就好。」

「不行！」小神斷然拒絕，「乩童不是隨便什麼靈體都可以亂用的，要看他跟附身者的『靈體相容度』來決定。我當初挑中他，就是因為他跟本小神相容度高達百分之九十九點九九，可以說百年難得、萬中選一。妳硬塞硬擠進去附身，又不懂正確的流程，會把我珍貴的乩童弄壞的。」

陽光女不服：「那你就忍心看我媽這麼傷心，又放任她繼續惡搞冥婚嗎？」

「不是我在講。」小神倚老賣老起來，「反正妳馬上要去投胎了又沒差，跟男朋友感情又這麼好，就結個婚讓妳媽歡喜一下是會怎樣？」

「這是兩回事，但現在都已經是二十一世紀，人類上太空也超過五十年，冥婚實在太過時。鎮上的鄉親就算有人擔心自家的『孤娘』沒人祭拜，也都是把牌位供到廟裡去，早就沒人在路邊放紅包了啦。」

「也是，本小神確實很久沒接到這種業務。現代人電視看太多，整天說什麼『上太空』，神明也越來越不受尊重，實在沒意沒思。」小神顯得有些意興闌珊，「我不要睬妳們了，返來去睏較實在。」祂大大打了個呵欠，「咻」地一下消失無蹤。

「請等一下！」陽光女待要挽留，冷不防腳底一空，身軀直墜而下，四周也陷入一片黑暗，不由得尖叫出聲。

小神離場，招魂法力解除，陽光女頓時墜回冥界。我趕緊往下俯衝，拉著陽光女減速，順利在一片草坪上軟著陸。陽光女驚魂未定，老半天說不出話來。我等她情緒比較平穩之後才道：「也許結果不算很完滿，但妳畢竟清楚表達立場了，冥婚的事應該會就此作罷，妳終於可以順利喝下孟婆湯了。」

陽光女卻搖搖頭：「我不能就這樣一走了之。」

「又怎麼了？」我愣了一下。

「我媽會那麼執著，其實是對我放心不下，冥婚只是一種轉移情緒的手段罷了。」她微微顫抖著，一面力圖鎮靜地道，「如果沒有完整地把話說清楚，她不會輕易放棄的。就算放棄冥婚，這件事情也會在她心裡形成無法排解的壓力。」

「嗯，這時候妳需要的是本公司的收費服務。」

「啊？」

「也就是自費託夢。在這種模式底下，妳可以開口暢所欲言。」

「有這種產品你怎麼不早說！」她再次扳著我的肩膀用力搖晃。

「妳本來已經要喝孟婆湯了，但一下子又是簡訊又是招魂的，我哪有機會介紹產品啊。」我定住身子，慎重說明道，「先提醒妳，在進入夢境之前，妳必須喝下延遲發作型的孟婆湯，等把該說的話講完，就會立刻投胎去了。」

「這完全不是問題。」她爽快地道。

我把棒球帽反著戴上：「好，那就歡迎使用本公司的進階付費服務——『真・最終圓夢計畫』……」

「等一下！」

「又怎麼了？」

「我不想喝精力湯了，我要喝可樂，加黃檸檬片，冰塊正常。」

「蛤？」

她幽幽地道：「經過這些波折，忽然覺得自己真是過了很累的一生，至少在最後想要任性放鬆一下。」

「當然沒問題。喝下孟婆湯之前，任何時候都可以改變妳的人生選擇。」我聳聳肩，按下送餐鈕，服務員當即踩著飛天滑板火速溜過來將一杯氣泡亂噴的可樂遞給她。我看她十分美味地咕嚕咕嚕暢飲著，忍不住道，「沒想到原來妳喜歡垃圾飲料，而且挺懂怎麼喝的嘛。」

「沒禮貌，我大學的時候可是全校喝可樂比賽冠軍。」她用手背狠狠抹過嘴角，驕傲地道，「走吧！」

黑沉空蕩的舞台上，兩盞強力聚光燈照在陽光女和她老媽身上。

四周漸次亮起，場景變成一座三合院，這是陽光女老家改建成透天厝之前的樣貌。母女兩人站在內埕，庭中擺著幾張圓桌，幾十張鐵腳圓板凳，桌上杯盤狼藉，而賓客們已然散去，看來剛剛結束一場宴席。正廳大門牆上貼著醒目的「囍」字，院門口滿地都是碎爛的朱紅炮皮，以及地面被炸得焦黑的痕跡。

陽光女看了這情景，不悅地想，老媽該不會還沒放棄要我冥婚的事吧？

「這是我嫁進麥家那天的情景。」老媽四處看望，難掩內心激動地道，「從那一天算起，我在麥家已經待了四十年！侍奉公公婆婆、伺候幾個小叔小姑，做得半死還是被處處挑剔冷嘲熱諷，更得受妳那個膨肚短命、死無人哭的老爸欺負，真不知道我是怎麼熬過來的。」

陽光女道：「老爸確實對我們很不好。他一天到晚不在家，喝得醉醺醺回來就愛打人，我們小時候都很怕他，長大了則變得討厭他。」

「豈止這樣。」老媽想起一大串苦澀的回憶，「他不賺錢養家就算了，還伸手跟家裡拿，不給就大吵大鬧。我怕大家說閒話，只好拚命兼差、做代工賺錢。妳爸在外面跟別的女人搞七捻三，擺闊裝大方，等於都是我在供應。」

「老爸實在可惡到家。」陽光女氣憤地道，「可是這樣我就更不懂了，明明妳自己婚姻那麼不幸福，為什麼還要一天到晚逼我結婚？這不是很奇怪嗎？」

老媽不假思索侃侃地道：「人一定要結婚的啊，有家庭才有歸宿，生病或老了才有人照顧，死了也才能上公媽牌有人祭祀。至於嫁好嫁壞，那是各人的命，也是各人要去修的功課。」

「妳說的那些，婚姻未必真的能夠提供。」陽光女忍不住尖銳地質疑，「妳真的覺得在這個家很幸福嗎？從來沒有想過要離開這個家嗎？」

老媽率直地道：「我從嫁進來的第一天就想跑了，可是不行啊！」

「為什麼不行？妳可以跟爸離婚啊！」

「我也不是沒想過，但那時候你們三個姊弟都還小，我怕一離婚，你們在家裡會被那些堂兄弟表姊妹欺負，在學校也會被同學看不起，所以就忍下來了。等到你們長大，我想離婚也沒什麼意思，也就這樣撐過來。」老媽語重心長地道，「我都是為了給你們一個完整的家呀。」

陽光女卻道：「那也只是表面完整，待在那樣的大家族裡，彼此用各種莫名其妙的集體壓力和道德枷鎖捆綁對方，讓人沒有一點自己的空間，根本喘不過氣來。妳知道我為什麼在美國一個學位要念八年，就是因為不想回來這裡。」

老媽不以為然：「說得好像妳在這個家怎麼被苦毒似的，其實媽媽對你們的要求很簡單，不過就是平安健康、不一定要考上第一志願但至少要念公立學校、有一份安穩的工作、有理想的對象就趕快成家……」

「說到底還是要人家結婚。」

「媽媽希望妳結婚有什麼不對？」

「原本也沒什麼不對，但是妳把結婚看成兒女唯一的任務，不管我多關心妳或者工作多有成就都沒用，只要沒有結婚就是不孝！」陽光女勾起一肚子委屈，「蓋這間透天厝時，我在三個小孩裡面出最多錢；妳前幾年生病，我動用人脈掛到最好的醫生，還請假陪妳住院；就連颱風把後院的老樹吹斷，也只有我回來幫忙收拾。但是我在妳心裡就是比不上已經結婚的弟弟妹妹！」
老媽忙道：「不是這樣，我知道妳付出很多，要妳結婚只是希望妳過得幸福……」
陽光女激動吼道：「我・很・幸・福！所有的朋友都羨慕我的生活，只有我媽一直否定我的幸福！」她聲音之大，連自己也嚇了一跳。
老媽被吼得一愣，接著忽然驚恐地看著陽光女：「女兒啊，妳怎麼變透明了？」
陽光女舉手一看，果然開始有些透明，這才驚覺自己所剩時間不多。
「我要去投胎轉世了。」陽光女悵惘地道，「我本來是要來安慰妳的，結果卻變成跟妳吵架。」
「原來我千辛萬苦維繫這個家，卻弄錯方向了？」老媽懊惱地道，「沒想到我就這樣過了一生。」
「也不能這樣說啦。其實我也是一直在逃避。」陽光女黯然道，「也許我把婚姻和老家的生活連結得太深，或者是一種對妳和爸的抗議，所以才會過度排斥。」
老媽突然幽默起來：「我知道了，都是妳的名字沒起好，『麥潔芬、麥潔芬』一直叫，害妳不愛結婚。如果我嫁給姓艾的，可能妳就愛結婚了。」
陽光女噗嗤一笑：「哪有這種事。」
「對不起。」
「幹嘛為這種事道歉。」

「對不起。」老媽伸手抱住陽光女，「妳很乖，很懂事，謝謝妳當我的女兒。」

「媽，我也要謝謝妳。」陽光女也抱著老媽，「我還要跟妳說一件事，現在冥界的轉生服務很有效率，我馬上就會投胎，不會在下面到處遊蕩，所以沒放進公媽牌位也沒差，妳可以儘管放心。」

「好啦，我知道妳一定可以把自己的事處理得很好。」

「媽也可以放心去過自己的人生喔，譬如說再交個男朋友什麼的。」

「三八。」

「媽。」

「嗯？」

「媽！」

「女兒啊！」

兩人在落日餘暉中的三合院裡緊緊擁抱著，直到四周完全陷入黑暗。

「陽光小姐，祝妳擁有美好的一生。」我輕聲道。

場燈緩緩亮起，5D劇場內空無一物。只有一陣陣蛙聲和玎玲玲的蟲鳴，嘹亮地從角落裡響了起來。

【間奏曲】

世界轉生博覽會

「來喔，歡迎參觀！歡迎體驗『冥河忘川有限公司』的超優質轉生服務！」

「來櫃就送超可愛『孟婆公仔』娃娃一個喔！」

我和老貓站在攤位前，穿著印有公司名稱的尼龍布料短背心招呼人們進來參觀。這是一年一度大規模的「世界轉生博覽會」，各家轉生服務公司都來參展，不但提供人們轉換服務系統的選擇參考，主要的目的還是吸引日益增加的無神論、無信仰者，並且提升轉生效率。

但是儘管我們聲嘶力竭地喊了半天，卻沒有太多人來參觀。

「喵的咧！」老貓又忍不住抱怨起來，「我們公司太沒競爭力了，你看其他攤位多有趣，要文創商品有文創商品，要大型吉祥物有大型吉祥物，要特價優惠有特價優惠，哪像我們，什麼都沒有，怎麼跟別人競爭？」

「這樣下去不行。」經理忽然像背後靈一般冒了出來，「你們兩個去探查一下敵情！」

我和老貓脫下背心，假裝成一般參觀者快步往外走去，才一離開攤位，馬上就被各種各樣的宣傳手段包圍。

「展覽期間限定優惠——來生口福加值、豔福加值、作威作福加值三大禮遇大放送！」一群性感辣妹熱情地招攬。

「平安．平順．平靜。誠摯邀請您體會人生幸福的真諦。」看似低調但裝潢擺飾極具質感的攤位上，許多氣質優雅而帶著神秘感的服務人員掛著淡淡笑容靜候顧客上鉤。

「嗨！」一團龐大的影子忽然從旁邊跳了出來，原來是個太子神偶，「太子企業社——本島品牌，在地服務超過三百年，最了解鄉親的需求。展覽期間套裝轉生方案五折優惠，參考看覓！」

我驚呼道：「這是本公司的南區總代理！」

老貓也叫道：「你看人家多有創意！同樣的方案在他們手上就是特別吸引人！」

我們經過一個陽春的小攤位，毫無裝潢，徒然三面隔間板，摺疊桌子後面坐著一個穿著破舊夾克的中年業務員，牆上只貼著一張手寫的海報：「快速轉生服務，迅速、不囉唆、收費合理。」看起來要說多寒酸就有多寒酸。

我和老貓互看一眼，不懷好意地一笑：「這樣也行喔？」沒想到這時就有一個消費者坐了下來，認真地洽詢起來。

我們繼續往前走，忽然被一位穿著高級洋裝的小姐叫住：「您好！我們是銀十字國際集團，歡迎來試試我們的口腔衛生促進服務，這是只有在展場才提供的免費服務呦！」

「口腔衛生促進……那是什麼?」我不太理解。

「簡單來說就是牙科義診啦。」那位小姐幹練地一笑,「口腔整理過之後,下輩子將會擁有潔白強健的牙齒,而且不容易蛀牙喔!」

我們看著長長的排隊人潮,又羨慕又嫉妒,禮貌性地點了個頭快步離開。老貓罵道:「我喵!外商公司的經營手法就是不一樣。」

「咚!」一聲莊嚴的鐘鳴,我們來到會場正中央,這是規模最大的「慈航普渡有限公司」。我和老貓不約而同仰起頭張望,攤位中心供著一尊在蓮花座上的大菩薩,讓人不勝崇敬嚮往。

「阿彌陀佛!」一群慈眉善目、面帶微笑的師兄師姐立即上來將我們團團包圍,「歡迎來和我們同沾法喜。」

「哈,哈,我們只是經過啦。」老貓趕緊打哈哈。

「沒有關係啊,慢慢看,慢慢參觀。」一位師姐緊迫地黏上來,「我們這裡非常溫馨,大家都像一家人一樣。」

「是啊是啊。」師兄師姐們一齊連連點頭。

帶頭的師姐道:「我們並不會假裝說參加本公司就會一生平順無災無難,但不管發生什麼事,大家都會一起陪伴度過。」她忽然拔高聲音道,「我們來為這兩位菩薩祝福祈禱!」我們還不及反應,師兄師姐們已然排成兩行誦起歌聲。

「呃……」

好不容易回到我們公司的攤位，經理詢問道：「怎麼樣？」

「嗯。」老貓閉目抱胸，深沉地道，「每一家的服務都很吸引人，害我也想換系統了。」

我也道：「不提升服務品質的話，我們的業績一定慘兮兮。」

經理握緊拳頭，下定決心道：「看來只好放大絕了！」我和老貓互看一眼，都有不祥的預感。

十分鐘後。

「冥河忘川有限公司『金好運人生福袋』開賣啦！」我高舉著一包福袋在攤位前的走道上高聲叫喊。

「以小搏大，限時限量，好運袋著走！」老貓也跟著吼道，「最大獎『五子登科』，二獎『無災無難呷百二』，普獎人人有份強迫中獎『偏財運加值五趴』，快來買喔！」

「福袋？我要買，我要買！」參觀民眾眼睛一亮，紛紛圍上前來購買。

「別急，別急，請排隊購買，唉呀……」

福袋開賣的消息一傳十，十傳百，民眾如同潮水般湧向我們的攤位，個個伸長了手搶購。排隊動線瞬間消失於無形，人們獸性大發，發揮原始本能衝撞推擠。我們呼籲大家冷靜的聲音淹沒在一片嘈雜之中，現場完全失控，再也無法收拾。

「嘩啦！」突然一聲巨響，我們攤位被擠垮了，隔間壁板全部倒下，連帶地整排攤位跟著倒塌。

「看你們兩個幹的好事！」經理從人堆裡鑽出來，第一時間把肇事責任推到我們頭上。

「怎麼會這樣？」我無辜地道。

「嗚哩哇啦呼囉噗嚕……」老貓的聲音從人堆底下悶悶地傳了出來。

「老貓你在哪？」我急著把人堆挖開，看見老貓的鞋子，用力一拔，把老貓拔了出來，但他卻已經被壓扁成一片貓皮了。

「讓開！」緊急醫療小組趕到現場，「他需要ＣＰＲ！」一名救護技術員對著老貓的嘴猛力一吹，老貓頓時灌氣球似地脹回原形，整個人彈了起來，大叫一聲：「壓死我啦，我喵！」

精神科醫師

妳應該走進內心治療妳自己

「我花了一輩子去了解自己，你卻要我一下子全部忘記？」她淡淡地道。

「很遺憾，但這就是人生啊。」我身心俱疲地道。

今天的客戶是精神科醫師，一位年方半百的大姊。我們在接待室已經聊了差不多三個小時，她看起來並不多話，多半的時候只是說「嗯哼……」「我了解……」「還有呢……」她從不否定我說的話，也很少窮究到底地追問，我本來以為可以很快就把轉生方案介紹完，沒想到繞了半天，卻像是鬼打牆似地。

我現在終於知道為什麼和心理醫師講話的時候，必須找一張沙發躺下來了。

「好吧，那我直接這樣問，妳暫時還不願意喝孟婆湯？」

「嗯哼……」

我的語氣開始變得不好：「那麼，妳還有什麼未了的心願，想透過『最終圓夢專案』完成？」

「嗯，具體的遺憾一時也說不上來，但是要說沒有，又似乎不是那麼一回事。讓我再仔細梳理一番。」她幽幽地道。

「有必要搞得那麼複雜嗎？」我快抓狂了。

「你現在一定很不好受吧，我都了解。」她誠懇地看著我，「你要不要再多講一點？」

「我已經講了三個小時了，醫師！」我搥了一下桌面，入行以來第一次這麼失控。

「沒關係的，想叫就叫出來，想哭也可以喔。在這裡，你可以盡情宣泄。」

我心下暗道：想打人也可以打嗎？一時瞥見天花板上的攝影機，意識到服務過程都有全程監控，趕緊收斂表情，掠掠亂掉的頭髮，硬擠出一點笑容。

「好，那我們先不聊這個。」醫師看我不語，轉換話題道：「你最近晚上睡得好嗎？」

「呃……不算很好。」

「睡不好多久了？」

「大概從我做這份工作開始。」不知怎麼，我就是會回答她的問題。

「你小時候有沒有什麼難忘的傷心事？」

「小時候啊，唉……」我忽然警醒，「醫師，我不是來求診，是提供妳轉生服務的耶。」

「這樣啊，說的也是齁。」她露出恰到好處的淺淺笑容，「你有點太過自我克制了，精神上的壓抑會造成身體過度緊繃，而身體長時間的緊繃又會帶來精神壓力。我可以幫你開一點鎮靜精神的藥，這樣你晚上比較好睡，白天精神也會放鬆。」

「這裡是冥界耶，鬼才吃安眠藥啦。」

「你不就是鬼嗎？」

「我不是！我是在冥界服務的仙界見習生！要說鬼，妳才是鬼……」我警覺自己失言，趕緊改口道：「對不起，要稱『轉生者』。現在人權高張，不能再說『鬼』這種具有歧視性的字眼了。」

「你拒絕承認自己是鬼，嗯，你是不是無法認同自己？」

「唉，」我嘆了口氣，「醫師，妳喜歡什麼口味的孟婆湯，直接告訴我吧。我真的不是妳的病患啊！」

「唉，」醫師大姊也嘆了口氣，「看來我對忘記前世的阻抗真的太強了。」

「阻抗？」

「這樣用其實不太精準，不過簡單來說就是心裡抗拒。」她拋開職業化的中性表情，不甘心地道，「就像我剛才說的，用一輩子的時間，好不容易快要了解自己，卻得一下子全部清洗掉，太叫人難以接受了。」

「了解自己有這麼重要嗎？」

「那是所有問題的根源啊。」

「喝了孟婆湯全部忘光光，也就沒問題了。」

「你說的話很有禪意。」她淡淡一笑，「說起來，一部分也是因為放不下我的病患。」

「呼——」我長長地吁了一口氣，不早說，有具體的問題就可以實際解決了。「那麼咱們就上望鄉台5D劇院，去看看病患們的現況吧。」

登登登登，緊迫逼人的片頭音樂，畫面切到棚內戴黑框眼鏡老氣橫秋的男主持人，他穿深色西裝外套，斜身站著，手上拿著一個其實沒用的檔案夾。

主持人一字一句地念道：「歡迎收看只為醫師朋友，您，所做的『台灣真精神』新聞分析深度報導。每個人不肯喝孟婆湯都有他的理由，對精神科醫師來說，不肯喝孟婆湯的理由也許比一般人更複雜一些。到底在醫師身後，她的病人們變得如何呢？請看我們的深度採訪。」

鏡頭切到天龍市中心的一家精神科聯合診所。

記者一臉黯淡：「這裡是天龍市知名的精神科診所，舉凡心頭鬱卒，還是胸坎仄仄、中氣袂順，許多病人都會選擇到這裡來尋求治療，其中不乏政商名流和當紅藝人。」

鏡頭搖到診所大門，忽然快速拉近。畫面切到診所內部，刻意設計得低調接待處布置得十分溫馨，給人安心的感覺。然而掛號台前擠滿了幾十個焦慮沮喪的病患。

病患甲呼天搶地：「吳醫師啊，妳走了我怎麼辦，我若不吃妳開的藥，隨時都焦慮得不得了，一刻也無法安心啊！」

「我已經五天無法入睡了。」病患乙的黑眼圈如同貓熊一般，抓著頭髮：「躺在床上一整夜，一點睡意也沒有，白天又累得半死，實在太痛苦了。我看過多少精神科，別人開的藥都沒用，只有吳醫師的藥我一吃就能睡著，這下可怎麼辦才好？」

「吳醫師……」病患丙茫然地攤坐在候診椅上，表情呆滯，眼淚像沒關的水龍頭般淌流不止。「吳醫師……」她口中反覆喃喃念著，不斷流淚。

我看著醫師道：「原來妳是個神醫來著，失敬失敬。沒想到碎碎念會把正常人逼瘋，卻可以把病患治好，這就是傳說中的反向療法嗎？」

「沒禮貌，我運用的是專業的醫療方法。」

「妳到底都開什麼仙丹，大家非得吃妳的藥才行？」

「其實大家開的藥都差不多，只是有些病人對特定醫師產生依賴，非要接受他的治療才覺得有效。」

櫃台護士眼看場面混亂，徒勞地想要安撫大家：「大家請放心，我們診所還有好幾位醫師，每個都很專業，我可以安排大家轉診。」

「沒有用的！」失眠的病人乙斜眼睨道，「吳醫師曾經推薦我去看一小時三千元的心理諮商治療，說透過深度談話可以解開我童年的糾結。可是我一進診間就放棄了，因為諮商師長得和立委蘇大千一模一樣，我對蘇委員沒有意見，但我實在沒有辦法對一臉正經的蘇委員傾吐心內話呀。」

醫師對我道：「你看吧，病人對精神科醫師的接受度，有太多稀奇古怪的變數，能夠建立信賴關係，除了高度專業之外，嗯，雖然我不太願意這麼說，但有時候還真需要一點緣分。」

記者：「失去吳醫師的病患們，就像沒了命根子一樣。到底大家應該怎麼辦呢？」

醫師不捨地道：「我的病人啊！你說，我怎麼能就這樣拋下他們去投胎？」

「大家好！」一個富有磁性的嗓音響起，現場所有目光頓時轉向聲音來源。說話的人是一位年輕俊俏的醫師，一身白袍披在高大的身軀外顯得格外挺拔。他充滿自信地道：「我是高復率醫師，從今天開始在本診所為大家看診。」

病人乙眼睛一亮：「哇，大仁哥！」

年輕醫師：「我對吳醫師的事情感到十分遺憾，她是一位好醫師，也幫助過很多病患。不過我會盡全力，幫助大家早日康復。」

病人甲焦躁的心緒頓時緩和下來：「你願意花時間和我諮商嗎？」

年輕醫師陽光般燦然一笑：「那是我應該做的。」

病人乙乾燥的雙眼頓時滋潤起來：「你可以給我和吳醫師一樣有效的藥嗎？」

年輕醫師誠懇地點頭：「我會仔細閱讀病歷，提供對病人最有幫助的治療。」

病人丙原本憂傷氾濫的雙眼頓時止住了淚水：「高醫師……」

年輕醫師溫柔而堅定地輕輕拍了她的肩頭兩下。

「總算可以安心了！」病人甲雲淡風輕。

「這下可以好好睡覺了！」病人乙的黑眼圈瞬間消褪一半。

「高醫師，你真是我的救星！」病人丙奇蹟般地恢復了生命力，從椅子上站了起來。

「喂，醫師。」我疑惑道，「你的病人集體叛變了。」

「怎麼會這樣？」醫師難以置信。

護士得救般走到年輕醫師身邊，仗著他的權威高聲宣布：「好，那現在就請各位依照掛號順序看診喔！」

眾人歡聲雷動，病人甲高興地道：「太好了，我就知道天無絕人之路。反正吳醫師每次看診也都只有五分鐘，還不是開藥了事！」

醫師深受打擊：「我真的有那麼糟嗎？」

虛擬影像淡出，場燈亮起，5D劇院裡空蕩蕩地顯得十分寂寞。

「這樣也好。」我試著安慰道，「至少妳的病人都得到照顧啦。」心底暗道，這下子妳不能再用病人當藉口了吧，嗯哼。

「年輕的時候，我也是抱著滿腔熱忱選擇精神科，對每一位病患都認真傾聽，設身處地了解他們的生命故事，然後謹慎地引導、用藥。」醫師扶著紅絨布沙發椅坐下，沮喪地道，「後來稍稍有點名聲，患者就突然暴增。想要不收，覺得對不起病患。收了，又一定看不完。」

「所以就變成一人五分鐘了。」

「這樣說對我們不盡公平，因為在醫師看診前，也是會有實習醫師或助理先幫忙諮商、寫好病歷，醫師就能快速掌握病情。」醫師茫然地看著舞台上空白的銀幕，「其實大家都把精神科看得太神了，大家都以為我們口袋裡藏著『忘情水』、『聰明藥』還是『不悔丹』，其實哪裡會有這些東西。我們需要時間慢慢建立病患的信任，了解背後那些隱微的原因，才能幫助他們。但是病人往往想要一服見效的仙藥，我們也沒有時間一一下工夫去了解，所以對沒有緊急生命威脅、吃藥就能控制的那些病人，就先開藥處理。久而久之，我也就變成一個開藥醫師了。唉，沒有想到我就這樣過了一生。」

「妳也不用太難過，我服務過的轉生者那麼多，各行各業都是這樣的。開藥醫師也罷，至少妳真的幫助過很多人。」

「你應該知道，醫師的平均壽命比一般人短。我以前待過大醫院，看過各種各樣累死的醫師，有下了刀回到辦公室就倒地不起的、幾年沒休假一出國旅遊就掛了的、下了大夜班在醫院門口過馬路沒看紅綠燈的，還有自我了斷的……我以前都會想，他們在倒下的那一瞬間，會怎樣看待這一生？」

我不能放任她繼續無限延伸地想下去，遂改換方向道：「我服務過的醫師不算多，也沒好好了解過，不過他們後來很多確實都選了其他道路，甚至跑去當動物。」

「動物是吧。」醫師稍稍恢復精神，篤定地道，「下輩子來當一隻豆腐鯊好了，看起來鈍鈍的，整天在浩瀚的大海裡慢慢游來游去，什麼也不想，應該不錯。」

「妳真內行！」我抓住話頭，打蛇隨棍上，「豆腐鯊很搶手喔，放鬆精神壓力的效果極佳，超療癒的！雖然點數高了點，不過以妳的點數絕對選得起——那麼，咱們這就來一碗味噌豆腐孟婆湯配鯊魚煙？」

「不過……」醫師幽幽地道，「這一生也總不能白過，我的功課還沒做完，我要去見最後一位病人，把最後一道習題解開！」

喵的咧！我心底暗罵，頓時老貓上身。

水波般的和弦重複兩次之後，主旋律一個音、一個音孤零零地進來，像是冬夜破曉前的星星，掛在半空中冷冷地閃爍著。

鋼琴家在自家客廳練習。室內是冷硬的現代風格，她彈奏的平台式鋼琴就占了差不多三分之一的空間，客廳裡除了一張小桌和兩張凳子，沒有太多東西，連電視機也只是小小地塞在角落裡聊備一格。和整個房間最不搭的，是凳子上一隻碩大的絨毛玩具熊。

鋼琴家年約三十，穿著深色家居服，依然掩不住低調的高雅。她表情嚴峻而僵硬，不像在演奏，倒像是正在和情人談判分手。

音樂一時激昂起來，右手琶音快得令人眼花撩亂，左手和弦鈍重地逐漸升高，鋼琴家彈得舉重若輕，好像一點困難也沒有。

「真是厲害。」我好奇地問，「這是什麼曲子？」

「拉赫曼尼諾夫《樂興之時》。」醫師專注地看著鋼琴家，一邊低聲道。

「是很難的曲子吧。」

「非常難。」醫師將左手掌張到最大，右手再往外十幾公分一比，「拉赫曼尼諾夫手掌有這麼大，可以很輕鬆地彈奏大跨度的和弦，寫的曲子也格外難彈。一般人，尤其是手掌小的女性鋼琴家，必須用不同的方法來克服。」

我觀察了一下，鋼琴家雙手互相支援來支援去，確實辛苦，但她處理得十分完美，閉著眼睛光聽音樂，察覺不到演奏方式的複雜。

「妳說頭七回陽間不想回家，只想看一位病人，就是她？」

醫師點點頭。

「啊，」我想起來了，「上次在望鄉台劇院看診所的狀況，好像也有看到她。只不過她一直待在角落，也不像其他病人興高采烈地投奔年輕醫師——所以她才是妳真正的粉絲囉！」

「她對我的依賴確實比較深……」

「看起來好得很啊，她有什麼毛病？」

醫師瞪了我一眼：「你就不能專心聽音樂嗎？」

音樂進入急切的快板樂章，鋼琴家輪指如飛，琴音如同一根根冰錐般鑿進我的頭殼裡，一時間我覺得自己的大腦就像一顆冰球，冰錐在上面鑿得冰屑飛散，頭也開始痛了起來。

我必須想點別的事來轉移注意，於是問：「她頭髮這麼長不會妨礙演出嗎？」

「人家那麼認真彈琴，你怎麼卻在關心這種事？」

「沒辦法，古典音樂有點無聊，而且我聽得頭好痛。」

醫師理解地點點頭道：「其實音樂本身並不無聊。但是她的演奏過於偏重技術，缺乏感情投入，所以你才會聽得不舒服。」

好不容易通過快板的槍林彈雨，鋼琴家看著琴鍵，默默深吸一口氣。醫師低聲道：「別講話，專心聽這個樂章！」

當鋼琴家雙手按下琴鍵時，空氣為之一凝，四周霎時間似乎整個暗下來。彷彿身處在無邊的幽玄之中，混沌無依地飄蕩著。又像是在一望無際的雪地裡，白得令人目盲，只有一個孤單的身影，一步一陷地踩著及膝的積雪掙扎前行。

身周隱然傳來一種聲響，似乎十分遙遠，卻又如在耳邊，不能辨其來處。像是某種叩問，又像是未知命運的逐步迫近，緩慢而堅定，無比溫暖又令人惴惴不安。一時聽清楚了，那聲音不在別處，是從自己內心深處發出來的，一響一響地揪著心，頓著肺肝。

鋼琴家表情完全變了，柔和而投入，烏黑的髮絲和黑亮的琴身相互輝映。鋼琴就像是她的延伸，不，她更像是從鋼琴裡長出來似的，演奏著不可思議的音響。

音階不斷升高，逼近得令人屏息，顫動得幾乎令人落淚。

然而就在這時，鋼琴家困在一個厚重的和弦上動彈不得，殘響迅速虛弱失色，宛如生命萎逝消亡。鋼琴家一臉驚惶，眼神渙散地四處張望著，彷彿不知自己身在何處，整個癱軟在鍵盤上。

醫師嘆道：「她終究還是沒能通過這一關。」

「忘譜啊？多吃幾顆銀杏就是了。」我道。

「你沒聽出來嗎？這個樂章讓她忘情地投入，引出心中最真切的感情來了。」

「對啊，非常好聽，跟前面完全不一樣。可是她到底出了什麼問題？」

「問題就在她不知不覺投入了感情。」醫師不忍地道，「當她發覺自己帶著感情演奏時，她就再也無法演奏下去了。」

「什麼毛病！」我嘟囔道。

醫師道：「這是一種無法表達情感的溝通障礙。她在日常生活中並沒有這方面的問題，但是演奏時，她從來都無法將自己的真感情投入在音樂中。」

「這種毛病沒藥醫嗎？」

我正說著，鋼琴家便離開琴椅，取出一個藥包，猶豫了好一會兒，看看牆上的日曆，終於下決心取藥吃下。

「高醫師開的這個藥，對她是沒用的。」醫師搖搖頭道，「可是演出在即，她也只好吃吃看了。」

「怎麼說沒用？」

「一般來說鎮靜藥物能夠舒緩壓力。可是她是一個自我控制力很強的人，用藥之後，身體放鬆，感覺模糊，潛意識反而會更加武裝起來，企圖保護精神不受外力控制，結果變得更加焦慮。」

「真難搞一個人。」我取出Pad查詢她的資料：「崔心覓，莫斯科音樂學院最高演奏文憑畢業，在各項國際鋼琴大賽獲得優異成績。技巧高超，被評為『無懈可擊』……明明就很厲害啊，幹嘛不敢放感情。沒有感情的音樂有什麼好聽？」

「你說得沒錯，這也是她始終無法拿下大賽首獎、成為真正一流鋼琴家的原因。」

「表達自己有那麼難嗎？」

「對她而言，與其說鋼琴是一種樂器，不如說更像一種武器——用來擊退外人看待她的眼光。」醫師不知不覺說話快了起來，「技巧有客觀的評斷標準，速度快就是快，觸鍵準就是準；可是詮釋就很主觀，並沒有絕對的標準。她一方面是害怕自我揭露，一方面也是不願意讓別人來評斷她的想法。」

「那她別彈琴了，改行表演射飛刀還比較快。」

「這是有機會改變的。其實我已經花了許多時間和她諮商，眼看就快要見到成效了。」醫師無限惋惜，「她還邀請我參加她的音樂會，可見原本也有信心可以突破。誰知道功虧一簣……」

「這就是最終圓夢專案派上用場的時候了。」我取出「Dreams Come True」的紅色棒球帽戴上，「趁她在鋼琴上昏倒了，咱們這就去託夢吧！」

「等一下。」醫師打斷我，「我想先設定夢境。」

「設定夢境？」我第一次聽到客戶提出這樣的要求。

「沒錯。」醫師沉吟道，「既然對她來說鋼琴是一種武器，當然無法投注感情。因此我必須在夢中轉換鋼琴的形象，改變她對琴的認知。一旦她把鋼琴視為一種可親的、溫馨的存在，才能藉由琴來唱出心聲。」

「太專業了，不愧是精神科醫師。」

「心理問題的根源往往在童年時代，因此也必須加入一些童年的元素。」醫師手指在空中比畫一番，非常認真地設定著。

「那麼具體的做法是什麼？」我充滿好奇。

「如此如此，這般這般。」醫師附耳道。

「妙啊，就這麼辦！」

一團混沌夢中，景象越來越清晰。

黑暗的巨大工廠廢墟中央，矗立著一座大擂台，三面以鐵鍊做圍繩，另一面則是一堵歲月痕跡斑駁的高大紅磚牆。一盞強力聚焦燈光從上方垂直打在擂台上的史坦威鋼琴。琴蓋已然打開，琴頭正對著牆面。

鋼琴家已然坐在琴椅上，她調整好座椅的位置和高度，整理一下思緒，隨即揚手按下琴鍵。就在琴聲乍鳴的同時，磚牆嘎吱作響，一邊簌簌抖落著灰塵，緩緩往鋼琴的方向移動過來。

鋼琴家並不驚惶，凌厲地演奏著一首又一首超技名曲。忽然間，鋼琴前端冒出一挺機槍，隨著鋼琴家的觸鍵，噴著槍焰噠噠噠噠射出子彈，在磚牆上打得火花四濺。牆面不斷迫近，鋼琴家演奏更加激烈，快速輪指琶音、大跨度跳躍和弦，漸漸在牆上打出一個凹洞。

「碰！」地一聲巨響，磚牆轟然倒塌，在漫天煙塵裡射進刺眼的白光，一個龐大的黑色剪影從光團中隆隆出現，竟是一輛坦克車輾過瓦礫堆開上擂台。仔細一看，那並非坦克，而是一架碩大無朋的鋼琴，而坦克的駕駛，不，鋼琴的演奏者，正是拉赫曼尼諾夫。

拉赫曼尼諾夫揚起他舉世無雙的巨掌，悍猛地下擊琴鍵，他的鋼琴前端頓時升起一挺機關砲，咚咚咚咚地掃射起來。

擂台中央的史坦威鋼琴旋即彈痕處處，受損嚴重。鋼琴家試著彈琴反擊，但她突然意識到，無論比技術、比力度、比氣勢，她都很難超越作曲家本人。就這麼一念遲疑，防衛露出空隙，拉赫曼尼諾夫更加毫不客氣地進攻過來，眼看就要將史坦威鋼琴整個擊毀。

一旁忽然傳來清脆的叮咚幾聲，音量雖小，依然傳入了鋼琴家的耳中。忽然間，槍林彈雨停止了，拉赫曼尼諾夫也不見蹤影，擂台更變成一個溫馨的小客廳。

鋼琴家轉頭一看，精神科醫師正彈著一架塑膠做的兒童玩具小鋼琴。醫師笨拙地彈奏莫札特的《小星星變奏曲》，指法生澀、錯音連連，更談不上有什麼好音色——畢竟玩具鋼琴的聲音本來就像在敲打幾片破銅爛鐵。但是醫師一臉滿足，全然陶醉在音樂的歡娛中。

鋼琴家看著滿身瘡痍的史坦威，又看看可笑至極的玩具鋼琴，僵硬的臉上忽然顯露出溫柔的神情，接著揚起天真的笑容，走到醫師身旁，和她並肩坐下，先是聆聽了一段，然後也跟著在低音部彈奏起來。

玩具鋼琴變成和史坦威一樣巨大，但依然是塑膠琴身和爛鐵琴音。鋼琴家開心地看著醫師，發覺她變成一個小孩，一回神時，鋼琴家自己也變成了小孩。兩個小女孩並肩四手聯彈，音符跳躍流動，充滿喜悅。

精神科醫師寬慰地看著鋼琴家，惡作劇亂敲亂彈，鋼琴家並不生氣，也跟著她一起胡亂演奏，神奇的是，玩具鋼琴裡發出的聲音還是一樣美妙。醫師感到滿心歡喜，眼角含淚。

我在夢境外旁觀著這一切，也很替兩人感到高興，不由得在心中道：夢境完全按照設定完成，醫師妳成功了！

然而就在這個時候，小鋼琴家低下頭仔細觀察琴鍵，問道：「奇怪，琴鍵下面是空的，沒有連到任何地方，怎麼會有聲音呢？」

琴蓋忽然打開，裡面有一個中年男子，手上拿著琴槌正在敲打一架鐵琴。「被妳們發現了啊，哈哈。」男人持續演奏，音樂無比歡快。

「爸爸！」小鋼琴家驚呼。

中年男子無比慈愛地看著她，笑容滿面，敲打著可愛的音樂。

小女孩時代的醫師家愣愣地看著男人，中年男子給予她同樣溫暖的眼神。

兩個小女孩停止彈奏鍵盤，跑到琴身旁邊，小醫師趴在男人肩上，小鋼琴家勾著他健壯的手臂。

男人一曲彈罷，舉步跨出琴身，摸摸小鋼琴家的頭道：「爸爸要走了。」

小鋼琴家拉住他：「爸爸，你要去哪裡？」

「我要去一個很遠的地方……」

「你會很快回來嗎？」

男人黯然道：「妳要乖，要聽媽媽的話。」

「爸爸不要走！」小鋼琴家攔著他。

「爸爸愛妳，可是我非走不可了。」男人把手上的兩支琴槌分別遞給小醫師和小鋼琴家。「從現在起，妳們要自己照顧自己。」

小鋼琴家起身大喊：「不要，我不要你走！」她努力想看清楚男人的模樣，然而逆光中，男人的臉孔幽暗模糊，無法辨認。

男人一咬牙，將手從兩個小女孩的掌中抽出，轉身離開，消失在方才被機關槍打出的牆洞中。

「爸爸！」小鋼琴家把琴槌遠遠丟出，生氣地擊打玩具鋼琴，把琴整個打壞。

「我搞砸了。」醫師從夢中醒來後懊喪地道，「這下她對鋼琴的認知變得更糟了。」

「那個『爸爸』是怎麼回事？這不在妳原本的計畫中啊。」我道。

醫師一手撐著額頭：「那是我的心理障礙，從潛意識裡面跑出來。」

「他是妳們的爸爸？可是妳跟她又沒有血緣關係。」

「那並不是真的我爸，只是夢境中概念上的爸爸，同時象徵了我和她各自的父親。」

「所以妳們都在小時候失去了父親。」

「我十歲的時候爸爸在工地發生意外過世，她八歲的時候父親經商失敗離開台灣，我們都在童年時期失去了重要的親人，必須面對莫名其妙被拋棄的痛苦。」

我若有所悟：「所以不只是她依賴妳，其實妳也很依賴這個病人。」

「我們不僅是都失去了父親，在其後的人格發展過程中也有很多相似的恐懼和痛苦。」醫師失落地道，「她第一次來看診時，我才強烈地發現自己長久以來都在逃避面對這件事。所以藉著治療她，我也在治療自己，我相信只要能幫助她走過來，我也就走出來了。」

「原來如此。但是妳們的父親並不是有意拋棄妳們啊。」

「無論父親是離家遠行還是死亡，對孩子來說都會有被拋棄的感覺。從此孩子沒有典範可以追尋，也缺乏來自父親的肯定。簡單來說，我們沒有框架可以攀援成長，也沒有框架可以叛逆打破，所以最終無法真正地自我肯定。」

「這樣我大概理解了，鋼琴家沒辦法自在地面對自己的樣子，也不敢表達自己的心聲，只能用高超的琴技和冷峻的外表來武裝自己。」

醫師抬起頭，重新整理好情緒，恢復平靜道：「不過說這些沒有什麼意義，現在最重要的是，在剩下有限的時間裡，修補剛才夢境再次造成的傷害，並完成她和我最後的治療。」

「看來妳決心動用生命點數，使用本公司的進階付費服務——『真・最終圓夢計畫』！」

「不只如此，這次我還需要你的幫忙。」

「我？」

「是的，我要安排一場心理劇，需要一個扮演父親的角色，眼前非你莫屬！」

黑沉空蕩的舞台上，三盞強力聚光燈照在醫師、鋼琴家和我身上。這是我第一次參與客戶的夢境。

四周漸次亮起，我們身在一間四面都是落地鏡子的木地板教室，舉目望去，鏡子中來回映射出無限個自我的身影。我們三人站在教室中間，外圍則有一群共同參與心理劇的學員在地板上坐了一圈。

醫師道：「我們今天的主角是心覓，要演出八歲時父親離家前道別的過程。」她對鋼琴家道：「所以妳現在扮演的是八歲的崔心覓。妳記得當時的情景嗎？」

鋼琴家略略有些遲疑，想了一下之後道：「那時我們還住在市中心的大房子裡，爸爸那天要走了，媽媽和弟弟在客廳和他講話，但是我一直待在房間，媽媽來叫了好幾次，我都不肯出去。後來爸爸就自己進來。」

醫師道：「妳在房間的什麼地方？」

「我們家是木頭地板，沒有床，晚上鋪棉被睡覺。我自己把棉被拉出來，背對門口躺著裝睡。」鋼琴家停了一會兒，續道，「爸爸進來，我還是背對著他，不肯看他。」

醫師取出一塊瑜伽墊鋪好，道：「好，那請妳躺在墊子上，假裝睡覺。」

鋼琴家對著沒有鏡子的那面牆，側身躺下。

醫師問道：「妳爸爸進門後，說了什麼？」

鋼琴家細聲道：「我不記得了。」

「一點都不記得？」

鋼琴家緩緩道：「多年來，我常常回想那一天，卻總記不起爸爸怎麼進來，說了什麼話，甚至也不能確定我是否有回過頭看他，還是從頭到尾一直裝睡？」
「那麼妳有任何其他的印象嗎？」
「玩具熊。」鋼琴家想都不想就道，「我有一隻很大的玩具熊，常常抱著它睡覺。那天我從頭到尾緊緊抱著熊，臉上毛茸茸的感覺，到現在都還非常清楚。」
「這隻玩具熊後來還跟著妳嗎？」
「不。幾天後我們搬家，只帶走很少的東西。媽媽說我們長大了，應該把這些東西留在以前的房子裡。」
醫師若有所思地點點頭，拿了一個抱枕給鋼琴家當作玩具熊抱著，接著對我道：「現在請你扮演當時心覓的父親，進來房間和她說話。」
我不知所措地苦笑，心中暗道：她什麼都不記得，這是要怎麼演。我看乾脆改演她們搬家那一天跟熊道別，我來演那隻被遺棄的熊應該比較ＯＫ吧。
醫師看出我的疑惑，鼓勵道：「不要緊，你盡量揣摩爸爸的想法，和女兒道別。」
我知道醫師已喝下延遲發作型的孟婆湯，剩下的時間不多，只好勉力配合。於是我走到想像中的臥房門口，舉手敲敲門：「叩叩叩……」
「我爸沒有敲門。」鋼琴家冷冷地道。
醫師忙道：「我們重來一次。」
我走過想像中的臥房門口，站在鋼琴家身後，彎腰呼喚道：「心覓……」

「我爸沒有叫我的名字。」
「好，我們重來。」
哇哩咧，到底要怎樣？我退回起點，重新走過，在鋼琴家身後蹲下，伸出手想搖搖她。
「別碰我！」鋼琴家像是被踩到尾巴的獅子扭腰怒吼。
「我們再來一次。」醫師很有耐心地道。
「沒有用的。」鋼琴家坐了起來，一臉不耐，「他又不是我爸，再怎麼演都不對。」
「不，這次你們角色互換，妳來演爸爸！」
「我來演爸爸？」鋼琴家疑惑道。
「是的，既然不記得談話的細節，別人又無法揣摩，那麼就由妳設身處地來想想，爸爸會對妳說什麼話。」
鋼琴家默默起身，走到想像中的門外。我在瑜伽墊上躺下，摟著抱枕，想像即將發生的生離死別，忽然勾起了心底的回憶，想起了自己無法放手的某些心情。
我躺臥良久，感覺不到後面有任何動靜，偷偷用眼角餘光掃著腳邊那面牆上的鏡子，勉強看見鋼琴家愣在「門口」發呆。
醫師引導她道：「現在妳扮演爸爸，即將離開台灣不再回來，臨行前要和女兒話別。」

「我不知道……」鋼琴家表情動搖，但是緊咬著下唇不肯讓情緒失控，「那天我一直假裝睡覺，也許他有試著叫我，也許他跟我說了很多話，但我不記得。」

醫師堅定地道：「妳得進去。」鋼琴家搖搖頭不肯舉步。醫師有些強硬：「妳得走進這道門，去和八歲的崔心覓話別。」

「我做不到！」鋼琴家忍不住喊道，「如果我爸看我不肯理他，結果沒有講話就走了怎麼辦？」

「妳不走進這道門怎麼會知道呢？」醫師激動起來，「妳不能永遠待在門外，把八歲的自己關在裡面。」

鋼琴家不甘示弱：「不要說得那麼好聽！妳只不過是想透過我的表演，去和童年的自己告別！」

「妳又知道什麼？」醫師徹底棄守了心理劇導演的界線，流淚道：「我多麼希望能夠和自己的父親話別，哪怕他只是摸摸我的頭，什麼話也沒說。而不是一覺醒來，就聽說他已經死了！」

鋼琴家喊道：「那有什麼差別，妳應該走進自己的房間去治療妳自己！我不想當妳的工具，我要走了！」說罷就往教室大門走去。

「等一下！」醫師伸手攔住鋼琴家，頓時發現自己的身影變得淡薄而透明。

「這是怎麼回事？」鋼琴家詫異地道。

醫師慌道：「孟婆湯的效力開始發作，我快要去投胎了。」

鋼琴家愣愣地看著醫師，一時不知所措。

醫師看著自己的手，定了定神，慢慢說道：「我必須向妳道歉，在和妳互動的過程中，我不知不覺放進過多自我投射，更越過了治療者和被治療者的分際，這是作為一個精神科醫師所不該犯的錯誤。」她懇切地看向鋼琴家，「不過我確實是衷心想幫助妳，遺憾的是，直到最後，仍然無法幫上忙。」

「各人有各人的課題要面對，妳已經完成妳的職責，我無法走出來，那是我自己的問題。」鋼琴家低著頭，細聲道，「我剛才也許說得太過分了。謝謝妳這段時間為我所做的一切。」

醫師最後道：「往後妳要自己保重。」

醫師和鋼琴家相對站著，再無言語，但看得出來彼此都抱著濃濃的遺憾。

「心覓！」一個中年男人忽然喚道：「看到妳現在過得很好，爸爸可以放心了。」

「爸爸！」鋼琴家驚呼。

方才兩人吵架時，我躺在地上用手機叫出鋼琴家父親的資訊，匯入夢境控制程式中，因此當我一起身就變成她父親的形象。而四周環境從教室變成一個溫馨的住家，旁觀的學員也都消失不見，只剩下我們三個人。

「爸……」鋼琴家張大了眼睛直直看著父親，「你好年輕，跟印象中很不一樣。」

「別忘了妳的年紀早就超過當年的我啦。」父親笑道，「妳現在是受人尊敬的鋼琴家，比我有成就得多了。」

鋼琴家逼近父親，質問道：「你為什麼要拋下我，為什麼這麼多年來都不和我聯絡？」

「公司倒閉，我欠下鉅額債務，幾輩子也還不完，每天都擔心被黑道追殺。我是為了保護你們才不得不走得遠遠的。」父親從長褲口袋取出皮夾，抽出一張泛黃磨損的老照片，「這些年來，我無時無刻不掛念著你們，卻又不能回來看你們。」

鋼琴家銳利的眼神中閃著淚光，問道：「你走的那天，究竟跟我說了什麼？」

父親感慨地道：「妳真的不記得了嗎？」

「我真的……一點也想不起來。」

父親耐心地道：「妳再想想看，妳一定記得的。」

鋼琴家端詳父親的面容良久，忽然間目光閃動：「我想起來了，那天你說，無論你在什麼地方，就算沒有辦法看到我，你都永遠愛我，在心裡默默祝福我。如果我想念你的話就去彈琴，你會聽到的。」

父親又欣慰又感傷地連連點頭。

鋼琴家殷切地問：「你真的有聽到我彈琴嗎？」

「我都聽到了，一次也沒有錯過。」

鋼琴家終於流下眼淚，低聲喊道：「爸！」

她變成了一個眼神無比澄澈的小女孩。父親溫柔地按著女孩的肩頭道：「妳已經長大了，這些年來把自己照顧得很好，成為一個了不起的人。妳已經肯定了妳自己，再也沒有人能夠否定妳、遺棄妳。」

醫師在一旁面帶微笑地默默看著，那是一種不再有任何罣礙的笑容。她的身影越來越淡，幾乎再也看不見了。

房間逐漸幽暗下來，角落裡出現一架鋼琴。女孩早已淚流滿面，心中雖有千言萬語，卻只道：「爸，我彈琴給你聽吧。」

小女孩轉身離開父親，在鋼琴前坐好。父親無限欣慰地看著她的背影離開自己，悄悄向後退了兩步，遁入暗影之中。女孩轉頭看看父親，嫣然一笑，隨即開始演奏。當她揚手下擊，指尖碰觸到琴鍵的瞬間，四周便陷入徹底的黑暗。

「醫師，祝你擁有美好的一生。」我輕聲道。

場燈亮起，５Ｄ劇場內空無一物，只有空調的氣流聲嘶嘶作響。耳邊卻乍然澎湃地響起無比燦爛的鋼琴聲，奔放、自由、發乎內心地謳歌著。

【間奏曲】

大明星與聖誕節

「嘩——」「嘎——」「呀——」

冥界入境大廳萬頭攢動，尖叫聲震耳欲聾。戴著墨鏡的大明星一出關，等候多時的追星族就全都瘋狂地又叫又跳，或者淚流滿面，比中了「娘胎的樂透」——獲得最高級投胎條件——還高興。

大明星停下腳步，親切地向大家揮手。記者們一擁而上，幾十支麥克風頓時遞到他面前。

記者甲搶先問道：「你到冥界來有什麼感覺？」

「感覺很棒，很開心！」大明星笑容燦爛。

一旁的粉絲們連番高呼：「鄭・暢・秋，我・愛・你！」

「我也愛你們！」大明星拋了一記飛吻。

記者乙急切追問：「冥界的粉絲期待你來很久了，這次終於等到你，你有什麼話對粉絲說？」

「抱歉讓大家久等了，我也很期待這次的行程！」大明星滿心歡喜。

記者丙嘶吼著問：「請問你對冥界的印象如何？」

「呃……感覺很好，人情很溫暖、東西很好吃、茶很好喝。」

記者丁：「你最想吃什麼東西？」

「小籠包！」大明星不假思索地回答，大家聽了都非常滿意。

記者戊：「聽說冥政部觀光傳播局想邀請你拍攝『Time for Next Life』宣傳影片，代言冥河忘川有限公司轉生服務，你有意願嗎？」

「能夠為社會有所貢獻是我的榮幸，不過細節我還不太清楚，要再跟經紀人確認一下。謝謝大家，謝謝大家！」大明星保持著優雅的姿態。

「借過，借過！」我和老貓拚命擠到大明星旁邊，對他道：「你好，我們是你的轉生服務經理，你在冥界的行程都由我們來安排。」

好不容易把大明星帶上保母車，他頓時鬆了一口氣：「哇，我還以為一出關就會被牛頭馬面押去審判呢，原來這裡跟陽間沒什麼差別，害我緊張了半天。」

我微笑道：「你放心，牛頭馬面是以前的事，現在是重視轉生者人權的時代了。」

「這樣啊，」他頓時變了一張臉，把腳跨在前座的椅背上，高傲地指示起來，「那就先送我去飯店休息一下，有什麼事晚點再說吧。」

「我喵！你別得意得太早！」老貓不客氣地道，「現在雖然不搞審判和酷刑那一套，但來到冥界人人平等，還是要看生命點數來決定下輩子，請你有點分寸。」

「噢。」他趕緊把腳縮回來，試探地問，「那麼我的生命點數很高嗎？會投胎到哪裡？」

我在Pad上叫出他的檔案：「嗯，如果搭配限時特惠方案，綁三輩子合約的話，可以去當孔雀。」

「孔雀？」

「是的，驕傲的孔雀。」

「不對吧，你們一定搞錯了。」他一把將Pad搶過去，氣呼呼地道，「我那麼有錢，又被那麼多人崇拜，怎麼可能去當一隻鳥？」

老貓懶洋洋地道：「生命點數跟財富或知名度沒關係的。你自己想想，這輩子是不是做了很多傷害別人的事，譬如對投懷送抱的女粉絲來者不拒、說要捐款救災結果根本沒捐、金貓獎頒獎典禮現場演唱對嘴，還有整型整很大等等，這些都會扣分。」

「整型也要扣分，太嚴厲了吧？」大明星難以置信。

「總是欺騙世人囉。」我淡淡地道。

「藝人的天職就是表演啊。」他十分不服氣，「難道努力維持外型美觀也是一種罪過嗎？」

我在螢幕上點了一下：「這裡有評分的明細，剛才我們基於禮貌只是點到為止，其他像是拜金、酗酒、說謊、欺騙，以及睡覺時打呼咬牙說夢話還同時放屁等等惡劣行徑，就請你自己看囉。」

他滑了幾下，不由得瞠目結舌：「啊，連這個都有記錄……哇，這件事我早就忘得一乾二淨了。」

「就跟你說吧。」

「有什麼補救的辦法？」他率直地問。

「你真的有心悔過？」

「請務必給我改過自新的機會。」他把雙手放在膝蓋上，變得超配合。

「這個嘛，」我看著車窗外明亮的街景，不經意似的道，「你知道聖誕節快到了。」

「聖誕節？」

「就是十二月二十五日，年終歲末的重要節慶啊。」

「你是說行憲紀念日吧。」

「陽間行憲關冥界什麼事，我們慶祝的就是聖誕節。」

「那不是另一個宗教的節日嗎？」大明星十分詫異，「冥界也過聖誕節？」

「過啊，怎麼不過？除了聖誕節，舉凡萬聖節、潑水節、情人節都是要過的，只是把白色情人節改成黑色而已。」這時車子正好經過東區金融街，我指著窗外道，「你看，大家正在布置聖誕樹呢，連駐衛警的小鬼也戴起聖誕帽了。」

他搔頭彆扭地道：「聖誕節是慶祝耶穌生日，在鬼島的冥界過聖誕節怎麼想都有點怪怪的。」

「鬼島陽間信基督教的人也沒那麼多啊，大家聖誕節還不是過得很開心。」老貓吊兒郎當地道，「全球化時代，過節無國界。我們服務業當然要滿足顧客需求，反正大家只是找個理由玩樂一番，何必認真。」

「也是。」大明星疑惑道，「可是這跟我改過自新，爭取增加點數有什麼關係？」

「是這樣的。」我和老貓互看一眼，「今年的聖誕晚會還缺一個壓軸的表演藝人。我們代表冥界天龍地方法院檢察署詢問你的意願，如果你願意登台的話，可以按時數加計生命點數。」

「這樣啊，」他一時又得意起來，「我的出場費不便宜喔。」

「喵的咧。」老貓差點沒往他頭上巴下去，「搞清楚，這是社會勞動，不是商業演出。」

到了聖誕節當天，我和老貓參加了聖誕晚會。由於我們順利說服大明星演出，因此得以貴賓的身分坐在前排，和冥政部長、觀光傳播局長、冥河忘川有限公司總裁、執行長等大人物坐在同一區。

「偶爾有這種差事也不錯。」老貓一邊剔牙一邊仰頭看著近在眼前的演出。

「真是大畫面的感動啊，太有魄力了。」我也十分享受。

終於到了晚會最後的壓軸演出，大明星在萬眾矚目中出場。

「嘩——」「嘎——」「呀——」

大明星站在熟悉的舞台上，整個人光芒四射：「冥界的朋友你們好！」

「好——」

「太小聲了我聽不見！」

「好——」

「Are you ready ?」

「耶——」

老貓嘖嘖讚歎：「這傢伙真是天生吃這行飯的。」

大明星意星風發地高喊：「OK, Let's Rock and Roll!!」

兩邊突然施放高壓噴射乾冰，舞台上頓時煙霧瀰漫，將大明星的身影整個包裹在其中。我們坐得近，隱隱約約看見有什麼東西從他頭上、身上掉落下來。

「糟了！」老貓一聲慘呼，「忘了提醒他！」

我一聽也想起來了，這麼重要的事情怎麼就忘得一乾二淨，頓時渾身冰冷。

煙霧緩緩散去，大明星在董茲董茲的電音中活力充沛地蹦蹦跳跳、載歌載舞。背後的電視牆則同步播放著他的特寫畫面，觀眾們這時驚恐地看清——大明星的假髮被吹飛、整型過的臉孔遭到復原，連假胸肌都掉了滿地，徹底露出他衰老醜陋的原形。

這都是因為我們忘了告訴他，非天然的身體配件在冥界是很容易脫落的。

電音停了下來，觀眾鴉雀無聲，只有大明星不明白發生了什麼事，繼續跳了幾下後，才愣在台上。

「啊我是看到鬼喔！」一名觀眾首先發難。

「見鬼啦！吼——」觀眾們憤怒暴動，將手上的螢光棒往台上丟去。

「看你們兩個幹的好事！」公司總裁和執行長轉過頭來狠狠地瞪著我們。

「我怎麼知道他整型整這麼大啦！」我和老貓一邊逃跑一邊哀嚎，「我喵——」

房仲業務

把媽媽家都當成物件

「時間快到了，我得趕快過去才行。」這個年輕人眼鏡上霧氣迷濛，半新不舊的平價西裝被雨水淋得濕漉漉，還有兩根外露的鼻毛，讓人很難不去注意。他不斷回頭張望，焦急而沮喪地道：「我要去見客戶，這次絕對不能再遲到了啊。」

「所以你經常遲到啊？」我隨口道。

「這不是重點，總之我一定要去，身為業務怎麼能失約呢！」

「來到這裡，也就沒有什麼急事了。」我把桌上一碗湯推過去，「來，先喝碗熱薑湯暖暖身子，以免著涼。」其實在冥界是不會著涼的，這只是一種客戶服務的技巧。

「謝謝！」他爽快地端起湯碗，咕嘟咕嘟喝乾，誇張地讚道，「哇，真好喝，喝了之後寒氣真的都被驅走了。大哥你這是什麼神奇的薑湯啊？」

「對面便利商店買的速沖包。」

「冥界的東西就是不一樣，連便利商店的速沖包都這麼好啊。」他展現職業性的親切笑容，熟練地從襯衫口袋中掏出名片遞過來，「大哥，你知道我是不動產經紀人，也就是一般說的房仲。我們都做業務，算是同行，幫個忙吧，下次你要買房子，我先幫你把好物件留起來！」

我早就看過他的檔案，然而接過名片時還是禮貌性地看一下：「賀成佼・禮義廉恥房屋仲介專案經理」，便接口道：「賀先生，我並不需要買房子，為你提供完善的服務本來就是我的職責。看你這麼急，一定是要去見絕對不能錯過的客戶吧。」

「果然同業就是能理解。」他苦笑了一下，「這是我今年好不容易才遇到的 Apple 屋和 A 買呀。」

「Apple 屋？A 買？」我聽得一頭霧水。

他說到熟悉的話題，馬上滔滔不絕、如數家珍地道：「Apple 屋就是好物件的意思。靠近車站、商圈、公園，遠離嫌惡設施，整體地段、環境、格局、管理都好，如果具稀有性或開價合理就更完美了。相較之下爛物件就叫芭樂屋；A 買就是決定速度快、出價漂亮的買家。遇到其中一種就夠幸運了，何況兩者同時出現，能夠有機會拚個『全泡』——自己獨立開發物件、自己配對銷售出去，那真是天上掉下來的好運。」

「確實令人羨慕。」

「尤其今年房市急凍，成交量大幅萎縮，大家都在唉唉叫。我好不容易遇到這麼好的機會，卻忽然下來報到，這……」房仲表情扭曲了起來，「這實在太衰了啦。」

「你別灰心，其實長遠來看，這筆交易成功與否，對你整體人生的成就和評價並沒有太大的差別。」我按照客服的話術勸慰他，「人生是不斷累積的過程，不用太在意眼前的得失，而是要看你持續創造的價值。」

「你說的就是我平常跟客戶說的……可是我對這個案子特別關心，投入很多。」他沮喪地道，「能夠讓屋主把房子交給對的人、讓買家找到合適的居住環境，這是當房仲最有成就感的事。我好想知道案子最後怎麼樣了。」

「有些事情知道了未必好。」我頓了一頓，「不過你如果只是想知道後續發展的話，倒是可以透過『望鄉台 5D 劇院』去看一看。走吧！」

字卡飛出：「冥河忘川有限公司呈獻」。玎玎玎玎金錢不停掉落的音效，氣勢驚人的新聞片頭音樂，畫面切到棚內專業的女主播。

主播：「專案經理您好，歡迎收看今天的『房市最前線』特別報導。專案經理在房市艱困的大環境下持續打拚，終於遇到期盼已久的 Apple 屋和 A 買，沒想到卻忽然下樓來報到，究竟案子後續發展如何呢？我們連線到現場的記者報導。」

畫面切到市區一條小馬路，暴雨傾盆，貓狗俱下。記者穿著輕便雨衣，站在一棟老舊建築的騎樓：「這裡就是專案經理生前服務的房屋仲介分店。原本經常有人駐足觀看物件的櫥窗前，這一年來門可羅雀。可是仲介們並沒有閒著，除了透過電話聯繫，還是照樣得出門追蹤物件、開發商品、拜訪管理員，或者和客戶見面，非常辛苦。」

記者一個轉身，畫面切到店內，記者又從背影轉身到正面：「當專案經理出事的消息傳來時，一同奮戰的同事們會有什麼反應呢？」

畫面切到店長上半身特寫，他接起一通電話，聽聞事故，詫異地道：「什麼，賀成佼出事了，好的，我馬上派人過去。」

同事們紛紛詢問：「混仙怎麼了？」

「可能因為雨太大，他在巷口摔車被送去呆大醫院，聽說情況很不妙。」店長當機立斷，「阿義你立刻去醫院，阿慶你聯絡他的家人，阿森去現場看看混仙有沒有掉什麼東西。」

「是！」店員們立即分頭出發，只剩下店長和副店長兩人。

店長沉著地道：「混仙今天分別跟屋主和買家有約，我們趕緊分頭聯絡，不能讓客戶白等。」說罷兩人同時打開電腦檔案，一查到號碼立刻用手機撥打過去。

房仲看著同事們迅捷的反應，感動地道：「沒想到大家都這麼熱心，第一時間全都幫忙支援。」

店長手機接通，用明亮爽朗的聲音道：「A大姊嗎，您好，我是禮義廉恥房仲仰德店的店長，敝姓錢。您今天跟我們賀專案經理約好了是嗎，很抱歉他今天臨時無法過去……沒事沒事，他很好，只不過今天忽然有點不舒服，可能這幾天下雨著涼了……謝謝您的關心，我們做這行的淋點雨根本不算什麼……」

我看著房仲，疑惑道：「你們店長怎麼這樣說？」房仲理所當然地道：「店長並沒有錯，如果老實說我發生意外，客戶可能會覺得不吉利，就去找別家房仲了。」我點頭道：「原來如此。」

店長繼續在電話上道：「……因為我們對您特別重視，所以改由店長，也就是我本人為您服務。您現在在什麼地方，我立刻過去……不麻煩，是我們讓您久等，我們才不好意思……是，是，是是是，我很快就到。」

我道：「他接手你的客戶了。」

房仲平靜地道：「這也是他該做的，幫公司留住客戶。」

店長掛斷電話，副店長也已經和屋主改約好。兩人相視一眼，同時奸笑起來。店長道：「沒想到混仙同時拿到 Apple 屋和 A 買，但他實在有夠笨，竟然想就這樣配對，真是太浪費了，難怪他幹了這麼久都升不上去！那個 Apple 屋我拿去給養了很久的炒房大戶，他一轉手就可以賺三成！」

副店長道：「至於 A 買，對行情不熟，出手又爽快，剛好讓他去碰那個死不肯降價的石頭公屋主，解決那間委賣了大半年的物件！」

「怎麼可以這樣！」房仲大驚失色，「店長和副店太奸詐了，明明可以完美配對的房子和買家，卻硬生生把人家拆散！」

「那我先走了！」店長帥氣地起身，吹著口哨出店去了。

房仲激動大喊：「死店長，竟然趁人之危，我出事也不去關心一下，還想把我的好客戶亂配一通！」

滋……滋……滋……畫面變成雪花雜訊，喇叭裡也傳出刺耳的噪音，隨即整個關閉，場燈亮起。

房仲又急又氣：「太可惡了，怎麼可以這樣啦！」

「你們店長和副店滿會精打細算的嘛。」我道。

「我早就知道他們做事快狠準，但沒想到這麼無情。」房仲哭喪著臉道，「他們平時看起來對我還不錯，真是知人知面不知心。唉，副店長上次還交心地跟我說，在這個圈子沒有任何人可以相信，要我凡事小心點。」

「他這樣說倒很中肯——連他自己也不能相信啊。」

「不行！我不能這樣被他們耍好玩，也不能讓他們惡搞客戶。」房仲激動地抓著我，「大哥你一定要幫我阻止他們！」

我按住他的肩膀，懇切地勸道：「陽間的事情冥界是無法干預的。我建議你看開點，趕緊展開新的人生才是上策。」

「真的只能任由人間的不公不義繼續下去嗎？」他不甘心地道。

「俗話說『囂俳無落魄的久』，他們未必能夠一直得逞。何況最終這些也都會算進他們的生命點數裡去，在最後來個總結算。」

「遲來的正義不是正義。」他一臉義憤。

「你真是我見過最有正義感的房仲。」我半開玩笑道。

「沒禮貌！這一行也是有不少人抱著服務社會的宗旨在努力。」他像是在背誦公司文宣般喃喃地道，「因為有房仲的專業協助，屋主和買家才能保障彼此應有的權利，整個社會的不動產交易也才能順暢無礙。」

「你說的是。」我敷衍地一笑，接著按照ＳＯＰ提示道，「根據規定，你在頭七那天可以回陽間做最後的巡禮，想不想去一趟？」

他眼睛一亮：「那我能不能去追蹤物件，我想知道後續的狀況。」

「可以是可以，但你不想回家看看家人嗎？」

「先去物件那裡看一眼再回家，只要看一眼就好。」

「好的，都隨你的需求來安排。」我撥動Pad上的時鐘，帶著房仲來到他頭七那天的Apple屋。也是機緣湊巧，剛好這時店長帶著炒房大戶來看屋。房仲見到店長，頓時滿腔怒意，用力握緊了拳頭。

炒房大戶不愧是行家，進門瞥個兩眼就已全盤了然於胸：「這個社區我很熟，你一說地址我就知道。地段、環境都沒話說，這間的屋況看起來也還可以。」

「難得的是價格漂亮。」店長用奉承的語氣道，「曹大哥那麼專業，不用我多提醒——這樣的房子和價格真是難得一見。」

「好房子價格卻開低，你不覺得哪裡有問題嗎？」大戶冷冷地回應。

店長篤定地道：「我裡裡外外都看過了，一切都很好。」

「我聽說——這間房子會鬧鬼。」大戶用鱷魚般的目光四面掃射。

「凶宅？不會吧。」店長大感意外，「這個物件是我們資深的同事開發的，他不可能錯過這樣重要的資訊。」

「『資深同事』？你說的該不會是那個混仙吧。我也和他來往過，整天窩在泡沫紅茶店混水摸魚，對物件又太過感情用事。像他這樣，重要情報沒打聽出來也不奇怪。」

大戶嘲諷罷，淡淡地道，「這屋子倒不是凶宅，那個鬼可能是眷戀老家不肯離開的長輩，也就是地縛靈一類的。」

「曹大哥真是見多識廣，比我們還專業。」店長狂拍馬屁。

大戶教訓後輩似地道：「我說你也真是的，當到店長還不知道物件要自己親自調查過，尤其是那種混仙丟過來的。」

「是！」店長感嘆道，「唉，那個混仙老是出包，給我添了很多麻煩。」

房仲在一旁聽不下去，怒道：「屁啦，地縛靈是日本的鬼，台灣哪來這種東西。那只是他殺價的話術，連這個都聽不懂！」

店長果然接著道：「不過地縛靈在法律上並不構成瑕疵，最多請個法師來念一念，恐怕不會影響價格……」

「聽你在講。」大戶嗤之以鼻，「如果沒影響，屋主底價幹嘛開那麼低？如果法師念了有效，屋主為什麼急著脫手？我看價格還可以再砍！」

我笑道：「惡人自有惡人磨，你們店長遇到剋星了。」

「好好一間房子被他們說成這樣，還把別人的認真當愚蠢。」房仲不可遏止地怒吼起來，「別瞧不起人！」

一陣陰風隨著房仲的吼聲吹向店長和大戶，兩人身子一陣哆嗦，不由得面面相覷。

「這陣風吹起來怪怪。」大戶警醒起來。

「該不會是……地縛靈？」店長悄聲道。

「恁爸看過幾千間厝，什麼鬼沒看過，我才沒在驚！」大戶霍地拉開風衣，露出掛得滿滿的玳瑁、玉珮、羅盤、符咒、香灰包、御守護、十字架乃至蒜頭等避邪物，腳下壯著膽子向前踏出半步，上半身卻不由自主地直往後仰。

房仲見他發一聲喊便把二人嚇成這樣，更加瘋狂地大吼大叫起來：「死店長你@#$^%&*!@%$，臭大戶你*&$^!#$*!#$……」

陰風驟起，氣溫陡降，室內燈光閃爍不定，瞬時熄滅，更有一團巨大的墨綠色影子朝著兩人緩緩壓去。

「鬼啊！」大戶和店長觸電似的一跳，連滾帶爬逃了出去。

「哈，哈！」房仲沒想到自己一吼之下有偌大威力，喜愣愣道，「當鬼嚇人真的有效耶，這樣一來大戶不敢買，店長詭計失敗，這間房子就能賣給原本的買家了。」

「同學。」我戳戳他的肩膀，豎起大拇指往後一比，示意他看清楚——屋裡真的出現了一個陰森淒厲的巨大鬼魂。

「鬼啊！」房仲觸電似的一跳，連滾帶爬，卻不知該往哪裡逃。

「免驚，免驚！」那鬼魂倏地縮成一個面容和善的小老頭，「啊你也是鬼，是咧跟人驚啥？我是欲嚇那兩人，沒想到煞連你嘛嚇驚到。」
「借問一下，歐吉桑你是？」房仲驚魂未定。
「我就是地縛靈，地縛靈就是我本人。」
「台灣怎麼會有地縛靈？」房仲還是難以置信。
小老頭樂呵呵地道：「我是日本時代出世的，可以講是『台灣最後的地縛靈』，嘛是國寶捏，你說趣味不趣味。」
「原來如此，哈，哈哈……所以這間房子是真正有問題……」
「啥米有問題，這裡本來就是阮家。」小老頭在房仲頭上敲了一記，「不過你來這麼多趟，都沒探聽出來這間厝裡有地縛靈，真正有夠低路！這樣怎麼做『中人』？」
「歹勢啦。」房仲摩摩頭頂。
「好啦，莫講遐的，來泡茶啦。」小老頭說著已在桌上擺起全套茶具煮起水來。
「歐吉桑，咱阿閣有代誌，愛先來走。」我拉著房仲快步離開，回頭丟下一句，「歹勢甲你攪擾了！」
「袂啦，恁來我嘛心適。」小老頭探頭揮手，「有閒較常來啦！」
我和房仲出了房門，鬆了口氣道：「呼，這種地縛靈歐吉桑喜怒無常，好的時候對你超熱情，如果翻臉就馬上大抓狂。而且一講起古來沒完沒了，讓人難以脫身。」
「沒想到這真的是一間有問題的房子，怪不得屋主價格開得那麼低。」他徹底喪氣了，「歐吉桑說得沒錯，我真是個不及格的房仲，連這種事情都沒打聽出來。」

我安慰他道：「別難過了，你還有時間，要不要回家看看？」

房仲沉默了一下才回過神來：「當然好，麻煩你。」

「那就走！」咻地一陣風吹，我們來到不遠處的一間小套房，室內只有八坪多，各種衣服、袋子等雜物堆得亂七八糟。

「這就是你家啊？」我問。

「有點亂，連個請客人坐的地方也沒有，真不好意思。」他尷尬地道，「我女朋友也忙，我們很久才整理一次。」

「不用客氣，我猜你待在家的時間也不多吧。」

「我一天要上班十幾個小時，大部分客戶晚上才有空，電話聯絡或者帶看完都已經八、九點了。買這間房子等於只是用來洗澡和睡覺而已。」房仲無限感慨，「人家說房仲白天看豪宅，晚上睡好窄，這就是我的寫照。」

我好奇問：「兩個人住是辛苦了點，用租的應該可以換到比較寬敞的空間吧。」

「都是我沒考慮清楚。剛入行的時候，想說自己身為房仲，當然以購買為優先，那時資金有限，就先買了小套房。後來一直沒混出什麼名堂，小套房又不容易用好條件脫手，就被套牢了。」他開始叨叨絮絮地自責起來，「本來以為拚個幾年就能出人頭地，小房換大房，好窄換豪宅，可是這一行比想像中難做太多，最後也只是原地踏步。唉，沒想到我就這樣過了一生。」

我懶得聽他在那裡自怨自艾，點著Pad的螢幕確認道：「咦，系統有感應到你的靈堂啊，可是不在這裡，應該是設在別的地方了。」

他恍然道：「喔，那一定是在我老家。」

「找到定位了，走！」咻地又一陣風吹，我們轉往新天龍市郊的一處舊社區。狹窄巷弄內，許多老房舍和老公寓櫛比鱗次建在一起。

「就是這裡。」房仲走到一間兩層樓的獨棟平房前，小庭院內用心栽植的花木在一片古舊凌亂的環境中長出團團綠意和清雅色彩。

「哇，這些花真漂亮。」

「都是我媽整理的。平常都沒注意，看起來真的很美耶。」他駐足觀看良久，「我們三兄弟出社會之後陸續搬到市區去了，大前年老爸一走，就只剩媽還住在這裡。」

「看來你的頭七法事已經結束了。」我指著大門，一位尼姑走了出來，房仲的家人們恭敬地送她離開。

「啊，我連自己的法事都遲到錯過了。」他顯得十分懊惱。

「沒關係，那個沒出席還是會有效果。」我扳著他肩膀輕輕一推，「先進去吧。」

客廳裡，房仲的媽媽和兩位哥哥在圍著茶几的沙發上坐下。媽媽顯得悲傷而疲憊，但也有飽經世故的堅強。兩位哥哥則是感慨大於難過。

媽媽才剛坐下又隨即起身，雙手習慣性地在腰間擦了擦，問道：「我早上買了菜，你們吃完飯再走吧。」

「媽妳不要再忙了。」二哥攔著道，「我們都還有事。」

大哥慨然道：「老三走得這麼突然，讓我有很多感想。人要把握當下，想做什麼、該做什麼就應該趕快去做。」

「大哥說得對。」二哥看著靈堂道，「老三生前，我們討論過處分這間房子的事情，我看應該加速進行。」

我問房仲：「你們要把老家賣掉？」

房仲道：「是啊，老爸過世後只有媽一個人住在這裡，平日大家工作都忙，頂多周末回來一下，所以我們想讓媽搬到市區。而且那條蓋了二十年的機場捷運終於要通車了，搭上都更題材，行情不錯，所以我們說好要賣。」

媽媽看了一眼牌位，不安地道：「小弟才剛走，別提這個吧。」

二哥道：「我聽老三說過，他期待這邊賣掉之後，把套房也處理掉，在市區換間大一點的，然後跟小如結婚。我們正好在他靈前把事情談定，也算是了結他的遺願。」

我看著房仲道：「原來你有這樣的盤算啊。」

房仲理所當然地道：「結了婚總不能還讓老婆住套房嘛，何況換大一點的房子投資效益更高。」

媽媽道：「可是小弟已經不在了，賣掉房子他也用不著。」

「他那一份請媽先保管。」大哥早有成算，「不然我們幫他買個好一點的塔位，陽宅享受不到，有個理想的陰宅也是好的，這樣一來小弟也會保佑家人順利。」

二哥嘆道：「要是房子早一年處分，小弟結了婚，說不定就不會發生這樣的事情。」

大哥和他一搭一唱：「其實和小弟比起來，我們更為媽媽打算。媽一個人在這裡，身邊沒人照顧，我們都很擔心。」

媽媽忙道：「我身體很好，不用人照顧，而且左鄰右舍老厝邊很多熟人，我的朋友都在這裡……」

「左鄰右舍閒話最多。」二哥搶著道，「我們不在這邊照顧媽，不知道厝邊隔壁私底下把我們說得多不孝呢。」媽媽想要反駁，卻想起昨天隔壁王太太確實才這樣替她「抱不平」，不由得一時語塞。

「小弟讓我看到人生無常。行孝不能等，人生的規畫也不能耽擱。」大哥早就打好如意算盤，「媽來我家住，可以幫忙帶孫……喔，我是說，可以和孫子們朝夕相處，享受天倫之樂；我也想到國外去進修，把專業能力和英文都弄好一點，回來爭取升遷和更好的待遇，賺更多錢來孝敬媽！」

二哥也道：「我在那家餐廳當二廚那麼多年，手藝不比老闆差，卻只能領死薪水，生意好沒分紅不說，每天都還要被老闆罵。這口氣我再也忍不下去了，我自己出來開一間，賺的絕對比他多！到時候媽也可以來吃，不用每天自己辛苦煮飯了。」

媽媽暗地一嘆，平靜地道：「你們說得都對，有什麼計畫就去做吧。我老了，忙不來這些事，都交給你們兄弟去處理。」

「那就這樣說定了！」大哥雙手在大腿上一拍，霍地起身，「我們先走了，下次法事再過來。」說罷抓起外套就走，二哥也同時跟著離開。

媽媽在門口目送兩個兒子的身影消失在巷尾，蹙著眉頭長長地吁了一口氣。

「你媽看起來並不想賣老家耶。」我道。

「怎麼會，這房子那麼舊了，媽又一個人多寂寞。房子賣掉，她輪流去兩個哥哥家裡住，大家彼此照應，對媽媽也好啊。」房仲道。

「嗯。」我沒再多說，畢竟這不關我的事。

媽媽返身入屋，把几上幾個茶杯隨手拎到廚房洗了，一時無事，走進三兄弟以前的臥房，坐在彈簧床上空望著室內發呆。

房仲跟著進去，百感交集地道：「這是我們兄弟的房間，大哥睡彈簧床，我和二哥睡上下鋪。大哥先搬出去，二哥退伍以後接著搬走，而我住到市區也已經十幾年了，時間過得好快。」他看著牆上一張張褪色的海報，頓時萬分懷念起來，「你看，麥可・傑克森這張是我貼的，麥可・喬丹是大哥貼的，宮澤理惠寫真那張是二哥。有一次我跟大哥吵說麥可・傑克森和麥可・喬丹誰比較厲害，還差點打起來，其實根本香蕉比橘子，超白癡的，哈哈哈。」他忍不住吃吃地笑了起來。

「房間好乾淨。」我四處看看，房間裡早已沒有三個青春期男生躁動打鬧、一同成長的生活氣息，但是書桌上的相框、文具、書本和各種過時的小玩物依然靜靜安放在原來的位置，全都一塵不染，顯然經常打掃整理。我淡淡地道：「看來你媽很珍惜你們在這裡的時光啊。」

陽光從花格子毛玻璃窗照進來，無數細小的塵埃在空氣中緩緩飄飛，展示著時間流動的姿態。媽媽無意識地撫著繃得十分平整的床單，滿頭白髮在光線中格外耀眼，臉上不知何時已掛著兩滴淚珠。

「媽……」房仲先是一愣，繼而淚流滿面，「原來媽一點都不想離開這裡，只是一貫地壓抑自己的意見，放縱我們的任性。而我竟然一點都沒有察覺媽真正的想法，我真是不孝。」

「所謂的『家』，就是這麼一回事吧。」我道。

房仲哽咽道：「是啊，這裡有媽和我們全家所有的回憶。就算平常很少回來，每次一踏進門，也總是無比熟悉和安心。我們卻要把這樣的家賣掉。」

「嗶！嗶！」鬧鈴響起，回陽間巡禮的時間結束，我們咻地一下落回冥界的轉生服務接待室。雖然接待室裝潢布置得頗為新穎舒適，但這時卻讓人感覺格外冰冷。

房仲先生倏然被從老家的溫暖情境拉回現實，一時感慨萬千：「回到老家，讓我重新體會屋子不只是一個物件而已，它承載著人的故事和溫度。住在這間屋子裡的人幸不幸福、快不快樂，那都是騙不了人的。年輕時候我這方面的能力很強，走進屋子一眼就能感受到住戶的生活狀態。」

「所以你也算是天生吃這行飯的。」

「不，這種能力對仲介買賣並沒有幫助，甚至還是一種阻礙。」他把臉深深埋在兩手之中，「房仲當久了就會有習得無助感，往往你費盡九牛二虎之力經營卻付諸流水，運氣好時坐在店裡發呆都有客人自己送上門來；老鳥累得半死一無所獲，天價的案子卻被什麼都不懂的新人簽到。所以房仲最常說：『該你賺就是你的。』『每個房子都已經寫好下一個主人的名字。』久而久之自然變得相信宿命，失去感情和同理心，變成只會看冷冰冰的條件和數字。」

「感情無價！但無法算進房價。」我隨口應道。

「正是如此。說起來很殘酷，再怎麼溫暖的房子，最後也都是要賣掉的。也許我就是看得太多，才會對自己的老家也麻木了。」他黯淡地道。

「人生無不散的筵席，最溫暖的家庭，有一天也會各奔西東。」我慢條斯理地道，「以我服務過的轉生者來說，就算生涯如何完滿，最終也不免要來報到。可是若因為人終有一死就乾脆打混度日，那也太過虛無了。只要筵席還沒散，都值得好好珍惜。」

「你說得對。」他猛然抬起頭，「老家是媽一生幸福美滿的象徵，她現在身體健康，朋友圈也都在那邊，還可以在老家多住幾年。我要勸哥哥們延後賣房子的計畫。」

「你確定想要這麼做？」

他挺直身子，堅定地道：「沒錯！」

「那麼，歡迎參加『最終圓夢專案』！」我取出那頂繡著「Dreams Come True」的紅色棒球帽戴上，「本公司提供一次免費託夢服務，你可以和想見的人在夢中相會，但規則是不能開口說話，至於要怎麼表達想法，就靠你自己的溝通技巧了。」

「我好歹也是個資深業務員，溝通不成問題。」他拍著胸脯保證。

「好的，Let's——Go——！」

一團混沌夢中，景象越來越清晰。

兄弟三人坐在老家臥房的床邊喇咧，他們全都變回少年時的模樣，大哥正在準備大學聯考，二哥剛進高中，老三房仲先生則還在念國二，理了個大平頭。

「喬丹就是神！休息一年半，中間還跑去打棒球，回來還是把所有人都電得慘兮兮！」大哥得意洋洋地道，彷彿喬丹是他班上同學似地。

「那算什麼，後來柯比還不是打破他的生涯得分紀錄。」老二故作高明地吐槽。

「柯比那個學人精，頂多只是喬丹的複製品罷了！」大哥不屑地道，「喬丹的場均得分比他高多了，要不是少打那一年半，柯比連邊都摸不到。」

房仲正想加入話題，卻發現自己不能說話，於是從口袋裡拿出一張詹姆士的卡片炫耀地揮了揮。兩位哥哥卻同時「切——」的一聲，鄙夷道：「山中無老虎，猴子稱大王。喬丹跟柯比顛峰的時候單手讓他都能贏！」

「吃個點心吧。」媽媽端著一鍋花生湯圓進來，大哥搶上來接過，二哥用小碗分裝好，房仲一拿在手裡，看到碗中飽滿黏呼的湯圓，頓時幾乎落淚。

然而正當他準備用湯匙舀一顆來吃時，原本就頗為狹窄的屋內空間更突然急遽縮小，像是漏風的塑膠充氣屋般噗嚕噗嚕軟坍下來。

夢中場景一轉，變成房仲先生上班的分店，他穿著制服西裝，和哥哥們圍坐在接待桌前。桌上擺著老家的縮小模型，旁邊還有一台巴掌大的黑色計算機，液晶顯示幕上秀著一組數字，代表房子的價格。

大哥看著老家模型道：「這房子實在太小，幾個人一擠，再加個湯鍋就動彈不得了。等我大學考上第一志願，將來進大公司做生意，一定要換個大房子來住。」

二哥看著計算機上的房價不斷快速向上跳動，終於在一個誘人的數字上停下，不由得兩眼發直：「卯死了，卯死了，有人願意開這個價，我馬上簽約！」

模型屋裡似乎有什麼動靜，房仲仔細一看，竟然是縮小版的媽媽從屋裡走到院子，專注地照顧起花木來。房仲急忙指著媽媽，示意哥哥們觀看，並且雙手交叉表示自己反對賣掉房子。

哥哥們卻只專注在自己的心思上，沒有看見媽媽。二哥還瞪著房仲道：「你覺得價格還不夠高，不想賣？你當了房仲以後怎麼變得那麼貪心！」

大哥一把將模型屋拿起來把玩，媽媽頓時在庭院裡摔了一大跤。房仲大吃一驚，反射性地爭搶，又怕晃動中讓媽媽受到更大的傷害，伸到一半的手定在空中，只能焦急地亂比一通。

「你怕什麼，我又不是要獨吞。」大哥自以為幽默地笑了起來，還把手上的房屋模型晃了晃，「賣掉之後人人有份！」

房仲抓住模型，小心翼翼地放回桌上，看見媽媽已經安然躲回屋中，這才鬆了一口氣。他靈機一動，把計算上的數字歸零，秀給哥哥們看，表示老家無價。

「你不收服務費啊？真夠意思。」二哥開心地道。

房仲看哥哥們老是誤會自己的意思，氣急敗壞地猛搖頭。

大哥恍然大悟：「你是說沒時間了？對呀，我記得你跟我說過今年房市急凍，價格看跌，再拖下去不知會有什麼變化，得趕快處理。」

二哥也道：「沒錯，我們不能再蘑菇了！」說罷抓起模型屋揣進懷裡就往外跑，房仲想起身去追，身體卻被牢牢綁在椅子上。他低頭一看，自己是被十幾條「一〇X年禮義廉恥不動產千萬經紀人」、「一〇X年二月百萬經紀人」等綬帶纏在身上。他想掙脫，卻連人帶椅摔在地上，痛得大叫出聲。

夢境消退，燈光大亮，房仲呈大字型趴在 5D 劇院的舞台地板上哀嚎：「為什麼會這樣，這不是我要託夢的內容啊！」

「夢是人的潛意識，託夢則是你和兩位哥哥潛意識的交會，自然會反映他們的想法。」這樣的情況我也看多了，見怪不怪，「只能說你的意志力沒能勝過對方。」

「難道我就只能這樣放棄，連幫媽媽講句話都做不到，窩囊地結束這一生？」他賴在地上，萬念俱灰。

我在他身邊蹲下來，拍拍他的肩膀：「所以我一開始就建議你看開點嘛，這絕不是風涼話，而是審慎評估你手上的資源和需求後做出的專業建議。」

「這完全就是風涼話。」他還是把頭埋在地上。

「你先起來吧。」

「我不要。」

「沒關係，都看你方便。」我取出Pad，點開近期的轉生優惠方案，「趁這個機會讓我來跟你介紹一些物件。」

「什麼物件？」他抬起頭問。

「就是你下輩子投胎的標的。」我滑了幾下，「我們會根據你的需求與期望，為你配對最理想的物件。嗯，有了，你可以先參考這幾樣——蝸牛、寄居蟹，還有鳩。」

「鳩？」

「一種鳥，就是『鳩占鵲巢』的鳩。」

「不是這樣的啦。」他彎曲身子跪坐起來，「通常是給客戶看價格分別為高、中、低的三個物件，讓客戶自己比較，並且評估自己的實力來做決定。」

「我就是這樣做啊。鳩、寄居蟹和蝸牛剛好價格高、中、低分布，你評估一下。」

「我能選的就是這些？」他十分詫異。

「這些還是優惠方案提供的喔。」

他哭喪著臉道：「原來我的實力這麼差呀。」

我心下暗道這很意外嗎？面上還是堆起笑容：「人生是不斷累積的過程，要看你持續創造的價值。這些物件看起來不是很起眼，但暫時頂著先，讓生命點數累積增長，二十年後又可以投胎成一條好漢啦！」

「你不用糊弄我，這些話術我太熟了。」他慢慢恢復了平靜，「仔細想想，我的點數低並不冤枉。不要說我對社會沒什麼貢獻，連對我媽也沒盡到應付出的心力。當年投入這一行，本來是想趕快出人頭地，給媽更好的生活，可是卻忙到連回家看她的次數都很少。真希望能夠再為她做點什麼……」

「辦法是有，但是得自費。」我淡淡地道，「本公司提供付費型的託夢服務，能夠在夢中暢所欲言。不過你得用生命點數來支付，而且必須先喝下延遲發作的孟婆湯，說完話就走。」

「我要去。」他不假思索地道，「不管能不能成功，總要把話說清楚。」

黑沉空蕩的舞台上，四盞強力聚光燈照在房仲一家身上。

四周漸次亮起，場景變成觀眾爆滿的巨蛋體育場，中央設置著一個大舞台，正在進行『人生大富翁』電視直播遊戲。觀眾們歡聲雷動，巨大的音箱群強力播送著激動人心的音效，舞台上參賽者們的情緒也嗨到最高點。

主持人穿著閃亮亮的服裝，動作誇張地喊道：「接下來輪到的是大哥，請擲骰！」觀眾們頓時一陣歡呼。

大哥一番摩拳擦掌，抱起半人高的大骰子奮力丟出，主持人興奮喊道：「六點！大哥請前進六步！」大哥小跑步移動了六格，踩進了「命運」的格子裡。主持人道：「命運！大哥這次會有什麼樣的命運轉折呢？請——抽——牌——！」

穿著比基尼的苗條女郎從遊戲盤中央一疊全開大的命運卡上抽起一張，高高舉起，向四面八方展示內容：「可選擇出國進修一年。」

「可選擇出國進修一年！」主持人走到大哥身旁，大聲問道，「你的決定是？」

「我要去！」大哥亢奮地回答。

「可是你手上的現金好像不太夠喔？」主持人看著遊戲盤中央的屏幕。

「我把老家賣掉就有了！」

「痛快！」主持人擊節讚賞，觀眾們也跟著大喊：「賣！賣！賣！」

主持人接著喊道：「輪到二哥擲骰！」

二哥舔了舔舌頭，迫不及待抱起大骰子丟出。

主持人興奮喊道：「也是六點！二哥走到『機會』！請──抽──牌──！」

比基尼女郎抽出一張機會卡，展示出內容：「開一家自己的餐廳。」

主持人走到二哥身旁，大聲問：「你的決定是？」

「我要開！」

「可是你的現金好像也不夠耶。」

「我把老家賣掉就有了！」

「痛快！」

觀眾們再次大喊：「賣！賣！賣！」

主持人續道：「現在，輪到老三房仲先生擲骰！」

「我不玩，我的人生遊戲已經結束了。」房仲低聲道。

「噢──遜──」觀眾們噓聲不斷。

房仲對哥哥們喊道：「大哥、二哥，人生不是遊戲，老家也不只是一個籌碼、一個數字。賣掉老家未必能交換到你們想要的東西，反而先失去了原本擁有的。」

「看來有人不贊成把老家賣掉喔？」主持人挑撥離間起來，觀眾們也都伺機鼓譟，等著看好戲。

「老三就是這樣感情用事。」老大不以為然，「我們早就計算過了，賣掉老家是對所有人都好的選擇。」

「很多事情是不能量化計算的。」房仲一一細數道，「譬如老爸留下來的回憶、媽住在老家的安心自在、我們的成長歷程……更別忘了媽這麼多年來照顧我們，從來也沒有去計算任何東西。」

二哥道：「人要往前看！都照你這樣懷舊，難道永遠把房子放在那裡？」

房仲道：「當然不可能永遠不賣，我只希望讓媽多住幾年，大家能夠珍惜老家對我們的價值和意義。」

二哥道：「那些東西放在心裡就好。而且我們會好好照顧媽，再去創造新的生活和回憶。」

「不珍惜過去的，怎麼會慎重對待未來？」房仲忍不住數落起來，「當年二哥要學廚藝，媽拿私房錢給你買一大堆刀叉爐器鍋碗瓢盆，你說出師以後一定會好好報答媽，結果呢？大哥也是，那時為了你念研究所的學費，媽把結婚戒指都賣了，那麼有紀念價值的東西你還得起嗎？」

哥哥們被說中心虛之處，惱羞成怒地反嗆：「你有什麼資格說我們？你當了房仲以後，回家看媽的次數和拿錢回去的金額都最少，又孝順到哪裡去了？」

「緊張緊張緊張！刺激刺激刺激！」主持人歡樂無比地嘶吼，「兄弟們為了家產鬧不和，正面對幹起來啦！」

「你們怎麼都不站在媽的立場想一想？」房仲氣憤地指著哥哥們，一時卻驚恐地發覺自己的手變得有些透明，再仔細一看，整個身影都開始變淡了。

「老三你怎麼了？」哥哥們也驚訝地叫道。

「滴答滴答滴答！」主持人興高采烈，「距離老三投胎轉世，開始倒數計時！」

「我贊成賣掉老家！」媽媽不知何時來到舞台上，從容地走到「老家」的那一格，抱起塑膠做的房子模型，大聲道：「我要賣！」

「唉呀呀，這位媽媽妳不可以亂入啦。」主持人忙道，「妳沒擲骰子就自己亂走，何況妳根本沒參加這一局遊戲啊。」觀眾們聽了都樂得哈哈大笑。

「誰說我不能參加？這是我的房子，我當然有權表達意見。」媽媽堅定地道。

她話一說完，夢境中的場景倏然轉變，觀眾退去，舞台消失，過動的主持人也隱身不見。一家四口站在老家的小院裡，那是剛蓋好的老家，噴砂外牆上每一顆小石子都精神極了，地上的朱紅色小方塊磁磚閃閃發亮，花圃裡植物才剛剛發出芽來，土壤黑沃沃的充滿元氣。

「當年，這間房子是我堅持要你爸買下來的，就算省吃儉用，也要有個自己的家。」媽媽無限愛惜地撫著房子，「建立這個家，就是為了讓你們平平安安地長大。如今這房子已經完成使命，正好功成身退，幫大家往更好的人生道路邁進。」

房仲上前道：「媽，可是這房子對妳來說意義重大，妳的生活圈也在這裡啊。妳就繼續住下去吧。」

「沒關係。」媽媽回頭看著三個兒子，「你們各自成家立業，我很滿足了。就像老二說的，回憶放在心裡就好。」

「媽！」三個兒子都感動得淚流滿面。

大哥懺悔道：「媽總是為我們打算，可是我卻從來只想到我自己。媽，妳的結婚戒指買不回來了，我再打一個更大的給妳。」

二哥也愧疚地道：「那些刀叉爐器鍋碗瓢盆都送給媽用。」

房仲早已泣不成聲：「媽……」

「我知道你們怕我一個人住在這裡太危險又太寂寞……」媽媽忽然眉頭一軒，眼中精光閃動：「不用擔心，我已經在天龍市看好一間房子，有電梯，管理佳，還有中庭噴水池，而且敦化南路十分鐘就到。等把老家賣掉，加上我多年積蓄，就可以買下來了。」

「耶？」兄弟三人瞠目結舌。

「還好當年買房子的時候，我堅持要登記在我名下，免得你爸變心跑了，我就落得一場空。現在這房子要怎麼處分都隨我！」媽媽喜孜孜地道，「我有幾個高中同學住在那附近，等我搬過去，就可以天天去找她們喝下午茶了！」

「老媽真是會打算。」大哥收起眼淚，一個抱拳道，「兒子這回算是栽了，我先告退。」說罷便消失在幽暗中。

「沒想到媽原來這麼高明。」二哥擦乾淚痕，強顏歡笑道，「我過幾天再來看妳。」說罷也消失在幽暗中。

「老媽真神人也。」房仲目瞪口呆。

媽媽看兩個兒子已經去遠，嘆了口氣道：「其實啊，房子要賣我當然捨不得，可是它畢竟舊了，換個地方也好。你不用太執著，『家』還是要有人來組成，房子就是一個空殼，你們兄弟既然已經搬走，我守不守也沒什麼差別。」

「對不起，我們都太自私了，留下媽一個人。」房仲慚愧不已。

「孩子大了，出去闖天下，那也是為人父母所樂見。」媽媽話鋒一轉，「人重感情、珍惜過去固然是好事，但也要懂點世故才能夠完滿。」

「媽的意思是？」

「我搬去市區，和兩個兒子住得近，往來就方便了。」媽媽慧黠地一笑，「把財產留在自己手上，更不怕他們不來孝敬我。」

「媽真厲害，看來全是我白操心了。」

「你這樣關心我，我很開心。而且我要買的那間房子，也是你之前帶我去看的啊。」

「有嗎？」房仲傻笑道，「可能我帶看太多，自己都不記得了。」

「那時候你看到這間房子，就覺得很適合我，所以帶我去看，當時我也很喜歡，只是還放不下老家，所以沒有下文；最近我想法改了，直接跑去問現在的屋主，剛好他也有意要賣，我正想委託你去談呢。」

「能夠為媽找到一間合適的房子，真是太好了。」房仲的身體逐漸淡去，臉上帶著平靜與滿足。

媽媽無限寬慰地道，「你雖然很少回來，但我知道你工作太忙，其實還是對我很孝順的，這樣就夠了。」

「我要走了，謝謝媽。」

「加油啊。」

「我會的……」

陽光照在牆頭藤蔓尾端的小黃花上，一顆小小的絲瓜從葉片下面露出身影。一隻貓兒懶洋洋地從牆上走過，湊著小花聞聞，打了一個大大的呵欠。玻璃窗上的光影緩緩黯淡下來，直到四周完全陷入黑暗。

「房仲先生，祝你擁有美好的一生。」我輕聲道。

場燈緩緩亮起，5D劇場內空無一物。

冥河忘川有限公司

【尾聲】

好死不如賴活著

「喵的咧！」我一邊看電視一邊罵出聲來。

「你怎麼學我罵人？」老貓端著一碗湯麵在我旁邊坐下。

「你看這像話嗎？」我指著電視，午間新聞正在報導《冥界人員功德圓滿法》的修改方案。

畫面上，冥政部長站在仙界立法院的質詢台上道：「冥界人員的功德圓滿入道成仙年限，將由現行的七五制——也就是冥界年資加上服務年資共七十五年——在五年後改為八五制，並以未來十年為過渡期，逐步調整成為九〇制。」

質詢的仙法委員痛批：「這根本是假改革！現在信奉傳統信仰的人急遽減少，很多小廟香火不濟，仙界面臨靈力短缺的財政懸崖，改革刻不容緩，卻還要花十年才實行新制，怎麼來得及呢？」

老貓不顧嘴邊還掛著一串麵條，忍不住罵道：「我喵！我們來冥界五年，好不容易剛從約聘僱轉為正職，本來只要再服務三十年就可以成仙，改成九〇制要再做四十二年半！這根本違反信賴保護原則。」

「這還只是個開始。」我悲觀地道，「轉生的人越來越少，香火更快速流失，我擔心九〇制還不是終點，搞不好過幾年還要再調整。」

電視畫面又切回冥政部長：「我們也正在研議修法，給予在職同仁具有誘因的優退條件，鼓勵大家投入轉生市場，提高陽間生育率，並增加傳統信仰的人口基礎。甚至可以保留他們的年資，將來他們再次回到冥界時可接續累計。」

「喵的，總之要趕我們走就對了。」老貓氣憤地把筷子摔在桌上。

「其實我正在考慮要不要上去投胎。」我淡淡地道。

「你瘋了？好好的神仙不當，跑去當人？」老貓難以置信地看著我，「打死我也不要再去當那種愚昧、頑劣又可悲的生物。」

「你沒聽過『活著就有希望』？」我直視老貓，緩緩說道，「這段時間我接觸了不少客戶，他們雖然都像你說的愚昧又執著，但我也從他們身上看到各種各樣強悍的生命力，有時候還滿受感動的。」

「不會吧，你忘了業務這一行是不能放感情的。」

「還有句俗話說『好死不如賴活著』，我以前覺得這是句賴皮或者諷刺的話，但現在卻有不同的感受。」

老貓拍拍我的肩膀，語重心長地道：「兄弟，人間險惡啊。冥界是比較冷一點，但至少沒有霧霾，你要想清楚。」

「冥界烏煙瘴氣的事情也不少啊。只要有人的地方，不管是活人還是死人，都會有紛爭。」

「這倒也是。」老貓埋頭猛喝了幾口麵湯，忽然問道，「那你下輩子想幹嘛？」

「我想去環遊世界，趁地球上的美景還沒被全部破壞光之前到處看一看。此外就是平安自在地過一生囉。」我捧起碗，仰頭把湯喝乾。

「你太天真了。」老貓搖頭道，「依我的經驗，想要與世無爭反而逃不過被人坑殺，反過來追求權力又會迷失自我。每次重新投胎，想修正上一世的不足，就會換來意想不到的新煩惱。人生就是這樣的無限迴圈。」

「這些我都懂。」我看著空無一物的碗底，「但也就是這樣才有挑戰，才有樂趣呀。」

「看來你已經下定決心了，什麼時候走？」

「我不喜歡拖泥帶水，越快越好。」

老貓難得嚴肅地看著我：「既然如此，大家兄弟一場，就由我來為你送行！」

「幹嘛講得好像要送我上法場。」

「在我看投胎也差不多意思。」他掏出Pad，爽快地道，「我有幾個特別優惠的方案，還有一些沒用完的公關點數，全都給你！」

「謝了！」我鄭重地抱拳拱手，「方案我已經挑好，點數我就不客氣了。」

「自己兄弟謝什麼。」他乜斜著眼道，「問題是——你要什麼口味的孟婆湯？」

「這倒是個問題。」我撐著頭苦惱起來，「西式的好還是中式的好？鹹湯還是甜湯，真是教人好生難以決定。」

「齁，決定投胎那麼果斷，選個湯卻拖拖拉拉。」他快抓狂似地道，「同學，你上去陽間什麼湯喝不到啊，隨便選啦！」

「好吧，那就番薯湯好了。」

「怪人，哪有人孟婆湯選番薯湯的啦。」

「喔，那我重想。」

「神經！」他點了螢幕上的送餐鈕，服務生隨即為我送上一碗番薯湯。

我看著碗中金黃剔透的番薯，心中百感交集：「我忘了說要加薑汁。」

「到底喝不喝啊你？」老貓快爆炸了。

「好，我喝！」我毅然將碗捧起，咕嘟咕嘟大口喝下。

「為您插播最新消息！」電視上，新聞主播拿著臨時送上來的稿子，艱難地辨認著上面的潦草字跡，一字一句念道：「冥界人員優退辦法公布後，申請案件瞬間湧入，使得伺服器徹底癱瘓。冥政部長也表示，由於仙界靈力不足，財政困難，無法立即支付優退金。現在提出申請的人，要到冥國一百二十年才能領取！」

「噗！」我把湯噴了一地，急急喊道，「老貓，快幫我取消！」

「什麼鬼！我喵！」

文學叢書 509

冥河忘川有限公司

作　　者　朱和之
總 編 輯　初安民
責任編輯　陳健瑜
美術編輯　林麗華　黃昶憲
校　　對　呂佳真　陳健瑜　朱和之

發 行 人　張書銘
出　　版　INK印刻文學生活雜誌出版有限公司
新北市中和區建一路249號8樓
電話：02-22281626
傳真：02-22281598
e-mail:ink.book@msa.hinet.net
網　　址　舒讀網http://www.sudu.cc

法律顧問　巨鼎博達法律事務所
施竣中律師
總 代 理　成陽出版股份有限公司
電話：03-3589000（代表號）
傳真：03-3556521
郵政劃撥　19000691 成陽出版股份有限公司
印　　刷　海王印刷事業股份有限公司

港澳總經銷　泛華發行代理有限公司
地　　址　香港新界將軍澳工業邨駿昌街7號2樓
電　　話　(852) 2798 2220
傳　　真　(852) 2796 5471
網　　址　www.gccd.com.hk

出版日期　2016年10月　初版
ISBN　978-986-387-121-7

定價　330元

【誌謝】感謝紅豆冰大姊啓發了本書構想。
感謝程沐眞小姐、丁穩勝律師提供專業諮詢，協助本書完成。

國家圖書館出版品預行編目資料

冥河忘川有限公司／朱和之著 .--
初版．--新北市中和區：
INK印刻文學，2016.10.
面； 14.8 × 21公分. --（文學叢書；509）
ISBN 978-986-387-121-7（平裝）

857.7　　105015744